LA
FRONTERA
ENTRE
NOSOTROS

LIBROS DE RUDY RUIZ

FICCIÓN

Seven for the Revolution

La Resurrección de Fulgencio Ramírez

Valle de Sombras

La Frontera Entre Nosotros

NO FICCIÓN

¡Adelante!

ANTOLOGÍAS

Antología del Dillydoun Prize (autor colaborador)

Going Hungry (autor colaborador)

LA FRONTERA ENTRE NOSOTROS

RUDY RUIZ

BLACK STONE PUBLISHING

A mi familia

PUERTOS DE ENTRADA

—No veo por qué no puedes llevártelo hoy —mi madre protestó.

—Hace frío afuera. Podría enfermarse —respondió mi padre, poniéndose las botas en la oscuridad—. Nuestro ahijado Carlitos se murió de gripe cuando tenía nueve años.

—Hacía frío la semana pasada y te lo llevaste. Además, Carlitos no murió por eso.

—Hoy no es buena idea.

—¿Por qué? —preguntó mi madre.

Silencio.

—¿Estás viéndote con alguien? —preguntó insistente.

—¿De qué hablas?

—¿Hay otra?

Escuché en silencio junto a la puerta de su recamara, con las botas en las manos y los pies descalzos temblando contra el frío del suelo. Pensé en mi primo Carlitos. Habíamos aprendido a nadar juntos. Dormimos en la misma cama en casa de nuestra abuela y nos reíamos bajo las sábanas. Y un día me dijeron que nunca lo volvería a ver.

—¿Otra? ¿Ya vas a empezar con eso otra vez? —Su voz se volvió oscura y tensa.

—¿Entonces por qué no te lo llevas? Digo, si no vas a hacer nada que no deberías estar haciendo.

Me asomé por la esquina, vi cómo la miraba entre las sombras, sus gruesas cejas fruncidas como un velo de desaprobación que se cernía sobre unas ventanas amenazadoras.

—Como quieras, me lo llevo, pero si algo sale mal, Marisol, va a ser tu culpa.

—¿Qué quieres decir? —Sonó el roce de las sábanas cuando se sentó en la cama, con la mano en su barriga embarazada.

—Olvídalo. —La mecedora crujió al levantarse mi padre.

Me escabullí a la cocina para que no me descubriera espiando.

—Buenos días, Ramón. —Su voz se suavizó al distinguir mi silueta en el resplandor azul del amanecer—. Ponte tus botas y agarra una cobija para que no te enfermes. Vámonos.

Mientras nuestras botas hacían crujir la hierba amarilla del invierno, volteé a ver la Ford pickup del 67 de mi padre con su rojo descolorido. Sólo tenía diez años, uno más que yo, pero ya pertenecía a una época lejana, con manchas de óxido marrón que la consumían como un cáncer extendiendose rápidamente. Una vez dentro de sus chirriantes puertas, agradecí tener el sarape que se desplegaba en vibrantes franjas en burdeos, verde y azul. Los colores emanaban un calor mágico. Me envolví bien en él, pero la camioneta seguía sintiéndose fría como un ataúd de metal con ruedas que crujía y traqueteaba mientras recorríamos las calles abandonadas. Los únicos signos de vida se filtraban desde la tienda de donas cerca del puente: Señor Donut. Una mujer corpulenta servía, simultáneamente, donas glaseadas y pan dulce; café americano y de olla; gringos y mexicanos.

—Todos quieren algo dulce de vez en cuando. —Mi padre me dio una palmadita en la cabeza y pidió una docena de donas de chocolate, un café para él y un chocolate caliente para mí.

Detrás del mostrador y embutida dentro de un vestido de poliéster rosa con un delantal blanco estirado hasta no poder más sobre su abultado vientre, la mujer saqueaba la vitrina con unas largas pinzas metálicas y servía café y chocolate sin derramar una sola gota. En ese momento, su imagen se asemejaba a una combinación entre un maldito monstruo marino con hábiles tentáculos y un terrateniente bendecido con acceso ilimitado a pasteles y panes.

—¿Qué cuentas, Perla? —Mi padre sonrió, deslizando un billete de veinte sobre el mostrador de fórmica.

—Nada nuevo, Señor López. Trabajando. Siempre trabajando.

El conjunto de hombres encorvados sobre el mostrador asintió con la cabeza en una aceptación taciturna, sus periódicos del Brownsville Herald tronaban como las alas de cuervos inquietos mientras sorbían ruidosamente de sus tazas.

—¿Todavía tienes espacio en la casa de huéspedes como hablamos el otro día? —preguntó mi padre mientras le daba el cambio.

—Sí —contestó lentamente mientras me clavaba los ojos. ¿Por qué me miraba? Yo no necesitaba una habitación en una casa de huéspedes, ya tenía mi cuarto.

—Bueno. Allá te veo cuando se termine tu turno.

¿Por qué mi padre querría ir ahí a encontrarse con Perla? ¿Acaso era la "otra" que tanto angustiaba a mi madre?

Vacilante, sostenía en cada mano una jarra humeante de líquido marrón arremolinado; sus ojos se bailaban entre mi padre y yo.

—¿Y el niño?

—Viene conmigo —respondió, tocando la punta de su sombrero antes de regresar al estacionamiento.

Cuando abandonamos el calor sofocante de la tienda de donas, el aire frío y húmedo me ardía en las mejillas. Miré hacia atrás y vi a Perla depositar las jarras en la cafetera y persignarse.

———

El sol naciente iluminaba el río mientras cruzábamos el puente de entrada a México. Las calles estaban vacías mientras atravesábamos Matamoros, los habitantes de las coloridas casas —que se alineaban en una explosión de hibisco, aguamarina, limón y mango— seguían dormidos.

Pronto salimos a la carretera y avanzamos hacia el rancho mientras el viento azotaba ruidosamente la camioneta. Cuando hacía buen tiempo, mi padre bajaba las ventanillas y cantaba canciones mexicanas; siempre me sacaba una sonrisa. Pero hoy hacía demasiado frío; permanecía en silencio, agachado sobre el volante con su abrigo color canela, sus ojos escarbando agujeros a través del parabrisas y su sombrero Stetson proyectando una sombra sobre su rostro.

En lugar de su habitual torrente de historias y consejos, se dio la vuelta y me observó con aire pensativo, mientras acariciaba su espeso bigote: "No tocaste las donas; van a desaparecer en cuanto lleguemos al rancho".

Pensé en los estómagos hambrientos que había que alimentar en el rancho. Siempre que acompañaba a mi padre, me asombraba la cantidad de niños que el ranchero y su mujer habían traído al mundo a pesar de sus circunstancias. Cuando le pregunté a mi padre al respecto, sólo me dijo que el primo Fernández era un hombre valiente.

Mirando fijamente la lustrosa caja naranja llena de ruedas

enteras, hechas con apetitosa harina inflada y azúcar, murmuré sin entusiasmo: "No tengo hambre". Las donas me recordaban a las llantas que mi padre calentaba en su planta renovadora. Excepto que estas llantas no estaban sucias y apestosas, eran fragantes y perfectas. "Al primo Carlitos le gustaban las donas".

Mi padre miraba fijamente el camino con los ojos apagados.

Cuando vimos la hilera de olmos del lado izquierdo de la carretera, supimos que habíamos llegado a nuestro destino. Cinco árboles delineaban la tierra del camino desde la carretera hasta el humilde rancho. Cuando eran adolescentes, mi padre y sus hermanos habían plantado esos árboles mientras padecían ataques de náusea y vómito. La tarea había sido un castigo por haber llegado tropezándose a casa borrachos tras los fuegos artificiales del cuatro de julio.

La camioneta traqueteó por la carretera llena de baches y levantó una nube de polvo que nos envolvió. Cuando llegamos a la valla oxidada, descendí para abrir el chirriante coloso a empujones. Una vez que pasó, cerré la valla y volví a subir a la cabina de la camioneta. Esta era mi labor semanal y me enorgullecía hacerla bien. Rodamos bajo las largas ramas de los olmos hasta llegar a un claro. Allí yacía una obstinada casa de bloques de hormigón. Dos habitaciones desmoronadas pero tenaces. Una explosión de niños se dirigió hacia la camioneta, la posibilidad de encontrar donas los tenía riéndose con alegría. Sus rostros estaban manchados de barro y hollín, sus cabellos enmarañados y despeinados, sus pies llenos de tierra, pero llevaban unas sonrisas radiantes. Cuando mi padre le entregó la caja al primo Fernández, me alegré de no haber comido ninguna.

Mientras los niños festejaban, los dos hombres conversaban bajo el olmo más cercano. "¿Y la bebé, primo?", preguntó mi padre.

El ojeroso ranchero sacudió la cabeza abatido y frunció el

ceño; al hacerlo, las grietas de su piel tostada por el sol se hicieron más profundas.

—No ha mejorado, primo. Y la clínica no hace nada. Hijos de puta. Nos mandaron derechito a casa a que se muriera.

—Hablé con una conocida, una doctora del otro lado. Dijo que nos ayudaría, pero tenemos que llevarle al bebé; como te dije por teléfono —explicó mi padre—. ¿Revisaste lo del permiso?

—Sí, pero no nos lo van a dar. ¡Chinga su madre! Los pendejos creen que quiero irme a trabajar.

Mi padre sacudió la cabeza y escupió al suelo.

—Chingados. Pues lo haremos a las malas, ¿tu mujer está lista?

—Sí. —El primo Fernández expulsó un nudo gutural de flemas de su torso demacrado y escupió también al suelo. No estaba seguro si era para ver quién era más macho o si era una tradición del campo, pero los hombres siempre hacían esto. Cargaban sus frases con maldiciones, escupían por sus asquerosas bocas como si sus glándulas salivales se empeñaran en limpiarlas.

Los hombres se dieron la vuelta y sus ojos preocupados se posaron en la casa. Los niños habían vuelto corriendo al interior porque la brisa era demasiado gélida y húmeda en esta época del año para sus cuerpos escasamente vestidos, incluso con el azúcar extra para quemar.

Estaba acostumbrado a acompañar a mi padre y a escuchar en silencio todo lo que decía. Normalmente, sus conversaciones giraban en torno a la venta de llantas y a reunir el dinero suficiente para pagar la casa o mantener encendidas las luces de la fábrica. En el rancho, sus alegatos solían girar alrededor de las tareas del primo Fernández para la semana siguiente: arreglar cercas, criar ganado o plantar sorgo para alimentar al ganado dispersado que pastaba por los campos anémicos. La conversación de hoy, sin embargo, era diferente. Sus palabras caían de sus labios como piedras pesadas con preocupación.

Los seguí mientras se iban paseando hasta la rústica puerta de madera. Mis abuelos alguna vez habian vivido en aquella casa insignificante. Antes de eso, sobre los mismos cimientos, mi bis-abuelo había quemado la casa original de madera tras quedarse dormido sobre sábanas bañadas en el tequila de una botella tirada mientras sostenía un cigarrillo encendido a mano. La familia había sobrevivido, pero todas sus posesiones quedaron destruidas.

Cuando entramos, los niños se apiñaban alrededor de una mesa toscamente labrada, al centro estaba la caja de donas vacía y ya desarmada. Nos detuvimos un momento cuando el primo Fernández pasó bajo una sábana que cubría la abertura que daba al cuarto del fondo.

Murmuros. Algodón raído y mohoso. Su mano curtida haciendo señas para que pasemos. La habitación sombría, fría y húmeda. La señora Fernández —con su piel oscura, curtida y demacrada, su pelo deshilachado— llevaba en sus brazos a un frágil bebé, mientras sus penetrantes ojos grises brillaban con miedo.

Hablaban en voz baja mientras mi padre se inclinaba hacia la bebé. Intenté descifrar lo que decían, pero lo único que pude entender fue cuando la mujer dijo entre apagados sollozos que no quería que su bebé muriera.

—Bueno. —Mi padre fingió un tono de confianza mientras les decía que esperaríamos afuera.

Lo seguí hasta el carro.

Momentos después, el primo Fernández acompañó a su mujer hasta la camioneta. Necesitaba su apoyo para mantenerse erguida mientras arrastraba los pies descalzos por la tierra compacta; al mismo tiempo que una masa de niños iba pisándole los talones. Nunca podía contar cuántos eran porque jamás se quedaban quietos.

—No, mamá —gritó una niña de mi edad—. No vayas.

Mi padre me hizo un gesto para que abriera la puerta del lado del pasajero y que me pusiera en el centro para hacerle espacio. Mientras Fernández la ayudaba a levantarse, me llegó un hedor muy fuerte. Aquí en el rancho no había agua corriente, sólo había una letrina y un estanque donde se acumulaba la lluvia. Se bañaban en lavabos metálicos detrás de la casa, y me parecía que no se bañaban muy a menudo durante los tiempos fríos. Estaba temblando de frío; los ojos de la bebé estaban bien cerrados. Me maravilló su piel suave. Se veía tan perfecta… como una muñeca. ¿Cómo es que estaba al borde de la muerte?

El primo Fernández cerró la puerta y miró por la ventana como un hombre que estaba tras las rejas. Los niños daban vueltas a su alrededor en un remolino de polvo; apretaban las mejillas y los labios contra el frío cristal y lo empañaban con sus alientos.

Mi padre asintió con determinación, algo que no se dijo se transmitió entre las miradas de los dos hombres.

Mientras entrábamos en la ciudad, la mujer y mi padre no se dirigieron la palabra. Sus labios no se movieron, pero sus ojos sí. Observé cómo se miraban entre ellos y luego a la bebé que llevaba en el regazo. Había algo que no podía interpretar en su mirada. ¿Era miedo, arrepentimiento o algo totalmente desconocido para mí? En la cabina reinaba un silencio incómodo, el aire se sentía tenso con anticipación. La mujer era una cáscara seca que crujía como tallos de maíz marchitos mientras la camioneta daba tumbos por Matamoros y sus calles llenas de baches. Parecía como si le hubieran chupado la vida, drenada por su interminable flujo de hijos.

La había visto antes en nuestras visitas semanales al rancho. Sabía que ella y su marido cuidaban el rancho a cambio de alojamiento. Cultivaban verduras y subsistían de la tierra. Cuando le pregunté a mi padre por qué a Fernández le decía "primo", me dijo que compartían los mismos antepasados que originalmente habían poblado estas tierras. Conocía al primo Fernández y a su mujer desde que jugaban en el campo cuando eran niños. Sabía que éramos pobres, pero parecíamos mucho más afortunados que nuestros primos lejanos que vivían al sur de la frontera.

En la ciudad, nos detuvimos en una estación de servicio para camiones. Todos los domingos, después de nuestra visita al rancho, pasábamos por aquí para recoger llantas usadas. Dos hombres larguiruchos subieron los cascos en la parte trasera, el vehículo tembló y se balanceó cuando su peso cayó en la base. Mientras la camioneta se balanceaba, los ojos de la bebé se abrieron y empezó a llorar. "Shh, shh", le repetía la mujer sin éxito. Los hombres no hicieron preguntas a mi padre y él no dio explicaciones. Terminada la carga, regresamos chirriando lentamente hacia el puente, con la bebé dando ruidosas protestas. A unas cuadras del peaje, mi padre se desvió y se estacionó en un lote abandonado. Allí, él y la mujer se bajaron. Gruñendo, empujó y tiró de las carcasas del remolque, creando un hueco entre cuatro torres de llantas. Hizo un gesto a la mujer para que se subiera a la parte trasera y se metiera en el escondite, pero le estaba costando subirse al camión con la bebé en brazos.

Al verla dudosa, mi padre le ordenó: "Dale el bebé a Ramón".

El momento en que puso a la bebé en mis brazos, el ruidoso bulto enmudeció de una manera inquietante. Me miraba extrañada a través de sus enormes ojos negros y su cuerpo ligero que hasta para mí era como una pluma.

Mi padre ayudó a la mujer a subirse a la parte trasera, donde se fue hasta el fondo y se metió en el hueco. Extendió las manos y le pasé a la bebé con cuidado. Mientras se retiraban a lo más profundo de su refugio de hule, ayudé a mi padre a juntar las ruedas y cerrar la puerta trasera.

Rodeó la camioneta mientras examinaba su trabajo. "¿Ves algo, Ramón?"

Salté arriba y abajo, echando un vistazo a las llantas, pero lo único que detecté fueron cascos lisos ansiosos por recibir una nueva oportunidad de vida en la renovadora.

Mi padre se quitó el polvo de las manos, lo cual fue inútil porque el hollín no saldría hasta que nos las laváramos con jabón Lava en la casa. Esta era la vida de un llantero, declaraba a menudo. Era un negocio sucio pero honesto. Humilde pero orgulloso.

Nos dirigimos hacia el puente, mientras la caseta de peaje aparecía en el panorama, una ligera llovizna caía sobre el parabrisas. Los limpiaparabrisas chirriaron al barrer el cristal de un lado a otro. En la calle se alineaban mendigos con harapos mugrientos y agitaban tazas oxidadas que tintineaban con monedas sueltas. Los coches serpenteaban hacia el cruce. La cola aumentaría a lo largo del día. En el mejor momento, cruzar puede llevar sólo cinco minutos, pero a la hora pico puede llevarte hasta una hora. Los radiadores ebullirían. El vapor sisearía. Los ánimos se caldearían.

Cuando nos unimos a la fila, un llanto repentino atravesó la cabina. Mi padre y yo volteamos a vernos mientras la fila avanzaba con los parachoques rozándose. Seguramente la bebé dejaría de llorar. ¿No? Por otro lado, ¿qué sabían los inocentes sobre los funcionarios de inmigración y los pastores alemanes que olfatean drogas con su saliva derramándose por la pendiente del puente? ¿Qué sabe la bebé sobre ser discreta mientras infringe la ley? Mi corazón latía con fuerza mientras me preguntaba qué le pasaría a mi padre si lo descubrían contrabandeando seres humanos debajo de sus llantas. ¿Y qué sería de la bebé y su madre?

—¿Qué le pasa a la bebé? —pregunté.

—Pues los pulmones los tiene bien, eso está claro.

—¿Y entonces?

—Creen que es algo del corazón. En Brownsville los médicos pueden arreglar esos problemas . . . a veces.

—¿Crees que deje de llorar antes de que lleguemos al puente?

—Ojalá su madre pueda hacer que pare. Quizá podría alimentarla.

Pero el llanto persistía y sonaba con más fuerza mientras más nos acercábamos a la caseta. Acariciándose el bigote, mi padre miraba por encima del hombro la caja de la camioneta a través de la pequeña ventanilla trasera.

—No podemos hacer esto con la bebé llorando.

—Quizá se está mojando y le está dando frío —me pregunté en voz alta mientras me revolcaba con culpa en el cálido capullo de mi sarape.

Mi padre volvió a mirar las llantas. Ahora llovía con más fuerza. La bebé gritó. Avanzamos el equivalente a un coche de distancia. Sólo quedaban dos coches entre nosotros y la caseta: el punto de no retorno. Mi papá volvió a mirarme y luego bajó la mirada a la manta que me envolvía.

Mis ojos siguieron su mirada hasta las rayas, los pliegues, el exceso de tela que llegaba hasta el suelo y las borlas blancas que colgaban en las sombras bajo mis pies.

—¿Y si . . .? —murmuré—. ¿Abrazo a la bebé debajo de la manta?

Los limpiaparabrisas chirriaron. Las llantas rodaron. Los frenos rechinaron. La bebé lloró. Quedaba un coche. Luz roja. Luz verde. El agua chapoteaba. La bebé gritaba.

En el último segundo, mi padre tiró del volante hacia la derecha y dio un giro en U, retrocediendo por la carretera junto al dique. A las pocas cuadras, giró por una calle lateral y aparcó bajo la copa de un árbol de hoja perenne.

Dejó la camioneta en marcha mientras bajábamos y separábamos los cascos.

Lentamente, la mujer se arrastró hacia delante con la bebé abrazada a su pecho.

—Lo siento —dijo—. No deja de llorar.

La bebé estornudó, retorciéndose en sus brazos, como si intentara liberarse y escapar de este mundo horrible y poco acogedor, con la cara arrugada y la piel de un rojo ardiente.

—Tal vez no le gustan los gases. —Tosí desde el interior de la nube de putrefacción que salía del silenciador oxidado.

—Los médicos dicen que no es bueno que la bebé llore tanto. Es demasiado para su corazón. —Mi padre se veía angustiado mientras pasaba sus manos sucias por su pelo negro y enmarañado.

La madre comenzó a llorar al unísono con su hija.

Mi padre extendió los brazos. "Pásamela, María."

Era la primera vez que oía el nombre de la mujer. Hizo lo que le dijo, pero una vez en brazos de mi padre, la bebé forcejeaba y se retorcía; sus gritos eran cada vez más fuertes. Volteó hacia mí, cuando le tendí las manos vi un inusual destello de desesperación en su mirada. Cuando depositó el manojo de plumas en mis brazos, ella volvió a abrir sus grandes ojos negros y se quedó en silencio, sus miembros se relajaron y dejó de patalear.

La mujer sonrió débilmente y se enjugó las lágrimas. "Ramón es una alma tierna".

Con sus ojos fijos en mí, mi padre ignoró el cumplido de María. Habiendo intuido que ni siquiera mi supuesta alma bondadosa nos ganaría tanto tiempo, le explicó apresuradamente que esconderíamos al bebé en el frente. Agitando amenazadoramente el dedo, le insistió que no se moviera ni dijera ni pío hasta que él volviera a quitar los cascos.

María asintió ansiosa y desapareció entre las llantas. Después de volver a colocarlos en su sitio, mi padre abrió la puerta y colocó el sarape sobre nosotros.

—Acuéstate en el asiento —dijo mi papá—. Mete la barriga.

Seguí sus instrucciones.

—Hum —me examinaba con la mirada—, pon los pies en el borde del asiento para que el bebé pueda tumbarse entre tus rodillas y tu pecho.

Me contorsioné para acomodarme.

—Es un poco incómodo.

—Mete la barriga otra vez. Finge que estás enfermo.

Cerré los ojos y dejé que mi cabeza se inclinara hacia mi hombro.

—Actúa como si estuvieras tratando de obtener permiso para quedarte en casa y no tener que ir a la escuela.

Empecé a gimotear.

—Mucho mejor.

Di un vistazo debajo del sarape y encontré a la bebé profundamente dormida.

Cuando volvimos al puente, la cola se había duplicado. Sacudiendo la cabeza, mi padre murmuró obscenidades mientras seguía el dique de vuelta a la primera fila.

Mis padres siempre decían que no era correcto saltarse la cola. Decían que era injusto y que todo el mundo debía esperar su turno, pero estaba claro que esta situación era inusual. Mi padre hizo un gesto pidiendo que lo dejaran meterse en la cola. Tras dos rechazos, una anciana lo dejó pasar.

Minutos después, ascendimos por la pendiente del puente. En la cima, a través de la ventana empapada por la lluvia, miré el río que serpenteaba hacia el horizonte.

—Qué mal que no pudimos pasarlos por el río que está cerca del rancho —susurré.

—Es demasiado peligroso.

¿Y esto no lo era?

¿Y si la bebé se despierta? ¿Y si le da hambre? ¿Y si empezaba a asfixiarse bajo la cobija? Delicadamente, la levanté y soplé aire suavemente sobre la cara de la bebé. Ahora estaba pálida, incluso con la luz rosada que se filtraba a través de los filamentos del sarape. Se veía débil, tal vez llorar la había agotado. ¿Y si se moría en mis brazos?

Los frenos rechinaban cada vez que arrancábamos y parábamos, acercándonos a rastras al inspector de aduanas. A veces, mi padre conocía al agente. Llevaba toda la vida cruzando de un lado al otro, transportando llantas durante años. Había ido a la preparatoria con algunos de ellos, sus padres se conocían. Otras veces, podía tocarle inspector gringo que trasladaron desde una ciudad del norte. Más de una vez, esos foráneos lo habían enviado a la zona de inspecciones secundarias; un estacionamiento cubierto donde más agentes y perros registraban los vehículos en busca de drogas y pasajeros indocumentados. Si eso ocurriera, sería nuestro fin. Nos ordenarían salir de la camioneta y descubrirían a la bebé. Examinarían con linternas las llantas y descubrían a su madre aterrada en su escondite.

Mi padre intentó ver qué agentes tenían en cada carril. Pero la lluvia lo hizo imposible. Lo último que me dijo antes de continuar fue: "Ramón, no lo olvides, no quieres ir a la escuela; estás muy enfermo y con vómitos".

Cuando llegamos al puesto de control, mi padre bajó la ventanilla y yo sollocé y recliné la cabeza sobre mi hombro izquierdo. No podía interpretar la expresión del agente en mi estado de debilidad, así que escuché atentamente, subiéndome la manta alrededor de la barbilla, con los brazos rodeando fuertemente al bebé bajo el colorido tejido.

—¡López! —Casi salto de mi asiento cuando el agente gritó el nombre de mi padre.

—¡Treviño! —respondió mi padre mientras se estrechaban la mano vigorosamente.

—¿Qué hay de nuevo? —preguntó el agente aduanal.

—Lo mismo de siempre, traigo cascos para vulcanizar. Pero

ahora se me enfermó el niño en el rancho, tengo que llevarlo a casa.

El hombre se asomó. En ese instante el bebé se movió y estornudó. Instintivamente, tosí y fingí estornudar. Luego sollocé para que se sintiera más real. *No llores. No llores, bebé.*

—Es el clima, anda muy frio. Deberías haberlo dejado en casa con su mamá.

—Ni me lo digas.

—Bueno. —Sus ojos se posaron sobre las llantas—. Te veo la semana que viene.

—Ya está, Treviño. Salúdame a tus padres.

El agente le dio dos palmadas a la caja de la camioneta y encendió la luz verde.

Mientras el vehículo rodaba por la rampa resbaladiza, nos quedamos sentados en silencio escuchando como disminuía la velocidad de nuestros latidos.

———

Perla estaba parada debajo del pórtico de su casa de huéspedes. Era una estructura de madera destartalada, pintada de rosa hace tiempo, ahora descolorida y descascarillada. Había un asador oxidado en el patio delantero y un perro sarnoso encadenado a un árbol desgreñado.

Mientras nos estacionábamos en el camino maltrecho de la entrada, Perla bajó por los desvencijados escalones. No pude evitar preguntarme si llevaba donas escondidas en los bolsillos de su delantal. Todo este estrés me había abierto el apetito.

Perla le ayudó a mi padre a separar las llantas y sujetó las manos de la mujer mientras bajaba de la parte trasera de la camioneta. Luego le devolví la bebé dormida a su madre.

—Que Dios te bendiga siempre —me susurró la madre.

—Eres un héroe —declaró Perla mientras asentía incrédula.

—Te daré una dona gratis la próxima vez que vengas a la tienda. Rellena de cereza.

Sonreí.

—Qué bueno que lo logramos.

—Espérame aquí, hijo. —Mi padre me dio una palmada en la cabeza.

Los vi caminar a través de la ligera llovizna, subir las escaleras y entrar en la casa.

Cuando regresábamos a nuestra casa, le pregunté:

—¿Qué pasará con la bebé?

—Llamamos a la doctora que es conocida mía, va a ir esta tarde a examinar a la bebé. Entonces ella decidirá qué hacer. Quizá la lleve al hospital.

—¿Crees que la bebé vaya a estar bien?

—No lo sé, hijo. Recuerda, todo lo que nace muere. No nos corresponde a nosotros decidir cuándo, dónde o por qué.

—Pero es sólo una bebé. —Me tiembla la voz mientras una oleada de angustia me sube al pecho.

—Esta noche, inclúyela en tus oraciones.

—Ni siquiera sé su nombre.

—Emilia.

—Bueno —dije, secándome la gotita de humedad que se había condensado como el rocío de la mañana en el rabillo de mi ojo izquierdo.

Cuando nos acercamos a nuestra casa en Southmost, que lucía como una pila de madera al borde de colapsar en un terreno estrecho y con una valla de metal encorvada, mi padre me advirtió: "Ni una palabra a tu madre o no te va a volver a dejar ir conmigo al rancho".

———

Sus discusiones habían sido peores de lo habitual, me despertaron varias noches seguidas. Una mañana, cuando estaba a punto de entrar en la cocina, oí a mi madre hablando por teléfono. Hablaba con mi abuelita Carmela. Entre sollozos, gritó: "Mamá, dicen que tiene otra familia".

¿Otra familia? Imposible. Mi padre trabajaba todo el día y volvía directo a casa de la planta renovadora todas las noches. ¿Cuándo tendría tiempo para otra familia?

—Dicen que los tiene en una casa de huéspedes, pero él lo niega. ¿Puedes creerlo? Tenemos un bebé en camino. Y apenas podemos pagar nuestros gastos. ¿Qué voy a hacer, mamá?

Mi mamá estaba equivocada. ¿Por qué mi papá no le explicaba? No soportaba escucharla llorar y hablarle mal de mi padre a la abuelita Carmela. Sólo quería ayudar a una familia necesitada; a una aún más que la nuestra.

Cuando mi padre llegó a casa esa noche, lo intercepté antes de que entrara.

—Papá, ¿por qué no le cuentas a mamá lo de la mujer y la bebé?

—Eso no te incumbe.

—Pero ella cree que es otra cosa —le dije.

—Hijo, deja que yo me encargue. Vete a jugar.

Cuando entró a la casa, empezaron los gritos. *¿Jugar?* Me senté en los escalones de la entrada y me quedé viendo la maleza que ahogaba la hierba mientras escuchaba el zumbido incesante de las cigarras vibrando por los árboles. Mientras yo me enfurruñaba, los vecinos asomaban sus cabezas por las ventanas para ver qué alcanzaban a escuchar entre los gritos.

Al día siguiente, cuando volví de la escuela, encontré a mi madre de pie detrás de la puerta junto a una colección de maletas harapientas frente a ella. Su barriga se cernía amenazadora sobre ellas mientras se enjugaba los ojos con trozos de pañuelos de papel.

—¿Qué está pasando? —pregunté, mirando las maletas con desconfianza.

—Me voy a casa de mi madre, puedes venir conmigo si quieres.

—¿De visita?

—No, me voy a quedar.

—¿Por qué?

—Algún día, cuando seas mayor, entenderás estas cosas. Pero, por ahora, eres demasiado joven.

Me quedé mirando el azul descolorido de las maletas Samsonite; mi estómago revolviéndose. No quería que se fuera, quería que entendiera que mi padre no era tan malo como ella pensaba, pero me había prohibido hablar al respecto. ¿Qué podía hacer? Pensé en la bebé, en Emilia, me pregunté cómo estaba. Pensé en aquel día en el que cruzamos el puente con dos polizones. ¿Acaso no había que romper las reglas de vez en cuando si querías hacer lo correcto? ¿Qué sería peor: traicionar la confianza de mi padre y no poder ir más al rancho, o permitir que el matrimonio de mis padres se desmoronara cuando podía hacer algo para ayudar a salvarlo?

—¿Viene alguien a recogerte? —le pregunté.

—Llamé a un taxi. Está en camino.

Tomé su mano y volteé a mirarla.

—Mamá, hay algo que tengo que decirte.

—¿Qué pasa?

—Conozco a la mujer y a la bebé de la casa de huéspedes.

—¿Qué? —exclamó y se agarró el estómago.

—Papá sólo las está ayudando. La bebé está enferma. El marido y los hijos de la mujer están del otro lado, en el rancho. Es la familia que trabaja y vive allí. El primo Fernández es un pariente de papá.

—Pero, la gente decía que . . . —Pareció perder el equilibrio, pero me agarré a ella y la sostuve hasta que apoyó la mano en el marco de la puerta—. ¡Ese es el problema con los machos de los López! —gritó a nadie en particular—. Siempre me tiene a tientas, nunca me cuenta nada. Ni lo que hace, ni adónde va, ni con quién está. Cree que hace que parezca débil. ¿Por qué es así? ¿Dios mío, por qué?

Sollozando, se deslizó en una silla destartalada al lado de la puerta principal. Cuando cesó su llanto, la casa quedó en un silencio extraño. Sólo el sonido de nuestras respiraciones llenaba la habitación mientras nos mirábamos fijamente. ¿Por qué la persona que ambos amábamos era tan incomprensible? ¿Acaso era la carga secreta que debíamos soportar? ¿Era esto lo que nos unía, incluso más que nuestro vínculo como madre e hijo?

En el exterior, el sonido de un motor acercándose. A través de la ventana, un coche amarillo se acerca a la acera con sus frenos chirriando. En la pared de nuestra deshabitada habitación delantera resuena el tictac de un reloj.

Mi madre gruñó mientras un líquido bajaba por sus pantorrillas y le salpicaba los pies.

Una expresión de miedo se apoderó de sus ojos.

—Ayúdame a subir al taxi —dijo al extender su mano al pomo de la puerta.

—¿Qué está pasando? ¿Todavía vas a ir a casa de la abuelita Carmela? ¿No me oíste?

—Te oí. Ya viene el bebé, me voy al hospital.

Volví a mirar las maletas mientras la perseguía.

—¿Quieres llevarte algo?

—Ponle seguro a la puerta y ya. Ándale —resopló mientras se tambaleaba hacia el taxi.

———

Fue una noche larga en el hospital. La sala de espera estaba rebosando con familiares que charlaban por encima de los constantes y estruendosos anuncios del parlante: mis abuelas, los hermanos de mi padre, la hermana de mi madre. Las enfermeras uniformadas entraban y salían como polillas inquietas, con sus zapatos blancos rechinaba sobre el linóleo brillante. Al principio fue una reunión festiva: una entusiasta fiesta de bienvenida para un nuevo integrante del clan López. Pero a medida que pasaban las horas, todos se fueron cansando, las líneas de preocupación se iban marcando en sus frentes y los rasgos sombríos caían en sus rostros como sombras al atardecer.

Habían llamado a mi padre al otro lado de las ominosas puertas giratorias que mantenían a raya a los visitantes. Oí murmullos sobre un parto de nalgas. ¿Qué era eso? Nacer con los pies por delante. Dolor. Pérdida de sangre. Luego vinieron los gritos. Alaridos. Penetrantes. Salvajes. Todo el mundo podía oírlos emanar desde el largo y reluciente pasillo. ¿Cuántas de esas pesadas puertas se interponían entre nosotros y la mesa sobre la que se balanceaba la vida de mi madre? ¿Cómo era posible que sus gritos atormentados llegaran hasta nosotros en la sala de espera?

Mis tíos salieron apresurados mientras encendían ansiosos sus cigarros y le soplaban nubes de humo a la luna llena. La abuelita Carmela estrujaba sus manos alrededor del rosario, suplicaba por su hija mientras mi abuela paterna, Fina, la consolaba.

Con el estómago gruñendo a pesar del drama que se estaba desarrollando, me dirigí hacia las máquinas expendedoras, maravillándome de cómo la pulsación de un solo botón podía transportar mecánicamente paquetes brillantes y deliciosas botanas a las ansiosas manos de una persona, siempre y cuando dicha persona poseyera monedas. Por encima del helado zumbido de la máquina de refrescos, distinguí una voz familiar y me di la vuelta para ver fugazmente a una forma rosa y redondeada que parecía flotar por el pasillo. Puede que otros vieran a una visitante más que venía a visitar a un ser querido, pero yo podía reconocer una dona rellena de gelatina gratis cuando la veía.

—Señorita Perla. —Corrí tras ella.

Se detuvo. —Ramón. ¿Qué haces aquí?

—Mi madre está pariendo al bebé.

—Dios mío. —Se persignó igual que como lo había hecho la otra mañana en el Señor Donut—. Ojalá que todo salga bien.

—¿Qué hace aquí?

—Vine a ver cómo está Emilia.

—¿Está aquí?

—Sí, ¿no te dijo tu papá? Hoy la operaron. Llevé a su mamá a casa a descansar, llevaba días sin dormir.

—No, mi papá no me dijo. Pero casi no lo he visto, ha sido un día de locos.

—Sí, me imagino. Bueno, ven conmigo. ¿Quieres verla?

Seguí a Perla por un laberinto de pasillos hasta llegar a una ventana panorámica. Del otro lado del cristal, hileras de bebés descansaban en cestas de plástico, envueltos en mantas blancas adornadas con rayas rosas y azules. Al lado de las cestas colgaban tarjetas con sus nombres escritos con marcador negro. Rodríguez. Gómez. Cross.

—¿Son cunas de plástico? —Miré con curiosidad a los diminutos seres tumbados de espaldas, algunos dormían, otros sacudían sus extremidades por los aires y en todas las direcciones como hacen las cucarachas moribundas.

—Son incubadoras. Mantienen calientes a los bebés.

Abrí mis ojos asombrado.

—Tener una de esas no estaría nada mal, nuestra casa se pone fría en invierno.

Perla se rio.

—Sí. A mí no me molestaría empezar desde cero otra vez en una de esas incubadoras. Hay muchas cosas que haría distinto, sin duda.

Levanté mi mirada hacia Perla. Su vida no parecía tan mala. Tenía una casa de huéspedes y trabajaba en una tienda de donas. Jamás se quedaría sin hogar ni pasaría hambre. ¿Qué arrepentimientos podía tener?

Me miraba plácidamente, como si pudiera leer mis pensamientos.

—Mira, es en esa esquina, ahí es donde están los bebés muy enfermos. Le dicen la UCIN.

En el rincón más alejado de la habitación había una incubadora solitaria donde estaba la pequeña e indefensa Emilia. La tarjeta decía: "Fernández". Una flota de máquinas rodeaba la incubadora. Tubos y cables se conectaban a ella y rodeaban a la bebé.

—¿Se pondrá bien?

—Tenía un agujero en el corazón y tenían que cerrárselo. Es una bebé fuerte, pero una nunca sabe. Lo único que podemos hacer es rezar.

—Recé por ella como me dijo mi papá.

—Qué bueno, yo también lo hice.

Mientras contemplábamos la única cuna de la UCIN, una enfermera entró en la habitación por unas puertas blancas. Empujó una incubadora hasta el rincón donde estaba Emilia.

—¿Quién es? —le pregunté.

—No lo sé.

Intenté leer la tarjeta que colgaba de un lado de la incubadora del recién llegado, pero permaneció en blanco en lo que la enfermera conectaba las mangueras y tubos. Observamos a la enfermera realizar metódicamente su trabajo. Cuando terminó, sacó un marcador negro de su bolsillo y se inclinó hacia la tarjeta. Cuando se apartó, me quedé mirando la tarjeta.

—López —susurré.

Perla dio un grito ahogado y luego se tapó la boca como si quisiera retractarse.

—Es tu hermano —oí la voz de mi padre detrás de nosotros—. Es Rubén.

Cuando nos dimos la vuelta, mi padre parecía haber envejecido diez años desde aquella mañana.

———

Esa noche, después de que la familia se fuera, mi padre y yo nos quedamos tan tarde como pudimos. Volvimos a casa alrededor de la una de la madrugada. Era la primera noche que íbamos a pasar solos en la casa. El lugar se sentía extrañamente ajeno sin mi madre. Me arropó en mi cama y trajo arrastrando la mecedora de su habitación. Sentado en un rincón, se mecía suavemente: el crujido nos arrullaba como una hipnosis. Entramos y salimos del sueño, sus ronquidos nos despertaban de vez en cuando.

—Papá —le dije—, ¿qué tienen mamá y Rubén?

Se meció por un momento.

—Tu madre perdió mucha sangre. Ha sido un parto muy difícil, pero se pondrá bien.

—¿Y mi hermano?

Volvió a mecerse, cerró los ojos, roncó y finalmente contestó:

—Rubén salió con los pies por delante, dicen que podría no haberle llegado suficiente oxígeno al cerebro; tomará tiempo para que sepamos lo que eso significa. Su cuello también necesita cirugía.

Me quedé mirando al techo. Todo esto me parecía bastante inesperado, se supone que los bebés nacen sanos y felices. Y aquí los dos únicos bebés que conocía luchaban por su vida en la UCIN.

—¿Y Emilia?

—Su operación salió bien. El médico dice que, si sigue así, podría salir del hospital en un par de semanas. Pero sigue en estado crítico, eso significa que nada está garantizado —dijo dando un suspiro hondo—. Incluso si se mejora, los médicos dicen que podría tener problemas por años.

—¿Yo tuve problemas de bebé?

—No.

—Supongo que tuve suerte.

—Estás bendecido. Ahora tienes que trabajar duro para traerte más suerte y ganar más bendiciones. La vida es como el río: lleno de vueltas y vaivenes, nunca sabes lo que te espera —dijo mi padre y volvió a dormirse; los crujidos de la mecedora fueron disminuyendo hasta que la silla se detuvo.

Imaginé al Río Grande tallando su surco en la tierra más allá del dique por el que pasábamos diario. Si subía ese dique, podría ver el río y las orillas al otro lado. Sabía que el río fluía hacia el este hasta desembocar en el golfo cerca de nuestro rancho y que serpenteaba por las tierras en las que nuestros antepasados se habían establecido hace muchos años. El río era peligroso e impredecible. A veces se secaba y la gente y el ganado pasaban sed. Otras veces se inundaba y arrasaba barrios enteros como un dios enfurecido que causa estragos en sus ineptos seguidores. ¿Así era la vida?

Cuando me dormí, soñé que estaba en el rancho, veía a Emilia y a Rubén, pero ya no eran bebés, tenían cuatro o cinco años. Corrían por los campos y desaparecían entre altos juncos de hierba oscilante. Pero en vez de perseguirlos me despertaba en los confines de una incubadora gigante. Tubos y cables me atrapaban mientras miraba desesperadamente a través de las paredes de plástico. Me tambaleé y tiré de mis ataduras. Entonces me invadió una tenue sensación de calma al ver a Emilia y Rubén, se tomaron de las manos al mismo tiempo que volteaban a verme.

Sus ojos se veían grandes y vacíos, como las ventanas de una casa abandonada. Pero allí estaban, vivos, levantaban las manos con lentitud para saludarme débilmente. Mi miedo se desvaneció cuando volví a sumirme en la oscuridad de un sueño tranquilo.

Salimos a la mañana siguiente e hicimos una breve parada en Señor Donut. La tienda estaba vacía y en silencio, salvo por los pitidos que emitían las máquinas de café. Mi padre tenía la mirada distante. Batía su café mientras Perla me daba la dona gratis que me había prometido. La vi sacarla de la cesta que decía "rellenas de cereza", pero cuando la mordí durante el viaje movido al hospital, resultó ser de limón. Tenía azúcar y polvo por fuera y era agria y amarga por dentro; la comí de todos modos.

MANIPULANDO LAS LEYES
DEL MOVIMIENTO

La reluciente bicicleta del escaparate estaba llamando mi nombre. No tal cual, pero sentía que lo hacía. Ubicada en posición central y debajo de mis dos palabras favoritas en el mundo: "Mac's Toys", la bicicleta de Evel Knievel para motocross era lo máximo. Tenía un brillo blanco y estrellas azules, rayas rojas y reflejos cromados en el manubrio, las ruedas y los radios. Evel Knievel era la genialidad misma. Me lo imaginaba saltando una larga cadena de coches o el Gran Cañón con su capa ondeando en su espalda y su cuerpo como una heroica estela de rojo, blanco y azul.

—¡Ándale! —Mi madre, harta, me jaló bruscamente mientras Rubén gritaba en sus brazos—. ¡Todavía tenemos que ir a hacer las compras y tu hermanito ya se está volviendo loco!

—Mamá —balbuceé mientras me remolcaba a regañadientes—, ¿crees que pueda tener la bicicleta de Evel Knievel para Navidad? El vendedor me dijo que sólo tienen una. Le pregunté si podía guardármela, pero me dijo que tendríamos que pagar un depósito para que la reservaran.

—Ahora no, Ramón, no tenemos el dinero. A ver en Navidad cómo están las cosas, tal vez si las cosas van mejor para tu padre . . . —Suspiró mientras entrábamos en la antigua tienda de H-E-B que había en el centro; el olor a carne cruda y ajo me quemaban las fosas nasales.

A pesar del trayecto complicado, mi padre siguió siendo un devoto de las llantas. Cruzaba el puente hacia México todos los días para buscar cascos desgastados de tráileres y entregar llantas recién recapeadas a sus clientes. Llevaba los cascos a su pequeña planta de vulcanización junto a las vías del tren. Desde fuera no parecía diferente a las demás casitas de madera que flanqueaban las vías del tren y el viejo cementerio de la esquina. La pintura alguna vez fue blanca con ribetes rojos, pero ahora estaba descascarillada y deteriorada. Un letrero astillado colgaba de una cadena solitaria cerca de la puerta principal y anunciaba: "Joe's Tire Shop".

Por dentro, el espacio era estrecho y apestaba a hule quemado y sudor, pero me encantaba. Todos los días, después de la escuela, le rogaba que me llevara al taller en lugar de dejarme en casa con mi regañona madre y mi babeante hermano. Normalmente, no le importaba. Me dejaba contestar al teléfono y archivar papeles mientras él hablaba con el ingeniero de la planta, Pedro. Era un hombre bajo y redondo que usaba lentes. Hasta parecía que lo habían moldeado con hule fundido. Su overol siempre estaba cubierto de grasa, sus manos y su cara estaban oscuras por el polvo negro que se desprendía constantemente de las llantas. A pesar de su peso, rodaba ágilmente entre los moldes plateados mientras comprobaba indicadores y ajustaba palancas y ruedas. Me recordaba a una bola de pinball que rebotaba dentro de una maquinita de temática industrial. A través del vapor sibilante, gritaba órdenes a sus dos ayudantes. Siempre sonaba urgente, como si estuviera manteniendo entre sus manos un delicado equilibrio gracias al cual prevenía que el lugar estallase.

Mi parte favorita del día era cuando sonaba la campana y

Pedro pedía ayuda para girar una de las ruedas que coronaban los moldes. Una grúa miniatura empezaba a balancearse sobre la llanta humeante mientras levantaba la tapa. Con una palanca, abría a la fuerza los bordes de la llanta y se aseguraba de separarlas bien del molde de acero en su interior. Luego colocaba el gancho que colgaba de la grúa y daba la orden de tirar. Entonces salía una gran y antigua llanta que ahora parecía como nueva, aportando ranuras en su superficie antes lisa e inservible.

Mi padre sonreía como si acabara de ver nacer a un hijo más. "Otros cien dólares", me decía con una sonrisa y un guiño.

Cuando las cosas iban bien, la cartera de mi padre iba repleta de billetes de cien dólares. Pero cuando las cosas iban mal, sólo se llenaba de papelitos blancos y arrugados. "Recibos", les llamo al pedirme que los archivara para los impuestos.

Aunque todos los días salían llantas de los moldes, se acumulaban en el almacén al fondo del taller. La gran preocupación de papá siempre era el cómo mantener la luz encendida en casa y en el taller, cómo pagarle a sus empleados cada viernes y cómo tener dinero suficiente para pagar las cajas de hule que encargaba de Akron, Ohio. Lograrlo siempre parecía un delicado acto de malabarismo.

En la televisión que teníamos en la cocina de la casa, el presidente Carter había usado la palabra "malaise" en inglés para describir nuestra economía. Cuando mamá preguntó qué significaba, mi padre dijo que sonaba muy parecido a "malo".

Tuve la suerte de que las monjas de la primaria St. Mary tuvieron la misericordia de dejarlo atrasarse con la colegiatura. Sabían que al final pagaría, como siempre. Estaba en quinto de primaria y tenía la esperanza de que me regalarían la bicicleta de Evel Knievel por mi cumpleaños número once al comienzo del año escolar pero, por desgracia, esa mala "malaise" era contagiosa y había convertido mi cumpleaños en una fiesta que daba lástima. Navidad era mi última esperanza para tener la bicicleta.

—No es que quiera volver, papá, pero si siguiera en la escuela pública en vez de estar en St. Mary's —le pregunté mientras volvíamos a casa en su pickup destartalada—, ¿te alcanzaría para comprarme la bicicleta?

—Hijo, lo mejor que puedo darte —respondió sombríamente, su espeso bigote subía y bajaba con sus palabras mientras mantenía sus ojos negros en la carretera— es tu educación. La bicicleta te la pueden robar, ¿pero tu educación? Nadie te la podrá quitar. Además, ya tienes una bici.

Recordé la bicicleta rosa para niñas que me había dejado una de mis primas, estaba acumulando polvo en el patio trasero porque no me atrevía a andar con ella por la calle. ¿Hablaba en serio? Si me subía a ese cacharro era un ticket de ida al hospital, garantizado.

—¿De verdad es tan malo ir a una escuela pública? Quizá ya terminaron de construir las nuevas aulas y me tocarían tener mi propio escritorio. ¡Es menos estricta y es gratis!

Me podía ver en mi brillante bicicleta de Evel Knievel yendo a la pública, haciendo acrobacias en frente de niños asombrados en el estacionamiento. Haría caballitos y saltaría coches como lo hacía el mismísimo por televisión.

—Hijo —respondió mi padre, sus ojos brillaban bajo el ala de su sombrero Stetson—, eres un muchachito muy listo. Más de la mitad de los niños que van a la escuela pública en esta ciudad ni siquiera se gradúan. La dejan. Sé que eso no te pasaría a ti, pero te quiero con las monjas, ahí recibes libros y disciplina.

Apoyé mi barbilla en la ventana abierta y observé las casas que iban pasando mientras anochecía. Vivíamos en Southmost, un barrio de pequeñas casas de madera apiñadas detrás de inclinadas vallas metálicas y aplastadas entre las vías del tren y el dique del río. Era el barrio más meridional de Estados Unidos. Todo lo que tenía que hacer era cruzar la calle y subir la colina cubierta de hierba para ver el Río Grande y México.

Cuando empecé a ir a St. Mary's el año pasado, le dije a un chico de la escuela en qué parte de la ciudad vivía y se quedó boquiabierto. Retrocedió lentamente, luego se dio la vuelta y salió corriendo. Así que, al día siguiente, cuando el matón de la clase estaba a punto de abalanzarse contra mí, decidí intentarlo de nuevo.

Con mi mirada en sus mocasines brillosos, sus pantalones azul marino planchados y plisados y su camisa blanca, a los cuales había hecho detenerse, le dije:

—Oye, Jimmy.

—¿Qué, morro? Dilo rápido porque ya te quiero tronar. Va a ser tu iniciación —gruñó el niño más grande de la clase, salpicándome la cara con gotas de saliva.

—Vivo en Southmost —afirmé rotundamente y busqué una respuesta en sus fríos ojos azules.

Jimmy bajó el puño y me volvió a evaluar. Yo era bajo y flaco, tenía agujeros en mi guayabera blanca grisácea y remiendos en mis pantalones azules descoloridos de segunda mano, rozaduras en los zapatos.

—Conque Southmost . . . —Jimmy frunció el ceño.

—Así es.

—¿Alguna vez te has peleado ahí? —me preguntó Jimmy.

—Claro, todo el tiempo —dije mintiendo.

Jimmy asintió.

—¿Llevas un cuchillo? —me preguntó.

Había visto a los adolescentes del barrio jugando con navajas automáticas cuando se juntaban en las esquinas; hacían trucos en un intento de impresionar a las chicas sin tener que rebanarse los dedos. Eso era lo más cerca que había estado de tener un cuchillo.

—Nah —le respondí—. Mi padre me hace dejarlo en un cajón en mi habitación.

Podía escuchar como giraban los engranajes en la cabeza de Jimmy.

—Bueno, pues ahora estás conmigo, niño —dijo Jimmy—. No me hagas enojar y no te haré nada, ¿está claro?

—Sí, va. Como digas —le contesté.

Después de eso, nunca tuve ningún problema en St. Mary's. No siempre salía con Jimmy, pero los demás niños sabían que me respetaba y eso era suficiente protección.

Me gustaba más la escuela de monjas que la pública. En la escuela pública había tantos niños que no cabían en el edificio, tuvieron que traer cámpers que estacionaban en el patio de recreo. Se suponía que iban a ser aulas provisionales, pero como no podían construir con la rapidez suficiente para seguir el ritmo de crecimiento de los alumnos, nunca desaparecieron. Algunos profesores incluso intentaron poner jardines en los alrededores de sus cámpers, pero los niños arrancaban las flores y pisoteaban las plantas por pura maldad.

Un día, cuando todavía estaba en la escuela pública, mi padre tuvo que venir a recogerme temprano porque mi madre estaba en el hospital con mi hermanito, quien estaba siendo sometido a otra de sus innumerables operaciones. Cuando mi papá encontró mi salón, sus pobladas cejas se juntaron como cuando iba a pegarle a alguien.

—¿Señora Ochoa? —dijo llamándole a mi profesora, una solterona en luto perpetuo que siempre vestía de negro.

—¿Sí, señor López? —respondió ella con su voz sombría y temblando de miedo.

—¿Por qué mi hijo está sentado al fondo en el suelo? —preguntó y me señaló, yo estaba sentado entre dos pupitres en la última fila con las piernas cruzadas.

—Es que aquí no caben suficientes pupitres, señor —respondió como si fuera una respuesta perfectamente sensata.

Mi padre escaneó la habitación, estaba caliente y húmeda porque los aparatos de aire acondicionado de las aulas portátiles no eran muy buenos. Había cerca de una docena de nosotros sentados en los pasillos.

—¿Por qué unos niños tienen libros y otros no? —le preguntó mi padre a la señora Ochoa negándose a dejarla zafarse de esta tan fácilmente—. Mi hijo está sentado en el suelo y no tiene un libro en sus piernas.

—Es que . . . —la señora Ochoa tosió nerviosa— emm . . . Estamos compartiendo los libros, señor López. —Le ofreció una forzada y esperanzada sonrisa.

Compartir era bueno, ¿no? Eso nos enseñaron en el kínder.

—Señora Ochoa —replicó mi padre—, ¿cómo va a "compartir" si ni siquiera puede ver la página del compañero sentado al lado porque está un metro más abajo?

La señora Ochoa apretó los labios.

—Vamos, Ramón —me ordenó mi padre.

Cautelosamente, fui escalando sobre mis compañeros mientras intentaba no pisar ningún dedo.

—Señora Ochoa, no crea que mi hijo va a volver aquí. Mi padre, un huérfano, no vino desde Yucatán a los Estados Unidos para que su nieto fuera a la escuela en un remolque y se sentara en el suelo sin un libro. Eso bien podríamos hacerlo en México.

Así que tuve unos días sin ir a la escuela. A Rubén lo trajeron a casa del hospital. Y, la semana siguiente, mi padre me llevó a St. Mary por primera vez.

—Hijo, esto va a ser un sacrificio —me explicó en el estacionamiento—. Pero eres inteligente. Tienes que tomar lo que aprendas aquí y usarlo para algún día hacer grandes cosas. A lo mejor hasta vas a ser el primer López que va a la universidad.

En St. Mary's, devoraba libros y sacaba revistas y biografías de la biblioteca. Me gustaba leer sobre presidentes estadounidenses, como Abe Lincoln y Teddy Roosevelt. Me encantaba aprender palabras largas e impresionar a mis profesores con ellas. Al día siguiente de que el presidente Carter usó la palabra "malaise", me lancé al diccionario gigante que había en el mostrador de mi espaciosa aula para encontrar la definición. Mi padre casi le atinó. Sí era "malo". Según el diccionario, es un sentimiento general de enfermedad o malestar. Bueno, ciertamente había infectado los sucesos de mi cumpleaños, pero estaba decidido a impedir que esa mala "malaise" acabara con mi sueño navideño.

St. Mary's no era una escuela muy grande. Sólo había dos salones de quinto. Uno era el A, donde estaban la mayoría de los chicos gringos y los más inteligentes de los mexicoamericanos. El otro era el B, que consistía de los niños ricos que todos los días venían en un vehículo compartido desde México y los gringos de bajo rendimiento.

Al principio, las monjas me habían puesto en la clase B, pero, al cabo de unos días, la profesora me acompañó al despacho del director y me dijo que era demasiado inteligente como para que siguiera limitándome. Así que me uní a la clase A. Usualmente me hubiera dado un poco de miedo, pero Jimmy estaba en esa clase y se aseguró de que nadie me diera problemas. Uno de sus mejores amigos era un niño llamado Sergio Aranda. Aunque todos teníamos que llevar uniforme, el de Sergio se veía mejor. Su pelo siempre se veía recién cortado y brilloso y las chicas siempre se reían cuando lo veían pasar. Aunque él era completamente mexicano y yo era mexicoamericano, él tenía la piel más clara que yo. Jimmy, Sergio y yo pasamos el rato juntos durante el almuerzo. Cuando los niños jugábamos, siempre nos elegían primero. Jimmy era el chico más fuerte de la clase; podía ganarle en las venciditas a cualquiera. Sergio era el más atlético; cuando jugábamos kickball, siempre mandaba la pelota volando por encima de la valla. Y yo era el más veloz. Mi cabello negro y largo se alzaba en el aire mientras rebasaba a los demás en las carreras.

Al salir, los padres daban vueltas por un camino en forma de media luna para recoger a sus hijos en el estacionamiento. Rezaba porque los padres de Sergio y Jimmy llegaran antes que los míos; no quería que vieran la camioneta destartalada de mi papá. La mamá de Jimmy conducía un Mercedes-Benz plateado. Su familia era propietaria de una cadena de tiendas de ropa para hombres. El papá de Sergio lo recogió en un convertible, un Cadillac Eldorado con un blanco reluciente. Por suerte, mi papá siempre llegaba tarde.

Un día, Sergio me invitó a su casa.

—No sé si mis papás me dejarían cruzar la frontera contigo —respondí.

—Bueno, podemos ir a mi casa de aquí —me dijo.

—¿Cómo?

—Tenemos dos, una de cada lado —me explicó en un tono muy casual, como si fuera el caso para todo el mundo.

—¡Ah, claro! —me encogí de hombros y forcé una sonrisa.

Después de insistirles mucho, mis papás me dieron permiso de ir a la casa de Sergio un día. Jamás me había subido a un Cadillac.

—Qué asientos tan padres y suaves tiene, señor Aranda. —Me mecía mientras el aire frío de las rejillas de ventilación me daba en la cara. Me pareció que el carro también sería un buen refri.

—Son de cuero, Ramoncito —me contestó con una sonrisa cálida.

—Pero claro —respondí mientras los acariciaba como si fueran un cachorrito que había perdido y encontrado.

Me sentía muy cómodo con el señor Aranda, era como si lo hubiera conocido mi vida entera. A diferencia de mi padre, que siempre estaba sudoroso y cubierto de polvo de llantas, el señor Aranda parecía salido de aquella revista elegante que había visto en la biblioteca: *GQ*. Llevaba un reloj Rolex de oro, zapatos y cinturón de piel de lagarto, una camisa que parecía europea y una cadena de oro en el cuello. Protegía sus ojos con unos lentes negros Porsche Carrera, que eran la moda en ese entonces.

La casa de Sergio era un paraíso. En el patio trasero había una piscina de forma libre rodeada de palmeras, desde la que podías ver una pacífica resaca con flamencos de verdad en los lados, que eran igualitos a los del zoológico. Y su habitación era más grande que la de mis padres y la mía juntas. En realidad, probablemente era tan grande como mi casa entera.

Pasé los dedos por los interruptores y botones del equipo de música de Sergio, la lámpara de lava y el teléfono de marcación por tonos, también posé mis ojos sobre los carteles de bellas mujeres en bikini y brillantes Ferraris rojos que tenía colgados en las paredes.

—¿Quieres ir a nadar? —gritó Sergio mientras saltaba en su cama.

—¡Vamos! —respondí gritando.

Nos cambiamos rápidamente y nos lanzamos felices a la piscina. Esta sí era vida, un sueño hecho realidad. Sabía exactamente lo que quería ser cuando creciera: ¡el señor Aranda!

En el camino a mi casa, mientras el señor Aranda conducía, me armé de valor y se lo pregunté: "Señor Aranda, ¿a qué se dedica?".

Parecía un poco sorprendido, pero respondió con indiferencia: "Ah, yo trabajo en . . . importación y exportación".

Había oído sobre eso antes. Asentí con una sonrisa. "Importación y exportación", sonaba bien. De hecho, lo oía muy

seguido por vivir en la frontera. Quizá yo también podría dedi-
carme a eso.

Más tarde, estando de vuelta en casa, vi todo desde otra
perspectiva. Mi padre era una bestia salvaje comparado con el
señor Aranda. Mi madre se veía cansada y vieja al lado de la
señora Aranda, a quien siempre peinaban y maquillaban profe-
sionalmente en el área de cosméticos de Dillard. Nuestro suelo
de madera, chirriante y descolorido, se sentía primitivo comparado con el alfombrado de la casa de los Aranda. Por fin llegó
la Navidad y, mientras que Sergio era engullido por pilas y pilas
de papel de regalo arrugado, debajo del árbol de Navidad de
plástico que se tambaleaba en la esquina de nuestra escueta sala,
yo sólo encontré un mísero sobre rojo y un regalo rectangular
y delgado envuelto en un papel dorado metálico.

—Lo siento, mijito —mi madre sonrió débilmente y recorrió mi pelo con sus dedos—. Era todo lo que Papá Noel podía
permitirse.

Abrí el sobre y encontré un billete de cinco dólares arrugado y una tarjeta de American Greetings con Rodolfo el reno
y su nariz roja. ¿American Greetings? Ni siquiera les importó
lo suficiente para darme lo mejor de lo mejor.

—¿Y esto qué es? —Miré cabizbajo el regalo ligero que tenía
entre las manos. El papel de regalo era tan barato que los brillos
de oro ya se me habían pegado a los dedos.

—Ábrelo —me dijo.

En el interior había un cuaderno de espiral en blanco. Era
similar a las notitas que nos daban las monjas para anotar nuestros deberes. Mi mirada estaba tan en blanco como las hojas que
parecían mirarme de vuelta.

Percibiendo mi confusión, mi madre me explicó el regalo
—siempre es una mala señal—:

—Es un diario, Ramón.

—¿Un diario?

—Sí, leí en el periódico que escribir cosas en un diario es un buen hábito. Puedes poner tus sueños, tus ideas, tus pensamientos. Dicen que ayuda a convertir las metas en acciones.

Luché contra el nudo que crecía en mi garganta. Sabía que las circunstancias eran más difíciles que nunca. Mi padre había tenido que despedir a los ayudantes de Pedro en la planta. Pasaron semanas sin nada que hacer en el taller, salvo esperar a que sonara el teléfono. Mi padre se había quedado sin dinero y sin crédito para comprar hule y el almacén seguía lleno de llantas que no podía vender. Por la noche, oía a mis padres discutir a través de las paredes delgadas como papel. Mi padre le echó la culpa a la devaluación del peso y a las nuevas llantas radiales que inundaban el mercado. Mi madre le reprochaba que insistiera en ser autónomo en vez de conseguir un trabajo normal de nueve a cinco como todo el mundo. Estaban contratando en la planta de Union Carbide cerca del puerto, también había leído eso en el periódico.

Esa Navidad me fui llorando a la cama. Pensé en la bicicleta de Evel Knievel del escaparate de Mac's Toys y me pregunté si se la habían dado a algún otro niño afortunado con un Papá Noel más rico que el mío.

Susurré mis oraciones mientras me iba quedando dormido: "Ayúdame, Diosito. Ayúdame a encontrar la manera de conseguir mi bicicleta. Y ayúdame a crecer para ser rico como el señor Aranda, no pobre como mi padre. Estudiaré mucho, iré a la universidad. ¡Pero ayúdame ahora si puedes! No quiero esperar una eternidad y ser un anciano cuando conduzca la bicicleta de Evel Knievel. No sería lo mismo".

Soñaba que conducía mi bicicleta libremente por la calle, pero luego, cuando finalmente me veía a mí mismo, me daba cuenta de que estaba arrugado y destartalado, y que llevaba unos lentes gruesos. Lo peor de todo es que mi pelo negro y ondulado había desaparecido por completo, solo quedaban unos mechones blancos y desaliñados que se aferraban a mi resplandeciente cabeza calva.

A la mañana siguiente, impulsado por el terror de aquella pesadilla, agarré mi nuevo diario y escribí una lista de posibles ideas para ganar dinero y poder alcanzar mi meta yo solito. Ya no volvería a confiar en los duendes del polo norte ni esperaría en vano a que subiera el valor del peso. Lamentablemente, mi lista era corta y nada creativa.

Lavar coches. No tenía sentido, porque las chicas guapas de la prepa solían ponerse en las gasolineras para lavar carros y recaudar dinero para sus actividades extracurriculares. No podía competir con eso. Lo taché.

Cortar pasto. Pero nadie en mi barrio le pagaría a alguien más para que le cortara el pasto. O lo cortarían ellos o, lo que es más probable, dejarían que la maleza infestara sus jardines y que el pasto creciera hasta llegarles a la cadera. Rayé la opción con ira.

Repartir periódicos. Necesitaría una bicicleta, pero ni de chiste iba a usar la cosa rosa y oxidada del patio.

Todas las opciones eran desesperanzadoras. Frustrado, lancé el diario contra la pared de mi habitación.

Con suerte, algo vendría a mí.

—Te lo ruego, virgencita —añadí a mi plegaria, ahora dirigiéndome al tapiz de la Virgen de Guadalupe que estaba colgado en la habitación de mis padres—. Por favor, intenta recordarle a Dios y a Jesús que me manden una buena idea.

El domingo por la mañana, después de nuestra visita semanal al rancho, mi padre me invitó a ir con él al mercado del otro lado de la frontera para comprar aguacates, calabacitas y chiles. Por alguna razón, los que había en H-E-B nunca estaban a la altura de los que vendían del otro lado de la frontera.

En el mercado, la gente iba de acá para allá, los vendedores promocionaban sus mercancías a gritos mientras la multitud se arremolinaba apretada entre la vertiginosa variedad de puestos. Estaban todas las frutas y verduras que pudieras imaginar, las ponían sobre cajas inclinadas dentro del mercado que estaba al aire libre con su cobertura. Esparcidos entre los puestos, había pequeños mostradores donde la gente podía sentarse y pedir tortillas recién hechas y tacos al pastor, al mismo tiempo que un surtido de apetitosas fragancias estimulaban los sentidos.

En el puesto de aguacates, mi padre charlaba con el vendedor como si lo conociera de la infancia. El experimentado anciano abrió hábilmente los aguacates con un ágil movimiento de su cuchilla y extrajo el hueso al mismo tiempo. Después, introdujo un chile serrano en la hendidura, juntó las dos mitades y las metió en una bolsa.

—¿Por qué le saca la semilla? —pregunté fascinado.

—Porque es ilegal llevar los aguacates al otro lado con la semilla todavía adentro —me respondió mi padre mientras contaba los billetes mexicanos coloridos que acompañaban en su billetera a los dólares de color verde opaco.

—¿Por qué?

—Porque temen que las semillas puedan portar enfermedades que perjudiquen a los cultivos del otro lado de la frontera —me explicó mi padre.

—Pero no nos hacen quitarles las semillas a los duraznos ni a los mangos ni a las ciruelas —dije pensativo—. Y sería imposible quitarles todas las semillas a los tomates o a los chiles o a las guayabas.

Mi padre sonrió mientras le pagaba al aguacatero.

—Tienes razón. Me pregunto por qué se meten con los aguacates, tal vez no les gusta el guacamole.

—¿Y por qué pone el chile serrano donde estaba la semilla? —pregunté con curiosidad.

—Ayuda a mantener el aguacate fresco y verde hasta comerlo —dijo mi papá mientras me redirigía al puesto de chiles—. Hablando de chiles, necesito unos.

Pasé mis ojos por el vívido despliegue de pimientos. Rojos, verdes, carmesíes, naranjas, amarillos, marrones; venían de todas partes de México y venían en todo tipo de formas, texturas y colores. Largos y retorcidos, cortos y lisos. Frescos, secos, ahumados, encurtidos. Grandes y pequeños, redondos y oblongos. Mientras mi padre elegía lo que quería, mis ojos se fueron a mi delicia favorita en todo el mercado: el chile en polvo. Era una mezcla moteada blanca y naranja de polvo fino hecho con chile, sal, azúcar y limón cristalizado. Era una sensación que cosquilleaba el paladar con un toque de picor. Venía en bolsitas de plástico de dos centímetros de ancho por doce de largo. Todo eso por un peso o cinco centavos estadounidenses. Y me encantaba.

—*Papá*. —Me armé de valor y tiré de su manga—. ¿Puedo llevarme un poco de chile en polvo?

Mi padre me miró con desaprobación.

—Hoy no, Ramón. Ahorita cada peso cuenta.

Desganado, bajé la mirada hacia mis andrajosas sandalias de fin de semana. Entonces recordé el billete de Navidad de cinco dólares que ardía en mi bolsillo y mi rostro se iluminó.

—¡Papá! —exclamé—. ¡Yo me lo puedo pagar! ¡Mira! —dije y, tras escarbar en mis pantalones flojos, saqué la arrugada imagen de Abraham Lincoln. Se volvió uno de mis favoritos después de leer su biografía en la biblioteca. Siempre podías contar en el honesto Abe. Ahora que lo necesitaba me sacaría de mi apuro.

A regañadientes, mi padre cedió: "Ándale pues, compra tu chile".

Con el billete de cinco dólares en mi mano, me sentía empoderado. ¿Por qué comprar un paquete de chile, cuando podría comprar . . . cien? Bueno, no, eso sería una locura . . . pero se sentía bien saber que podía hacerlo si quería. En lugar de eso, agarré un puñado de paquetes suaves y blanditos y los puse sobre el pequeño mostrador para que el vendedor de chile los contara.

—Veinticinco pesos —dijo en voz baja.

Le entregué el billete y él me dio mi cambio: cuatro billetes de un dólar y tres monedas de veinticinco centavos.

Con alegría, tomé mis chiles navideños y los tuve abrazados hasta llegar a casa. Al día siguiente, durante el almuerzo de la escuela, abrí uno de los paquetes, me eché un buen puñado de polvos en la palma de la mano y lo chupé ahí mismo.

Poco después, había una pequeña multitud a mi alrededor que quería probar el polvito. Jimmy y Sergio fueron los primeros. Fui vertiendo montoncitos más pequeños que el mío en cada una de las palmas extendidas, pero luego vinieron más. Se me iba a acabar todo mi paquetito. Por suerte, aún tenía cuatro más en casa. Distribuí un poco a cada uno de los niños mientras intentaba guardar un poco para mí, pero no fue suficiente, querían más.

—Ándale, Ramón —gimoteó una chica gringa mientras jugaba con sus rizos rubios—. Está muy rico, nunca había probado algo así. Necesito más.

—Ya no tengo más. —Levanté mis manos vacías para que viera.

—¿Y si me traes un paquete mañana? —insistió—. Te lo pago.

De repente, pensé en el señor Aranda y en su negocio de importación y exportación. Era como si un coro de ángeles cantara en armonía y sólo yo pudiera oírlo.

—Bueno. —Me encogí de hombros con indiferencia mientras sentía como se me aceleraba el pulso.

Estando en casa, me senté en la cama y me quedé mirando

los paquetes de chile que me quedaban. Eran cuatro, cada uno me costó veinte centavos. Me preguntaba por cuánto podría vendérselos a los niños de la escuela. ¿Diez centavos la pieza? ¿Veinticinco? Mañana lo averiguaría. Me pareció lo mejor ir por una cantidad alta.

"Siempre puedes bajar el precio", oí decir a mi padre una vez, hablaba desde su experiencia como vendedor de llantas. "Subirlo es mucho más difícil".

En la escuela, Jimmy y Sergio fueron los primeros en acercarse a mí en el recreo. Después llegó la chica rubia de ayer con tres de sus amigas. Cinco clientes, pero sólo cuatro bolsitas de chile. ¿Y la mía?

—¿A cuánto lo vendes? —preguntó Sergio.

—A veinticinco centavos, supongo —respondí en un tono casual. En cuestión de segundos, todas las bolsas habían desaparecido y me marché con un gratificante tintineo en el bolsillo. Dos días antes, había gastado veinticinco centavos en chile, y hoy tenía un dólar. Y al final yo pude comerme una bolsa de chile. Nada mal.

En casa, alineé mis monedas y apilé mis billetes. Recuperé mi diario, que lucía como un montón de hojas apiladas en el rincón de mi cuarto. Escribí mi plan de negocio en una página nueva.

La bicicleta de Evel Knievel costaba setenta dólares, y valía cada centavo. ¿Cuántas bolsitas de chile tendría que vender para alcanzar mi meta y cruzar la línea final cubierto de estrellas, rayas, acero y cromo? Si gano veinte centavos por bolsa, calculé que tendría que vender trescientas cincuenta bolsas de chile para comprar la bicicleta. Jamás volvería a mirar esos problemas de palabras que nos dan en las clases de mate de la misma forma.

Corrí al teléfono y llamé a la renovadora.

—Papá —le dije acelerado—, ¿vas a ir a México en la noche?

—Sí, tengo que dejar unas llantas. ¿Por qué?

—¿Me dejas ir contigo? Ándale, pa' . . . ¿Sí? —le supliqué.

—Bueno, pasaré por la casa de camino —respondió.

Mientras atravesábamos el puente con un montón de llantas recapeadas rebotando en la caja de la camioneta, mi padre me preguntó:

—¿Y por qué tanta urgencia en venir conmigo?

—Es que quería ver si me hacías un favorzote —le dije lentamente, aderezando mi respuesta con suspenso.

—¿Ah, sí? ¿Y cuál es el favorzote? —preguntó arqueando su ceja con curiosidad.

—¿Podríamos pasar por el mercado para comprar más chile? —dije de una tajada con mis palabras atropellándose entre ellas—. Voy a venderlo en la escuela para comprarme mi bicicleta.

Una sonrisa se empezó a dibujar lentamente en su rostro abatido por el sol.

—Sí, mijo, yo te llevo al mercado.

Mi padre bromeaba con el vendedor de chiles mientras yo me gastaba todos mis ahorros en una apuesta. Si usaba todo mi dinero, podía comprar ciento quince bolsas. Decidí redondearlo a cien y quedarme con algo de cambio, por si lo necesitaba.

—Te vas a enfermar si te comes todo ese chile —me advirtió el vendedor del otro lado del mostrador.

Mi papá se rio:

—No, señor, el niño se los va a vender a sus amigos en el otro lado.

Al vendedor se le escapó una sonrisa: "¡Ora, si es todo un comerciante! ¡Buena suerte, mijo!"

Mi padre me miró de reojo mientras volvíamos a casa por el Río Grande. Yo iba tanteando con las manos las bolsas que el vendedor había colocado en una caja mediana de cartón, la misma que ahora nos separaba. Inhalé su profundo y ácido aroma. *Mmmm, tan picante, pero tan dulce.*

—Estoy orgulloso de ti, hijo —me dijo mi padre—. Hay un dicho que va así: con paciencia y un ganchito, hasta una fortuna se alcanza.

"Con paciencia y un ganchito, hasta una fortuna se alcanza". Tenía mi gancho, y sabía que tenía paciencia. Si era capaz de aguantar a mi llorón hermano, seguro que podía trabajar para conseguir mi sueño.

Todos los días, llenaba mi mochila de chile y me iba a la escuela. Y, todos los días, la multitud que se reunía a mi alrededor a la hora de comer aumentaba. Me ponía debajo de un mezquite grande en el patio de la escuela y debajo de su sombra iba dispensando mi golosina importada. Desde ahí podía ver el puesto de comida, la única alternativa a llevar nuestro propio almuerzo a la escuela. Era una pequeña parrilla que las monjas usaban para vender hamburguesas y hot dogs. Normalmente, la cola de la comida le daba la vuelta al pequeño edificio, pero, a medida que pasaba el tiempo y mi clientela aumentaba, me di cuenta de que la línea de la parrilla se estaba reduciendo. Las leyes del movimiento de Isaac Newton me vinieron a la mente, las habíamos estado estudiando en clase: toda acción tiene una reacción igual y contraria. Puede que ese viejo británico diera en el clavo después de todo. Y, de ser el caso, haría todo lo posible por estar del lado positivo de la ecuación.

Cada fin de semana, reunía mis ganancias e iba al mercado con mi padre para reabastecer mi inventario. Tenía dos contenedores debajo de mi cama en la casa, el más pequeño era una lata vieja de galletas que rellené con dólares y monedas de veinticinco centavos; el más grande era una caja de cartón que rebosaba con bolsitas de chile en polvo. A su lado estaba mi diario en el que llevaba la cuenta de mis progresos. Si mis cálculos eran correctos, en un par de meses tendría dinero de sobra para comprar mi bicicleta de Evel Knievel, que aún brillaba como un faro en la ventana de Mac's Toys. Comencé a hacer una peregrinación semanal para rendirle homenaje. Por otro lado, me enorgullecía que el número de bolsitas de chile que compraba cada domingo en el mercado iba aumentando.

Un viernes, durante el almuerzo, la señora Barrera, la anciana que manejaba el puesto de comida en el patio de la escuela, sacó la cabeza por la ventana y miró a ambos lados, como si esperara que la atropellara un autobús. No sólo no había vehículos que atravesasen el patio de recreo y se dirigiesen en dirección a ella, sino que más bien había una rotunda ausencia de clientes para sus hamburguesas y hot dogs. En ese instante, una idea inesperada me iluminó: debería ampliar su menú para incluir tacos y burritos. La observé mientras agitaba el puño en el aire y sus ojos ardían sobre mí como fuego por una sobredosis de chile.

—¡Ramón López! —declaró amargamente—. Deja de vender ese chile, me estás dejando sin negocio.

Instintivamente, me eché a reír. Intenté taparme la boca para no hacerla enojar más, pero era demasiado tarde. Golpeó la barra de madera con el puño cerrado.

La gente que hacía cola para comprar mis bolsas de chile le hicieron burla, luego Sergio Aranda inició un coro: "¡Las monjas no tienen lana! ¡Las monjas no tienen lana!".

Me sonrojé avergonzado, de alguna manera sabía que esto iba a perjudicar más que ayudar. La señora Barrera cerró la ventana y bajó las persianas para callar el ruido.

Esa misma tarde, dejé gustoso los negocios a un lado para ir con Jimmy y Sergio a casa de los Aranda para mi primera pijamada.

Al inicio de la semana, luché con mis padres para que me dejaran pasar la noche en casa de Sergio.

—¿Pijamada? —dijo mi padre con molestia—. ¿Y eso qué es? ¿Otra tradición gringa que ahora tenemos que adoptar?

—Todos los niños lo hacen, papá. Por favor . . . sólo esta vez, ¿sí? —le supliqué y volteé a ver a mi madre en busca de apoyo.

Me ignoró mientras fingía estar completamente inmersa en lavar los platos. Sabía elegir sus batallas y no iba a ensuciarse las manos en esta.

—Así no deben ser las cosas —dijo mi padre. Ya había oído ese argumento cientos de veces—. Un niño debe estar en casa con sus padres. ¿De qué otra forma nos vamos a asegurar de que estás a salvo? ¿Qué sé yo de los Arandas?

Me pregunté si estaba secretamente celoso del señor Aranda, y si sabía lo mucho más genial que era el padre de Sergio, y si le daba miedo que yo ya no quisiera volver a casa después de una noche en el regazo del lujo. Me pregunté si ocultaba sus verdaderos sentimientos tras sus protestas de siempre:

—¿Y yo cómo sé que los Aranda no son pederastas? ¿Pervertidos? ¿Asesinos psicópatas?

—Son buena gente —le dije—. ¡El señor Aranda es un hombre de negocios, como tú, papá! Se dedica a la importación y exportación, como nosotros.

Mi padre contuvo su risa. Por suerte, ese día había vendido varias llantas y estaba de un humor inusualmente generoso.

—Conque importación y exportación, ¿eh? Está bien, pero solo esta vez —dijo en señal de rendición—. Nada más no vayas a "importar" tú ningún mal hábito.

Casi lloro al abrazarlo.

—Gracias, Papá, ¡va a estar de lujo!

En la casa palacial de los Aranda, Jimmy, Sergio y yo dábamos saltos por la piscina mientras "We Are The Champions" sonaba en los altavoces en el exterior de la casa. Mientras estaba acostado en una balsa inflable observando las palmeras que se mecían con las cálidas ráfagas de brisa vespertina del Golfo, no pude evitar gritarle algo al señor Aranda, vestía lino blanco y estaba sentado detrás de su bar tiki con techo de paja: "¡Señor Aranda, esto sí que es vida!"

Él sonrió ligeramente y alzó su vaso hacia mí como respuesta. Después de eso, fuimos a tumbarnos en sofás de cuero gigantes y vimos películas en el enorme televisor de proyección trasera que tenían en el área de entretenimiento. Me aventuré a la cocina por otra tanda de palomitas y me encontré con el señor Aranda, estaba sentado en la mesa de la cocina revisando unos números. Presionó los botones de una calculadora y un rollo de papel cayó al suelo.

—¿Cómo va ese negocio del chile, Ramoncito? —preguntó distraído sin levantar los ojos de los dígitos.

—Va bien, señor —le respondí, ansioso por ser aconsejado por un maestro de la importación y exportación—, solo estoy un poco preocupado.

Sus dedos recorrieron la calculadora.

—¿Por qué? —me preguntó en un tono cortés.

—Es que la señora Barrera, la que sirve la comida, está molesta conmigo porque le quité todo su negocio. Me da miedo que ella y las monjas me vayan a cerrar el negocio.

—Sí, tendría sentido —Tras hacer una pausa, por fin levantó la mirada; tenía el ceño fruncido mientras pasaba sus manos por su cabello. Era la primera vez que notaba las líneas de preocupación alrededor de sus ojos y las rayas plateadas de su cabello ondulado. —El éxito atrae la envidia. Tal vez tengas que darles una parte de tus ganancias, pero, a veces, ni siquiera eso basta. La codicia es la raíz de todos los negocios, pero también es la raíz de todos los males.

—No es tan fácil hablar con las monjas —le dije mientras rellenaba el tazón con más de las palomitas que la señora Aranda había preparado en un sartén cubierto con papel aluminio—. Tal vez podría hablar con la señora Barrera, aunque . . . no deja de ser aterradora cuando está sola. Entonces, ¿les ofrezco una parte? —pregunté mientras ponía un pie fuera de la habitación mientras sostenía el tazón rojo lleno de palomitas. Estaba ansioso por volver a la película.

—Yo diría que sí —respondió frunciéndole el ceño a su calculadora—. Y reza porque no sea demasiado tarde.

En mi camino de regreso al área de entretenimiento, me sentí algo desanimado. La casa de los Aranda era bastante increíble, pero el señor Aranda no parecía disfrutarla ni la mitad que los demás.

A la mañana siguiente, me desperté de golpe. Me pareció que oí algo reventar afuera de la ventana. Me froté las lagañas de los ojos y me pregunté si estaba soñando con las palomitas que la señora Aranda había preparado la noche anterior. Apenas estaba amaneciendo y nos habíamos desvelado tanto que pensé que dormiría hasta mediodía. Volteé a verlos y vi a Sergio y a Jimmy roncando suavemente en los sacos de dormir que estaban extendidos sobre la gruesa alfombra beige de la habitación de Sergio. Escuché un chirrido de llantas en la calle. Los latidos de mi corazón se aceleraron al asomarme por la ventana y vislumbrar un par de luces traseras que desaparecían al doblar la esquina. No había sido mi imaginación.

Sabía que debía ignorarlo y volver a meterme en el saco de dormir, pero algo me obligó a salir de puntillas al oscuro pasillo.

—Voy por agua —me susurré a mí mismo.

Avanzaba sigilosamente por el frío suelo de mármol blanco, dejando tras de mí las siluetas sombrías de los modernos muebles del salón. Al entrar en la cocina, revisé la mesa en la que el señor Aranda había trabajado la noche anterior. No había rastros de sus papeles y cálculos; la mesa estaba vacía. En ese momento, me di cuenta de que la puerta de la cochera estaba entreabierta.

—Qué raro —murmuré—. Extendí la mano a la manija

de la puerta y me asomé. A la luz azul del amanecer, pude distinguir el convertible blanco parado en la entrada con el motor en marcha y la puerta del conductor abierta de par en par. No había rastro del papá de Sergio.

Se me hizo un nudo en la garganta mientras caminaba lentamente hacia el Cadillac parado. Entonces noté un líquido oscuro y carmesí que se escurría sobre el cemento. La muñeca con el Rolex y la mano con las joyas del señor Aranda descansaban inmóviles en el suelo, las podía ver por debajo de la puerta del coche.

Sin vacilar ni atreverme a mirar más de cerca, volví corriendo a la casa y los llamé a gritos: "¡Señora Aranda! ¡Sergio! ¡Señora Aranda!".

Las ambulancias llegaron en cuestión de minutos, pero los paramédicos no pudieron hacer nada para devolver la sangre al cuerpo del señor Aranda ni para tapar los numerosos agujeros que oí al alguacil atribuir a un arma semiautomática.

Jimmy y yo estábamos parados cerca de Sergio sin saber qué hacer mientras lloraba en brazos de su aturdida madre.

Cuando mi papá me recogió, se estacionó del otro lado de la calle tras recorrer un amplio arco para rodear la escena del crimen. Me miró bajo el ala de su sombrero de copa, como si todo esto fuera culpa mía.

Se dirigió a la señora Aranda con una inclinación del sombrero y una solemne inclinación de cabeza y me escoltó hasta la casa.

Fue mi primera y última pijamada.

Sergio no vino a clase la semana siguiente, ni la siguiente a esa. Cuando le pregunté a mi profesora, la señorita Oak, me contestó que Sergio había vuelto a México para estar más cerca de su familia. Luego añadió que necesitaba hablar conmigo sobre mi negocio de chile.

Con tanta tristeza y distracciones, nunca puse en práctica el último consejo del señor Aranda. La verdad era que me había sentido demasiado intimidado por la enjuta señora Barrera, que hervía en su solitario puesto de comida. Y las monjas parecían tan remotas e intocables con sus gigantescos hábitos mientras caminaban torpemente por el caluroso y polvoriento recinto, como pingüinos lanzados a un desierto por algún extraño accidente de la naturaleza.

—Ramón. —Empezó a explicarme la señorita Oak, sentada conmigo en el borde de la acera afuera del salón—. Me parece muy creativo de tu parte intentar ganar dinero. Es . . . emprendedor.

La señorita Oak era una mujer generosa y amable. Aunque era gringa, siempre llevaba vestidos mexicanos coloridos y sueltos. Me preguntaba por qué no se había unido al convento, como la mayoría de las demás profesoras de la escuela. Tal vez quería evitarse la incomodidad de los hábitos. Tal vez los vestidos de algodón bordado de las tiendas para turistas del otro lado de la frontera eran demasiado cómodos para sacrificarlos por una vida como esposa de Jesús.

—Sin embargo, las Hermanas me pidieron que hablara contigo sobre lo del chile —continuó—. Quieren que dejes de vender chile en la escuela.

Mis pensamientos hacían piruetas, como Evel Knievel, desde la caja llena de bolsitas de chile escondida debajo de mi cama, a la reluciente bicicleta que esperaba en el escaparate de Mac's Toys, a los fondos que aún me faltaban para atravesar el abismo que me separaba de mi sueño. Decidí probar, como último recurso, la táctica propuesta por el difunto señor Aranda.

—¿Y si comparto las ganancias con las Hermanas? ¿Me dejarían? —miré a la señorita Oak con anticipación, pero pude leer la respuesta en sus fríos ojos azules.

—Lo siento, Ramón. —su voz se sentía teñida en

compasión—. No son las ganancias lo que preocupa a las Hermanas, es la nutrición y la salud de los niños. Los padres se quejaron de que sus hijos usan el dinero del almuerzo para comprar tu chile, y que luego llegan a casa malos del estómago. Eso tiene que acabar.

Me dio una palmadita en la cabeza y se metió en el salón. "Ven", me dijo. "Tenemos mucho que estudiar". Algún día, si sigues estudiando, tendrás la oportunidad de ser un gran empresario.

Busqué la palabra en el diccionario en cuanto tuve oportunidad. Decía:

em-pre-sa-rio

persona que crea y financia nuevas empresas comerciales para generar ganancias.

Pensé en el señor Aranda tirado al lado de su coche; su ropa perfectamente planchada empapada de sangre. Me imaginé a mi padre deambulando por la ciudad en su camioneta traqueteante, mientras vendía llantas recapeadas y rezaba porque el peso dejara de desinflarse como una rueda de repuesto mal remendada. Pensé en las ganancias que había invertido en mi inventario de chile. Parecía una definición demasiado simple para una tarea tan compleja. ¿Qué rayos sabía el diccionario Webster sobre ser un empresario en la frontera? Tal vez debería decir: "alguien que arriesga su vida y todo lo que posee por la oportunidad de alcanzar su sueño". Visto de esa forma, se podría decir que todos los que se atrevían a cruzar el Río Grande eran empresarios.

Estando en la mesa del comedor, me compadecí de mi padre. Esperé pacientemente mientras relataba sus problemas del día, y luego puse mi propia ración en el plato, tenía el tamaño de una ración extra de arroz mexicano de la generosa cuchara de mi madre.

Después de escuchar mi historia, mi padre se aclaró la

garganta y dijo: "Hijo, estoy orgulloso de ti. No puedes romper las reglas de las monjas, pero tampoco puedes renunciar a tu sueño. Nunca te rindas. Pero recuerda que es difícil distinguir entre arriesgarse y tomar un atajo; tienes que arriesgarte para alcanzar tu sueño, pero tienes que evitar los atajos. Todo es una cuestión de trabajo duro y determinación. Hay un orden natural y un proceso y, cuando intentas acelerar demasiado las cosas, o tomar atajos peligrosos, sales perjudicado. Ve lo que le pasó al señor Aranda.

Se levantó y limpió su plato en el fregadero.

Su silencio lo decía todo. Entendí; papá intentaba decirme que el señor Aranda había tomado un atajo hacia sus sueños. La riqueza que rápido le llegó era un espejismo que ondulaba en este desierto sediento de historias de éxito. En la ciudad se rumoraba que su dinero y su muerte se debieron a sus sospechosas importaciones de un polvo mucho más traicionero que el chile.

—El éxito que sí dura —continuó mi padre mientras raspaba los frijoles de su plato— suele tardar mucho tiempo en tomar forma. Pero no puedes rendirte, tienes que seguirle. Y aquí, a diferencia del lado sur del río, tienes una oportunidad de lograrlo; por eso estamos aquí. Por eso le dicen el sueño americano y no el sueño mexicano.

Sabía que tenía razón. Esto era más grande que el premio reluciente detrás del escaparate. Era más grande que las monjas poniéndome un alto. Se trataba de qué tipo de persona quería ser en la vida. ¿Iba a ser de los que tenían éxito o de los que fracasaba? ¿Mantendría mi bicicleta como mi meta principal o me dejaría tentar por los desvíos en el camino? Me era difícil reconciliar esas preguntas con la interpretación que tenía de lo que era el éxito y el fracaso. Días antes había calificado a mi padre como una decepción y al señor Aranda como un modelo a seguir. Ahora el señor Aranda estaba muerto, sus fugaces logros eran una ilusión creada por un juego de manos del mundo fronterizo, mientras que la voluntad e integridad de los esfuerzos de mi padre se cristalizaban con solidez, igual que el limón y la sal mezcladas en mi chile en polvo. Puede que mi padre no hiciera una fortuna rápida, pero ponía comida en la mesa y me tenía inscrito a una escuela privada en Estados Unidos. Además, era su propio jefe. Para él, eso era ser exitoso, incluso si mamá no estaba de acuerdo.

La vida era confusa, y vivir en un mundo de fronteras difusas, culturas en colisión y valores contrapuestos no lo hacía más sencillo.

Antes de irme a dormir, conté mis bolsitas de chile y mis ahorros. Si no hubiera duplicado recientemente mi inventario, tendría casi suficiente para la bicicleta en vez de las cuatrocientas bolsas de chile que tenía ahora. Me quedé perplejo. Tal vez no necesitaba la bicicleta. ¿De verdad tenía que tomármelo tan a pecho? ¿Tenía que ser un símbolo de mi fracaso?

Al día siguiente fui a la escuela. Mis ojos se abrieron de par en par cuando vi que los niños salían del puesto de comida de la señora Barrera a la hora del almuerzo con hamburguesas, perros calientes . . . ¡y paquetes de chile! Las Hermanas estaban vendiendo las mismas bolsitas que me hicieron dejar de vender, ¡y por un dólar el paquete!

—No se vale, güey —dijo Jimmy mientras echaba un poco de polvo en la palma de su mano para comerse un buen lengüetazo—. Pero ya nadie más las vende, ni modo.

Me quedé boquiabierto. Las Hermanas me mintieron diciendo que les preocupaba nuestra salud. Saqué mi bolsa personal de chile y me llené las mejillas de una bocanada ácida y lacrimógena.

Ya quería mostrarles a las Hermanas con quien se habían metido. Juré que alcanzaría mi meta de vender hasta el último paquete de chile que poseía.

Esa noche, cuando mi padre llegó a casa, corrí hasta su camioneta y saqué el mapa de la ciudad deshilachado que guardaba en la guantera.

—Papá —le pregunté durante la cena, intentaba sonar lo más casual posible—. ¿Me dejas llevarme tu mapa de reparto a la escuela mañana?

—Claro, hijo —respondió con las cejas fruncidas—. ¿Estás trabajando en tus planes de negocio?

—Es justo lo que estoy haciendo, pa' —respondí con un mesurado nivel de orgullo y tenaz determinación.

En la escuela, entrevisté a mis mejores clientes, les pregunté sus direcciones y las marqué en el mapa con un punto rojo y un número que correspondía a cada uno. En el reverso, copié el número, el nombre y la dirección exacta. Confirmar mis sospechas no tomó mucho; la mayoría de mis clientes frecuentes vivían en los dos barrios más elegantes: Río Viejo y Hidden Valley. Sabía que la mayoría de los niños gringos recibían lo que ellos llamaban sus "domingos", un concepto extraño para mis padres, y no porque se los dieran los viernes después de clases y no un domingo. El sábado sería el día perfecto para atacar.

—Papá, ¿crees tener tiempo para ayudarme el sábado? —pregunté esa noche cuando estábamos sentados en el comedor.

—¿Qué necesitas, hijo? —me preguntó.

—Creo que puedo vender casi todas mis bolsitas si voy puerta en puerta a casa de mis mejores clientes. Puede que tarde varias semanas, pero es mi mejor opción. Mis precios son mucho mejores que los de las monjas.

—Bueno, te ayudo. Qué audacia la de esas mafiosas irlandesas —dijo negando con la cabeza—. No vayas a decir eso en frente de ellas o podría terminar como . . .

Se interrumpió, pero ya sabía lo que estaba pensando.

El viernes, recibí las órdenes de mis compañeros y las anoté en mi diario. Habiendo pagado el astronómico precio que cobraban las monjas, mi tarifa les pareció una ganga. Pidieron grandes cantidades y, después de unas treinta paradas, parecía que vendería la mitad de mi inventario. Dos semanas más y cruzaría la recta final.

El sábado por la mañana, mientras la mayoría de los niños dormían o veían caricaturas, mi padre y yo nos subimos a su camioneta. Yo llevaba mi lata de galletas bien llena para darles cambio a los de los pedidos más grandes. Mi padre cargaba la caja grande de cartón repleta de chile. Condujimos desde Southmost a través de la ciudad hasta donde estaban las casas bonitas. Sólo las había visto de pasada, de camino a la casa de los Aranda en Hidden Valley. Las palmeras ondulaban en el aire y gigantescos céspedes bien cuidados se extendían detrás de vallas de hierro forjado y muros altos de estuco. Las exuberantes y verdosas extensiones frente a las casas inmaculadas parecían parques privados que recibían muchos cuidados. Era algo completamente ajeno a mi barrio lleno de maleza, donde las pequeñas parcelas de tierra estaban encajonadas por vallas de alambre. El diminuto parque público de mi barrio era una jungla de asfalto que languidecía a la sombra de un paso elevado de autopista en perpetua construcción.

Cuando llegué al final de mi lista, ya había vendido todo mi inventario. Me habían pagado en efectivo y me habían dado un paquete con seis Cocas, una docena de galletas recién horneadas y un beso en la mejilla de la chica rubia adicta a las bolsitas. Triunfante, dibujé una palomita gigante en mi diario, justo al lado de mis ganancias totales. Mi euforia era suficiente como para servir de combustible a la camioneta de mi papá y llevarnos con ella a casa.

Mientras contaba mi dinero por tercera vez, mi padre me dijo con una sonrisa:

—¡Lo lograste!

—No puedo creerlo . . . —murmuré asombrado.

—Donde hay voluntad, hay camino —proclamó mi padre, siempre listo para repetir sus máximas como si las acabará de inventar él mismo.

Di un vistazo por la ventanilla de la camioneta, pero ya no reconocía el paisaje.

—¿Adónde vamos?

—¿De verdad no sabes? —me preguntó y soltó una risa—. Vamos al centro.

—¡A Mac's Toys! —exclamamos al mismo tiempo como si los dos fuéramos unos niños.

La bicicleta blanca de Evel Knievel brillaba tras el escaparate igual que la primera vez que la vi.

—Guau, es asombrosa.

Me vi a mí y a mi papá sonriendo en nuestros reflejos dentro del amplio cristal que me separaba de mi sueño. De repente, parpadeé dos veces y giré la cabeza para ver a la gente en la banqueta y la calle detrás de mí.

—¿Qué pasa, hijo? —preguntó mi padre poniendo su mano en mi hombro para calmar mis nervios.

—Es que . . . juraría que acabo de ver al señor Aranda caminando entre la multitud.

Los compradores sabatinos de ambos lados de la frontera caminaban apresurados bajo el sol del mediodía. Ambos lo buscamos por un momento, pero no había rastro de él.

—¡Todo es posible! —retumbó una voz a nuestro lado que me hizo dar otro salto.

Me di la vuelta y vi a un hombre corpulento con pelo y barba blanca y unos diminutos lentes de montura dorada. Se parecía a Santa Claus, solo que él llevaba una guayabera azul claro en lugar del tradicional traje de terciopelo rojo, que habría sido demasiado caluroso para este ambiente.

—¡Mac! —exclamó mi padre con ojos brillosos mientras ambos se abrazaban.

—¿Conoces a Mac? —pregunté asombrado, mis ojos abiertos de par en par. Tal vez mi padre sí era genial. ¿Qué importaba si estaba mugriento y apestaba a hule de llantas y sudor casi todos los días? ¡Conocía a Mac!

Mac abrió la tienda, con su copioso llavero tintineando contra el cristal como campanillas de trineo.

—Claro que sí —respondió mi padre como si todos debiéramos conocer a Mac—. Macario y yo crecimos juntos en el barrio viejo de la calle Garfield.

Observé a Mac. *¿Macario?* Siempre imaginé que el "Mac" de Mac's Toys era un hombre gringo; un pilar de la élite local. El aspecto era el correcto, pero ¿se llamaba Macario? ¿Era . . . uno de nosotros?

Macario me sacudió un poco el pelo mientras me guiaba por los pasillos repletos de juguetes.

Dio una risa canalizando de nuevo el espíritu del buen San Nicolás.

—Mijo, en la frontera las cosas casi nunca son lo que parecen. Da un paso y verás como toda tu perspectiva cambia. A veces ni siquiera tienes que moverte, el mundo se mueve a tu alrededor o el suelo se desplaza bajo tus pies o el río da un giro inesperado —sus ojos se desviaron hacia mi padre—. ¿Te acuerdas del Chato?

—¿Cómo iba a olvidarlo? —respondió mi padre.

Había oído del Chato. Fue uno de los reyes del narco del otro lado de la frontera. Hace unos años, estuvo varios días encerrado en su casa, la policía y unos narcos rivales lo tenían acorralado. Hubo un tiroteo enorme y volaron la casa con un lanzacohetes. Cuando se disipó el polvo, sacaron un montón de cuerpos carbonizados y declararon que el Chato había muerto.

En ese momento, su mujer y sus hijos estaban en la casa que tenía del otro lado. Tras el ataque, todos se trasladaron al sur, a las profundidades de México. Entonces empezaron a surgir rumores de que el Chato nunca se murió, que estaba vivo con su familia y que todavía dirigía el tráfico desde una hacienda vieja cerca de Guanajuato. Decían que se había operado la cara y que había adoptado una identidad totalmente nueva, pero que todos sabían que era el Chato. Me pregunto si . . .

—¡Pero ya no hablemos deso! —celebró Mac con júbilo—. ¡Siento que todo es posible cuando pienso en ti y en esa bicicleta de Evel Knievel! El vendedor de mi tienda me habló de tu aventura.

—¿De verdad? —No lo podía creer, era semifamoso.

—Claro. ¿Ya listo para subirte? —Sus ojos centelleaban como adornos plateados de árbol de Navidad.

—¡Nací listo!

Orgulloso, puse sobre el mostrador mi caja de zapatos llena de billetes de dólar y brillantes monedas de veinticinco centavos pulcramente apilados.

Mac contó el dinero alegremente, como si estuviera reviviendo su primera venta.

—¿Lo hizo todo él solito?

Mi padre asintió orgulloso.

—Bueno, parece que tenemos otro empresario salido de barrio viejo. Llámame cuando tengas edad para trabajar.

Estaba sonriendo de oreja a oreja mientras se acercaba a la estantería de exposición, bajaba la bicicleta, le quitaba meticulosamente todas las etiquetas, la pulía y ajustaba el asiento a mi altura.

Cuando mi padre y yo la sacamos para subirla a la camioneta, Mac nos abrió la puerta.

—Con mucho cuidado, mijo —me dijo—. Ese Evel Knievel

es un verdadero loco. Sólo los gringos pueden darse el lujo de hacer acrobacias extremas y tomar riesgos por diversión. Los mexicanos ya tenemos que lidiar con riesgos de sobra todos los días.

Mac y mi padre se estrecharon las manos y se dieron palmadas en la espalda. Vigilé mi bicicleta con ojo de águila para asegurarme de que no se cayera de la parte trasera de la camioneta en el camino a casa.

Mientras mi padre colocaba suavemente la bicicleta sobre el asfalto delante de nuestra destartalada casa, mi madre y mi hermano pequeño salieron al pórtico a ver.

—Felicidades, Ramoncito —dijo mi madre cargando a mi hermano, el cual soltó una risita y balbuceó en un inusual momento de ternura—. Pero, por favor, ten cuidado. No quiero que acabes en el hospital.

Sabía que estaba pensando en la vez que Evel Knievel se estrelló al intentar saltar trece camiones de reparto de Pepsi. Y recordé la vez que le había leído una nota sobre él que estaba en el Libro Guinness de los récords. "Mira, mamá", le había dicho boquiabierto. "Aquí dice que Evel Knievel se ha quebrado cuatrocientos treinta y tres huesos y sigue con vida. Es un récord mundial".

Ahora, mientras mi madre se aferraba a mi hermano como si fuera su salvavidas, deseaba no haber leído eso en voz alta.

—Anda, diviértete —susurró mi padre mientras me ayudaba a subirme a mi nueva bicicleta—. Te lo ganaste.

Les hice una saludo con la mano mientras bajaba lentamente por la calle y doblaba la esquina; mi madre y mi hermano me miraban desde el pórtico, y mi padre estaba de pie con su guayabera junto a la valla de cadenas que daba a nuestro jardín.

La bicicleta se sentía bien. Usarla se sentía mil veces mejor que la vieja y oxidada bicicleta de niña en la que había aprendido a andar. Podía sentir los ojos de los vecinos siguiéndome mientras cabalgaba hacia el dique. Había parejas de ancianos observando desde sus mecedoras en pórticos sombreados y grupos de adolescentes señalando desde las esquinas.

Un chico dio un silbido y gritó: "Salta, Evel. ¡Salta!"

Le di más fuerte a los pedales, mis muslos ardían. Subí por un estrecho sendero hasta la cresta del dique herboso. Derrapé y levanté una nube de polvo cuando giré hacia el sendero que llevaba al sur.

Mientras pedaleaba, veía un panorama desplegarse a mi alrededor. A mi izquierda estaban los montes de casitas, las calles rotas y los tejados de hojalata de Southmost. A mi derecha, el Río Grande se escabullía misteriosamente hacia el horizonte por el este. Más allá, podía ver la vasta extensión de Matamoros, las espirales de su catedral que rozaban el azul claro del cielo, y los ranchos que se extendían más allá de los límites de la ciudad. Allá afuera, el río se abría y desembocaba en el océano. Mis pensamientos y emociones daban vueltas como las traicioneras aguas del río, con historias, recuerdos y conversaciones que burbujeaban hasta la superficie como los restos de una balsa volcada que destrozaron las rocas en las profundidades.

La vida en la frontera era algo muy misterioso. A veces costaba distinguir entre el bien y el mal, el fracaso y el éxito, la vida y la muerte, lo mexicano y lo estadounidense, los sueños y los delirios; sobre todo cuando la delgada línea que dividía las cosas solía difuminarse y torcerse de formas inesperadas, y mi instinto solía ser cruzar esa frontera de un lado a otro en lugar de detenerme en su borde. En mi mente y en mi corazón, la frontera atravesaba todas las cosas, incluso a mí. Mi centro de gravedad se desplazaba invariable e incesantemente de un lado a otro en una búsqueda instintiva por el equilibrio. Era una línea invisible que pasaba entre mis piernas, no era un límite imaginario en el que me sentía obligado a detenerme. No la veía como una restricción, sino como una invitación. No era un final, era un inicio, tal vez era la misma forma en que Evel veía una rampa que apuntaba a un precipicio.

Pedaleé con fuerza, ansioso por dejar atrás la confusión y simplemente saborear el momento. Avanzaba con velocidad por la superficie del dique, tomaba las curvas pegado a la línea, mi velocidad aumentó en un parpadeo. Mis nudillos se cerraban con fuerza sobre el manubrio cromado. Sólo era un niño andando en bicicleta en un día soleado que intentaba no ver a la gente debajo de mí que surcaba las aguas en busca de una vida mejor. La brisa del golfo pasó por mi cabello, el sol calentaba mi cara y la luz dorada se reflejaba en las rayas rojas, la pintura blanca y las estrellas azules de mi sueño en movimiento.

PODÍA CORRER ESE MUCHACHO

El tío Bobby apareció descalzo en la puerta de la casa de mi abuela una noche a fines de julio.

La puerta de la cocina estaba abierta para que el aire cálido pudiera circular a través del mosquitero, entonces lo vio ahí parado debajo de la luz amarilla del pórtico, llevaba una aureola de polillas que revoloteaban enloquecidas.

Mi abuela Fina estaba sentada en una mecedora. Dijo que, cuando se percató de la silueta larguirucha que se asomaba tras la puerta mosquitera, intentó alcanzar la escopeta que tenía en un rincón. Pero al verlo quedarse inmóvil, mirando plácidamente a través de la malla metálica mientras lo envolvía ese nebuloso resplandor color ámbar, una ola de calma la poseyó. Lentamente, se levantó en su camisón de flores descoloridas y evaluó con calma al intruso.

Estaba demacrado y delgado, lucía una barba y un bigote espeso y llevaba un traje empolvado de poliéster azul. Unos brillantes zapatos blancos habrían sido el toque final perfecto, pero en su lugar sus ojos se posaron en un par de pies descalzos. Sabía que era él por las cicatrices que surcaban su piel desde ese fatídico partido de fútbol.

Bobby el Cohete. Sus legendarias hazañas eran parte del legado de los López.

Abrió la puerta de par en par, lo abrazó y le preparó un desayuno a medianoche.

El tío Nick y el primo David se encontraron al salir de los dormitorios que la abuela les había cedido. Los gritos de alegría resonaron por las vigas. El tío Nick, corpulento como un oso, abrazó a Bobby mientras le propinaba unas estruendosas palmadas en la espalda a su hermano menor. Cuando se logró soltar, Bobby sonrió tímidamente arrastrando los pies descalzos de un lado a otro. Sus ojos cristalinos se tambaleaban bajo el resplandor de la luz.

Bobby evitó sus anhelantes miradas bajando los ojos a esos pies con cicatrices en forma de agujeros que se retorcían en el suelo de madera, sobre la porción descolorida delante de la estufa donde la abuela mandaba como la capitana de un barco.

Con la emoción iluminándole el rostro, el tío Nick levantó el teléfono color plátano que colgaba de la pared y lo alzó como una antorcha de bienvenida. Se puso a girar impaciente el disco de marcar. La pequeña cocina pronto se llenaría de los hombres de la familia López que revolotearían alrededor de Bobby, justo como las polillas.

———

Bastó con el primer timbre del teléfono para despertarme de golpe.

—¿No podemos dejarlo para mañana? —suspiró mi madre mientras mi padre salía por la puerta principal con su mano alzando su sombrero Stetson hasta su cabeza.

Entré de puntitas a la sala. Espiándolo desde una esquina, lo vi lanzar una mirada fulminante con esos ojos oscuros que podían cantar de alegría y con la misma facilidad, hervir de ira. En ese instante, la sombra de su sombrero cubrió su rostro.

Volví a la cama. Mis padres podían ser unos tiranos cuando estaban de mal humor. Mañana iba a ser horrendo. O eso creí, pero después mi mamá dio la noticia en el desayuno.

—Bobby volvió. —Su tonó me recordó a cuando escuchaba a los adultos lamentarse de que el cáncer de alguien ya no estaba en remisión.

Los ojos de Rubén, mi hermano pequeño, no pudieron esconder la falta de reconocimiento. A sus tres años se estaba desarrollando lentamente; le costaba mantener el equilibrio, por eso se sentaba en una silla alta, para no caerse al suelo. Parálisis cerebral, los médicos les explicaron a mis padres mientras se turnaban en búsqueda de una panacea elusiva. Las facturas médicas casi dejaban a mi padre en bancarrota. Sobrevivir con los ingresos de su planta renovadora jamás había sido fácil, pero en lugar de dejarlo en el suelo, la condición de Rubén lo había impulsado: *"¡Diversificar!"* Blandía la palabra como un niño contento con su juguete nuevo. Cuando hablaba en español, cambiaba de la nada al inglés sólo para decir su palabra favorita con D.

Me lo dijo a mí, en el camino a la escuela: "¡Ramón, todo va a mejorar *when we diversify!"*

Se lo dijo a mi madre, que lucía ansiosa mientras servía arroz y frijoles para ahorrar: "Marisol, el secreto al éxito es: *Diversify"!*

No estaba seguro de dónde había sacado ese secreto, pero sonaba a que podría funcionar. Gracias a mi experiencia vendiendo paquetes de chile en la escuela, sabía que cuando sólo tenías un producto, era muy fácil que te dejaran sin negocio.

En sus intentos por llevar a mi hermano con especialistas caros, mi papá diversificó comprando una gasolinera del lado norte de la ciudad. El propietario ansiaba jubilarse y mi padre, por pura casualidad, había *estado parado frente a la puerta donde la suerte fue a llamar*, y se puso a organizar los pagos mensuales para hacerse cargo del negocio.

Era una gasolinera ARCO. Su resplandeciente letrero, con su fondo azul rectangular, letras blancas modernas y su chispa de diamante roja, se elevaba majestuosamente sobre la intersección. Se veía más digno que el cartel pintado a mano de "Joe's Tire Shop" que colgaba de una cadena oxidada junto a las vías del tren que sofocaba la maleza.

Trabajaba más horas que nunca, se la pasaba dando vueltas entre la planta renovadora, la gasolinera y nuestra casa en Southmost. Pero parecía que estábamos haciendo progreso.

"Nunca es fácil para los inmigrantes salir adelante", me recordó un día. "Pero cada generación puede llegar un poco más lejos".

Alguna vez, el tío Bobby le había dado a la familia la esperanza de que podría acelerar el proceso y saltarse el trabajo de generaciones. Hasta había hecho que pareciera fácil.

Bobby "el Cohete" López. Muchísimas veces, había oído a mi padre y a mis tíos contar historias de su carrera como jugador de fútbol americano en la prepa mientras se sentaban alrededor de la mesa de la cocina de la abuela Fina.

Aunque todos los hermanos López habían jugado americano y eran musculosos, audaces y pegaban duro, el tío Bobby era más alto que todos los demás y era más fuerte y más rápido. Y, según me contó mi padre más de una vez, siempre hubo algo diferente en su cambiante hermano. Albergaba una cierta temeridad que, combinada con su velocidad, significaba peligro o deleite en el campo de fútbol. Sacudían la cabeza y recordaban: cómo corría ese chamaco.

Bobby el Cohete entra por la derecha. Se abre paso por la línea de banda. La gente se levanta. Se escapa del agarre. Va volando al otro lado del campo. Cruza la treinta. Ahora la veinte. ¡Touch-down de Bobby el Cohete!

Por ese teléfono color plátano de la cocina de la abuela, entraron llamadas de reclutadores de distintas universidades. Se mencionaron becas deportivas. Iba a ser el primero de la familia en tener un título. Y el primero en escapar de nuestra ciudad fronteriza por un motivo distinto a que lo balacearan en el extranjero.

Envuelto en gloria y tragedia, decorado con moños de incógnitas, el tío Bobby estaba de vuelta en casa. Los hermanos López llevaban reunidos desde primera hora de la mañana. Nunca fue demasiado tarde para que Bobby cambiara de rumbo. Era mágico. Resplandeciente. Con él todo era posible. Sólo necesitaba tiempo y que sus leales hermanos le dieran una buena línea de defensa.

———

Cualquier descanso que pudiera tener de la monotonía del verano lo aceptaba con gusto. Como no podíamos pagarnos unas vacaciones, hasta los funerales terminaban siendo una buena oportunidad para reunirnos con la familia que venía de lejos. Así de aburrida podía ser la vida en la ciudad de Brownsville.

Por eso, a la mañana siguiente, me moría de ganas de preguntarle a mi madre: "¿Cuándo puedo ir a ver al tío Bobby?". Le pregunté mientras le ayudaban recogiendo los platos del desayuno para ganarme puntos a favor.

—Cuando tu padre venga por ti —respondió con un suspiró.

—¿Entonces me doy prisa y me visto?

—Pues sí, ve. —Bostezó al ver la montaña de platos en el fregadero.

Desde mi cuarto la podía oír murmurar que los locos de los hermanos López jamás iban a aprender. Y que a sus hermanos jamás se les ocurriría llegar descalzos a ningún lado; mucho menos a la casa de su madre a media noche.

—Creen que Bobby es mágico, pero sólo da problemas —dijo desahogándose con mi abuelita Carmela por el teléfono de la cocina—. No son capaces de dejar esos sueños infantiles.

———

Cuando mi padre me llevó a la casa de la abuela Fina, los López estaban gritoneando en la cocina. Parecían satélites que giraban torpemente alrededor de su adorado sol.

—¡Eh, llegó Big Money! —rugió el tío Bobby mientras sus poderosos brazos me aplastaban—. ¡Y no paras de crecer! —Los adultos siempre parecían estar asombrados y consternados por ese hecho ineludible.

—¿Por qué Big Money, tío? —le pregunté.

—Tu papá me contó que has estado de emprendedor vendiendo chile y que ganaste suficiente dinero para comprarte tu bicicleta. Nada mal, mijo.

Mis mejillas se sonrojaron. Me gustó el apodo. Ojalá me sigan diciendo así.

Tras una pila de tacos de tocino y huevo, una taza de café, un buen baño y ropa limpia, el tío Bobby se veía mejor. Mucho mejor que la noche anterior, nos aseguró la abuela Fina. Hasta se había puesto unos zapatos del tío Nick.

—¿Te vas a afeitar, Bobby? —le preguntó contento mi papá mientras batía su café.

—Te vas a ver como en los viejos tiempos, hermano —le aseguró el tío Hernando—. Todas las mamacitas van a andar detrás de ti como en la prepa.

Al parecer, los cinco hermanos López eran conocidos en la ciudad, y también eran los primeros en deleitarse relatando las glorias de sus conquistas pasadas. Todos tenían bigotes iguales y tenían largos mechones de cabello que peinaban hacia atrás. Nick era el mayor, su pelo negro ya estaba un poco canoso. Mi padre iba después de él y antes del tío Hernando, la gente solía asumir erróneamente que era el gemelo de mi papá; a mí me parecía que se veían muy diferentes. Tenían menos de un año de diferencia, pero la piel del tío Hernando era tan roja como su famoso temperamento. Mi madre afirmaba que su mal genio y su arrogancia bebían de un suministro constante de tequila para mantenerse andando. Como resultado, parecía mayor que mi papá, incluso si era un poco más joven. Y, por último, después de una larga pausa, habían nacido Bobby y David. Su diferencia de edad con respecto a sus hermanos mayores era evidente, incluso ahora. Bobby y David aún tenían esa apariencia esbelta y atlética de los hombres jóvenes, mientras que Nick, mi papá y Hernando llevaban el peso de los años en sus gruesas complexiones. Antes de que el sol despiadado del sur de Texas y sus vidas laboriosas les pasaran factura a sus caras, en sus retratos de la prepa, cuando aún eran jóvenes, parecían una agrupación de imitadores de Pedro Infante con piel suave como aceite de oliva y ojos de ensueño que, supuestamente, las chicas no podían resistir. En fin, así es como a ellos les gustaba recordarlo, y, como yo llevaba los mismos genes, no veía por qué ponerles peros.

—Ya párenle, muchachos —dijo la abuela Fina en una voz aguda mientras le daba vueltas a su arroz con pollo. El aroma a ajo, cebolla y aceite impregnaba la cocina—. Es lo último que necesita su hermano.

—¡Ni una mujer más! Ya no bebo desa agua. Pero definitivamente me voy a afeitar. —El tío Bobby sonrió y me despeinó.

—¿Qué le pasó a tu nueva esposa, tío Bobby? —le preguntó el primo David.

La tía Florida había sido la primera de sus esposas que nos había enviado regalos de Navidad. Me caía bien, aunque aún no la conocía en persona.

—Ella es tu tercera esposa, ¿no, Bobby? Digo, no es que lleve la cuenta —bromeó el tío Nick.

Bobby se rio y, mientras negaba con la cabeza, le respondió muy elocuente:

—La cosa iba muy bien hasta que Florida intentó atropellarme con el Cadillac de su papá.

Los hermanos López se rieron mientras sacudían sus cabezas. El tío Bobby, siempre tan ágil y escurridizo, tenía una manera de convertir las historias tristes en bromas ridículas y los momentos peligrosos en escapes que te robaban el aliento.

—¿Entonces ahí quedó? ¿Ya no quieres saber nada de Florida? —le preguntó mi padre.

—No vuelvo a acercarme a Florida. Quizá te trate bien si eres gringo, pero qué madrizas les pone a los mexicanos.

Ya no estaba seguro si hablaban de la esposa o del estado.

—¿Y por qué intentó matarte? —insistió el primo David.

—Mijo, a ti te voy a llamar "Pop Quiz."

—¿Pop Quiz? ¿Por qué?

—Sí, tío, ¿por qué? —pregunté yo.

—¡Porque estas lleno de preguntas incomodas, igual que un exámen sorpresa, hombre!

La habitación estalló en carcajadas cuando un balón de fútbol americano entró volando por la ventana abierta y cayó en las manos del tío Bobby. El inesperado misil probablemente le hubiera bajado un diente a una persona normal, pero le tocó al tío Bobby y sus reflejos seguían siendo tan buenos como los tuvo en el campo de juego, en Vietnam y en el estacionamiento del club Boca Ratón, donde su ahora distante esposa casi lo había usado para repavimentar la rampa de la entrada.

—¡Vatos! ¿Están huyendo de la ley? ¿O qué los tiene tan encerrados en la cocina?

—¡Papá! —El primo David corrió a la entrada a saludar a su papá. Estaba recién divorciado y vivía por su cuenta en el centro de la ciudad y a su hijo lo dejaba con la abuela Fina. Según mi papá, la mamá de mi primo había huido. ¿De qué había huido? No estaba seguro, pero me daba la impresión de que no era nada fácil ser la esposa de un hermano López.

El grupo acompañó al primo David al patio, y ahí permaneció el resto del día. La abuela Fina nos dio el rol de meseros a mi primo y a mí, nos tocaba llevar la comida a la mesa que estaba debajo del roble. El tío Bobby y el tío David estuvieron lanzándose la pelota hasta que unas chicas del barrio se acercaron a sacarles plática. Los hermanos mayores conspiraban en la mesa, mirando de reojo al tío Bobby de vez en cuando.

—Aún hay tiempo —insistía mi papá.

Nick suspiró.

—Tengo las manos atadas, Joe. No tengo un solo centavo.

—Y se nota. Dijiste que te quedarías con mamá unas semanas en lo que se resolvía lo de tu divorcio, ¡ya pasaron tres años! —le dijo Hernando burlándose.

—Mira quién habla —replicó Nick—. Ya es bastante malo ser pobre y estar divorciado; ahora imagínate ser pobre y estar casado con dos mujeres al mismo tiempo. Habría que estar mal de la cabeza.

—No, pos sí me chingaste. —Hernando sonrió, encendió un cigarrillo y le sopló anillos en la cara a su hermano mayor.

Mi padre negó con la cabeza con el ceño fruncido e hizo un puño con la mano.

—No podemos dejar que acabe como ustedes dos. Bobby no puede terminar así.

Caía el atardecer. Del otro lado de la calle, en un parque

sombrío que rodeaba un foso de agua estancada de río, se veían los destellos del fuego de los asadores. Las palmas de abanico se alzaban por los aires. Las cigarras nos dieron una serenata mientras las estrellas se asomaban a través de la tinta negra del cielo.

—¡Qué bueno es estar en casa! —gritó el tío Bobby desde la acera, donde las mujeres enrollaban sus largas cabelleras en trenzas improvisadas mientras inclinaban sus cuerpos hacia él, sus cepillos asomándose de sus bolsillos traseros.

Nick y Hernando lo felicitaron con sus pulgares levantados, sonrisas melancólicas dibujadas en sus rostros, mientras que mi padre, encorvado en la oscuridad, escribia números en su cuaderno.

———

Al día siguiente, mi padre "contrató" al tío Bobby como su "ayudante". Al menos así fue como se lo contó mi madre a la abuelita Carmela por el teléfono de la cocina mientras hablaba en voz baja. Mi padre y el tío Bobby estaban "haciendo planes", decía mi madre, aprovechando cada oportunidad que tenía para ponerle comillas en el aire a sus palabras con los dedos que tenía libres. Sus ojos espiaban a través de las persianas que daban a la terraza donde estaban haciendo su complot. Sobre la oxidada mesa de hierro forjado del patio, se extendían papeles e interminables cálculos matemáticos con la florida caligrafía de mi padre. Alguna vez esa mesa fue blanca, pero ahora dejaba un residuo cobrizo en todo lo que osaba tocarla. Vivía aterrado de que me diera tétanos.

Desayuné tan lento como pude. Fingía mirar la pequeña televisión en blanco y negro que parpadeaba en un rincón, tenía el volumen bajo para que mi madre pudiera escuchar a través del mosquitero. El largo cable verde en espiral del teléfono de la cocina se extendía como una serpiente en el piso de la habitación.

—Siempre pasa lo mismo con los hermanos López —susurró mi madre con los labios pegados al micrófono del auricular—. Solo saben hablar de sus increíbles ideas para hacerse ricos de la noche a la mañana, pero el único que de verdad trabaja es José y ni siquiera así vemos un centavo en esta casa. Siempre pagamos todo tarde, la casa se está cayendo a pedazos, se corta la electricidad . . .

Podía entender la mitad de lo que la abuelita Carmela estaba diciendo del otro lado de la línea en Matamoros, pero estaba seguro de que no sólo le estaba dando la razón a mi madre, también le estaba poniendo más picante a su salsa. De un momento a otro, el tono de la abuelita se elevó y se escuchó claramente al otro lado del cuarto.

—¿Pues a dónde va a parar todo el dinero por el que tanto trabaja? —demandó saber mi abuelita—. La gente sigue diciendo que mantiene a otra familia de este lado del río. No sería el primer hombre en hacerlo. ¿Qué te hace pensar que es mejor que el resto?

Mi madre me volteó a ver y se quedó callada un instante. No había vuelto a mencionar el tema desde el día que había parido a Rubén. La calma me había hecho creer que las sospechas habían desaparecido.

En la sala, Rubén le lloraba desde su corralito.

—Tengo que irme. No voy a volver a discutir esto, mamá. Tengo que cuidar a Rubén y no puedo hacerlo sola.

Colgó de golpe el auricular en la base del teléfono que se aferraba con dificultad a la pared. A veces lo hacía con tanta fuerza que se caía al suelo. Pero esta vez no pasó, simplemente se apresuró a atender a Rubén.

Mi apetito había quedado casi tan arruinado como la reputación de mi padre, pero en lugar de dejar la tortilla, le puse más chorizo con huevo, como si le encargara hacerme sentir mejor milagrosamente.

En la tele estaban pasando las noticias locales. Subí el volumen en búsqueda de algo que me distrajera de la inquietante conversación de mi madre cuya presencia seguía tan presente como el aroma del chorizo picante que frieron en la sartén minutos antes.

El presentador del Canal 4, un solemne anciano de pelo plateado, declaró que dos días antes robaron a mano armada una cafetería Luby's en Harlingen. Se ofrecía una recompensa de cinco mil dólares a quien diera pistas que facilitaran el arresto. En la pantalla apareció un boceto del retrato policial. Casi me ahogo con mi taco. Se parecía a mi tío Bobby, pero con barba y bigote. Un número de teléfono apareció en pantalla. El segmento concluía con un anciano que proclamaba: "Podría haber perseguido a ese mexicano y echarlo al suelo, pero era más rápido que Speedy González. ¡Ay, pero cómo podía correr ese muchacho!"

Antes de pasar a los anuncios, el presentador mencionó que, en lo que quedaba de la transmisión, mantendrían en pantalla el número de teléfono para reclamar la recompensa.

Dejé lo que quedaba de mi taco en el plato y me fui a donde se ponía mi madre para escuchar a través del mosquitero. Podía oír a mi padre y a mi tío haciendo sus planes, pero, a medida que se alargaba la conversación, iba reconociendo la preocupación que se abría paso por la voz de mi padre. Estaba explicándole a su hermano menor por qué era tan importante que ya no cayera en sus patrones autodestructivos. La bebida, las mujeres y las apuestas fueron las cosas enlistadas. El tío Bobby negó de manera firme con la cabeza. Le aseguró que todo eso era cosa del pasado, que "ya no bebía desa agua", que ahora sí era alguien de fiar. Mi papá insistió en que el tío Bobby no solo debía trabajar, sino que debía volver a estudiar para terminar su carrera y algún día ser más que solo su ayudante.

Mientras el tío Bobby asentía a regañadientes, yo desordenaba el cajón de la cocina que teníamos lleno de tiliches, buscaba una pluma y algo en qué escribir. Con mis ojos saltando entre mi papá, mi tío y el televisor; me puse a copiar el número de emergencia de la policía. Me metí el trozo de papel en el bolsillo, apagué el televisor y eché un vistazo por las persianas. Mi padre estaba abrazando al tío Bobby. Ninguno de los dos notó que estaba ahí, pero alcancé a ver como una lágrima solitaria descendía por la mejilla raída de mi tío.

———

Correr no era la única especialidad del tío Bobby. Al parecer, también sabía una que otra cosa sobre autos. Por las mañanas, Bobby trabajaba en la gasolinera y, por las noches, asistía al instituto.

No cabía en la casa de la abuela Fina, así que papá le puso un catre en el cuarto trasero de la gasolinera. A mí me pareció que ese cuarto debía usarse de baño porque había urinarios pegados a una de las paredes con sus azulejos sucios. Pero, sentado en el borde de su catre, el tío Bobby hizo un gesto de indiferencia con la mano y me aseguró que había dormido en lugares peores.

Le pregunté si se refería a Vietnam.

Volteó a verme con ojos de tristeza y se me quedó viendo un buen rato. Me balanceaba incómodamente en mi lugar, no sabía si el tío estaba pensando qué responder o si estaba completamente perdido en sus recuerdos de la guerra. Por fin, me contestó con una larga lista de pueblos que estaban dispersos por Texas y otras partes del sur y culminó contando que terminó en una zanja afuera del club Florida donde su esposa, que compartía nombre con el lugar, casi había adornado el cofre de su carro con él. Dijo que esa noche había compartido cuarto con un caimán y, que si pudo sobrevivir a eso, sobreviviría a esto también.

La estación de servicio apestaba a gasolina, hule de llantas y líquidos de limpieza. Cuando los carros pasaban por encima de la manguera extendida a lo largo de la cochera, sonaba una campanita. En un parpadeo, el tío Bobby estaba frente a la ventanilla de los carros. A veces, salía tan rápido que asustaba a los clientes. Pero, ahora que estaba afeitado, sus encantos no tardaban en surtir efecto.

—Ay, ¿y tú de dónde saliste? ¿No te habrás caído del cielo, angelito? —le canturreó una señorita rubia desde su convertible mientras contemplaba las ondulaciones de sus brazos.

El tío Bobby se rio y se aseguró de darle el servicio completo. O al menos así se lo contó más tarde a sus hermanos. Todos se rieron a excepción de mi papá.

—Bobby, necesito que seas serio. Respeta a tus clientes.

—Está bien, Joe. Ya entendí —le respondió el tío Bobby—. Pero tú tranqui, tu clientela me adora.

Teniendo en cuenta el aumento en las ganancias de la gasolinera, mi papá no podía ponerle peros.

—Te encargo el lugar, Bobby —le dijo una noche mientras cerraban la gasolinera—. Necesito pasar más tiempo en casa. Nada más haz los pagos mensuales y nos dividimos las ganancias.

El tío Bobby levantó su mirada al techo y se puso a hacer cálculos en su cabeza.

—No suena mal. Gracias, carnalito. —Le guiñó un ojo—. Voy a hacerte rico, vas a ver.

Bobby el Cohete vuelve a anotar.

Hizo que sonara fácil. Las cosas iban tan bien que conseguí dejar a un lado los miedos que me habían despertado la noticia del robo en Harlingen. Me regañé a mí mismo por haber sospechado que mi propia sangre fuera capaz de cometer semejante crimen. Me sentí más culpable por haber pensado esas cosas del tío Bobby al ver que estaba trabajando tan duro para reconstruir su vida. ¿Y qué si el retrato de la policía se parecía a él? Digo, casi todos los mexicoamericanos del valle del Río

Grande tenían cabello negro y eran bigotudos. Era el estilo de macho por excelencia en México; popularizado en los Estados Unidos por la mismísima estrella del valle, el cantante Freddy Fender. ¿Cómo pude ser tan tonto como para dudar del más querido y prometedor de los hermanos López?

Sintiendo disgusto por mí y por mi desenfrenada imaginación, hice bolita el trozo de papel con el número de emergencia y lo tiré por el escusado.

———

Uno de los fines de semana, cuando ya había regresado a la escuela, el tío Bobby le pidió permiso a mi papá para llevarnos a mí y a mi primo David a visitar a su hijo en en el pueblo vecino de San Benito.

—Hazme paro, Joe, es para romper el hielo con mi hijo. Los chamacos se la van a pasar de lujo con el pequeño Bobby. Vamos a ir a la playa. Yo les puedo enseñar un poco de lo que he estado aprendiendo sobre biología marina. Va a ser un viaje educativo.

Qué bien sabía convencer a mi padre, que siempre había hecho sacrificios para pagar por mi educación. David y yo nos pusimos a saltar cuando mi padre le dio el sí.

—Ya quiero aprender cosas de biología marina, tío Bobby. —Le sonreí y me acomodé en el asiento trasero.

El primo David dijo con orgullo:

—¡Mi papá era Marine!

—Esto es distinto, Pop Quiz —le dijo el tío Bobby con una sonrisa y le guiñó un ojo a David por el retrovisor.

La tía Irma no podía ni ver a su exmarido, así que encontramos al pequeño Bobby sentado por su cuenta en la banqueta cuando llegamos a su modesta casa de madera.

Nuestra primera parada fue una tiendita. El anciano de

la caja sonrió cuando entramos. "Me acuerdo de ti". Sus ojos nublados centelleaban mientras señalaba con un dedo a mi tío.

Bobby el Cohete vuelve a hacer de las suyas.

El tío Bobby le mostró los dientes con una sonrisa y le devolvió el gesto con la mano.

—Hay cosas que uno no olvida —empezó a divagar el viejo.

El tío Bobby sacó una cerveza de lata del refri, agarró tres pares de lentes negros parecidas a sus Wayfarer y levantó tres bolsas de Kisses de Hershey.

—No me pidas que te cuente lo que hice ayer, porque no me voy a acordar; pero recuerdo como si fuera ayer ese partido entre Brownsville y Mac Memorial.

El tío Bobby sacó un fajo de billetes mientras el hombre pulsaba teclas en su máquina antigua.

—Todos pensaban que los de McAllen los iban a hacer trizas. Eran enormes. Y luego los vimos a ustedes, unos mexicanos escuálidos que entraron marchando a un estadio enorme con quince mil aficionados que estaban gritando con locura.

Y el número siete entra al campo, Bobby "El Cohete" López. Rompió todos los récords de yardas por tierra del estado como si fueran de papel, pero ¿cómo le irá contra una defensa nivel campeonato?

Sonó la campana de la caja registradora. El tío Bobby puso un billete de veinte nuevecito en la barra. Se le salió un "guau" al cajero mientras preparaba el cambio, parecía que acababa de ver una repetición instantánea en el televisor que parpadeaba dentro de su cabeza.

—Los pasaste a todos por un lado, alrededor y a través. Estaban persiguiendo al viento. Hablé con uno de los muchachos años después y me dijo que intentó agarrar tu camiseta, pero que lo único que sintió entre sus dedos fue una brisita fría que duró una nada. ¡El fantasma galopante! Eso parecías, hombre. También te decían así, ¿verda'?

El tío Bobby volvió a ponerse los lentes de sol y le acercó el billete al hombre y a sus manos manchadas por la edad.

—A lo largo de mi vida me han llamado de todo —le dijo, como un pistolero de una película del viejo oeste.

El señor se puso a contar el cambio intentando darse prisa.

—Pues te agradezco por los buenos recuerdos. Diviértanse, muchachos.

El tío Bobby hizo un gesto con la mano derecha, con forma de pistola, y sonrió socarronamente.

—Nada de eso. Gracias a usted por los recuerdos.

Distribuyó la mercancía cuando estábamos afuera. Nos subimos al Mustang blanco del sesenta y seis que había tomado prestado de la cochera de la gasolinera. ¿Había manera de verse más genial?

¡Y Bobby el Cohete marca otro punto! Brownsville vence a Mac Memorial. ¡Nadie pensó que fuera posible!

Abrió la cerveza, bajó la ventanilla, subió el volumen de la radio y aceleró con dirección a la Laguna Madre.

———

Nunca había hecho snorkel. Tampoco había visto a un hombre desnudo. Supongo que ese tipo de cosas se quedan en tu memoria.

Después de atravesar la autopista por la carretera elevada, el tío Bobby condujo hasta un edificio de cemento al final de la Isla del Padre. Hizo sonar unas llaves y entramos como si nada a ese lugar desocupado. Había olor a pescado mientras avanzábamos en silencio por un laboratorio helado, llegamos a un vestidor donde nos dijo que nos pusiéramos nuestros trajes de baño y nos pasó unos tubos de buceo y máscaras.

Fuimos dando saltos con los pies descalzos por el

estacionamiento arenoso y pasamos por unos juncos que nos llegaban hasta las rodillas, pero finalmente llegamos a la tranquilidad de la playa. Las olas se deslizaban suavemente sobre la arena mientras hacían surcos ondulantes que imitaban el contorno de la bahía. Un grupo de pollitos de mar estaban parados en la arena; ladeaban sus cabezas entre movimientos súbitos mientras nos observaban impasibles con sus circulares ojos planos. Las gaviotas revoloteaban sobre nuestras cabezas y graznaban lúgubremente. El agua se sentía fresca entre los dedos de nuestros pies mientras avanzábamos por el agua siguiendo al tío Bobby.

—Aprieten el esnórquel con sus labios. —El tío Bobby hizo una demostración, su voz se volvió nasal tras taparse la cara con la máscara—. Después, mientras flotan en el agua, acomoden su esnórquel para que quede apuntando al cielo.

Al principio, lo único que podía discernir eran remolinos de arena que daban vueltas como tolvaneras en miniatura. Pero cuando las partículas se quedaron quietas, el tío Bobby empezó a señalarnos cosas. Cangrejos que salían corriendo hacia los lados. Peces que pasaban rápidamente entre nosotros. Rayos de luz plateada que se perseguían entre campos oscilantes de hierbas marinas. Cuando mi respiración empezó a relajarse, noté gránulos diminutos e incoloros que se movían en unísono, parecían unos riachuelos de arena que serpenteaban por dunas submarinas. Abrí bien mis ojos y me acerqué más. Resultó que no eran partículas de arena, eran criaturas increíblemente diminutas; parecían hormigas submarinas. Sus movimientos me cautivaron tanto que perdí por completo la noción del tiempo mientras flotaba en una paz absoluta.

Un golpecito firme en mi hombro me tomó por sorpresa y salí del agua de un salto.

—Big Money — me dijo mi tío Bobby con una sonrisa—, ¿cómo te trata la vida marina?

—¡Es increíble!

—Ya hay que regresarnos, tus hombros se están poniendo rojos, no vaya a ser que los pescadores te confundan con una langosta y te agarren para su cena.

Mientras caminábamos de vuelta al laboratorio, no podía dejar de hablar de lo que había visto:

—Sumergirte es como ir a otro universo.

El pequeño Bobby y David corrían delante de nosotros.

—Sí —me dijo—, eso es lo que me gusta. Es como un escape. Por eso, cuando volví de Vietnam, empecé a estudiar biología marina, pero me ha costado mucho continuar mis estudios. —Sus ojos divagaban mientras recorrían la bahía—. Cuando estoy entre las criaturas marinas, me doy cuenta de que es . . . ¿Cuál era esa palabra que le encantaba usar a mi segunda esposa? "Terapéutico".

—Es como otro mundo donde puedes observar a sus habitantes y ni siquiera saben que existes.

—Sí, no esperan nada de ti —coincidió mi tío con un toque de envidia—. Puedes seguir la corriente y vivir como la naturaleza manda.

Cuando entramos al lugar, el tío Bobby nos llevó a las regaderas. Se quitó su traje de baño y giró las llaves de la regadera. Nos quedamos en la entrada, riéndonos. Él se estaba quitando el agua salada del pelo cuando nos volteó a ver.

—No sean tímidos, muchachos. Aquí no hay novedades para ustedes.

Entre risas, nos quitamos la ropa y corrimos al agua humeante.

—¡Tío Bobby, te ves como un cavernícola mojado! —dijo el primo David y se echó a reír.

—Algún día seras igual, Pop Quiz, ya veras.

Cuando volteé a ver al tío Bobby, no fue su pelo ni sus

partes íntimas lo que llamó mi atención. Fueron sus cicatrices. Eran parecidas a las de sus pies, pero eran más grandes. Tenía una en su muslo derecho, otra en el estómago y otra en su costado izquierdo.

Al sentir mi mirada, bajó sus ojos a su cuerpo.

—No se te escapa nada, Big Money. Notaste mis recuerdos.

—¿Recuerdos? —respondí mientras iba por una toalla.

—Son regalos de despedida de Vietnam. —Señaló su estómago plano—. Por culpa de este, casi me mandan a casa en una caja.

Todos nos quedamos boquiabiertos. Imaginé que era sangre y no agua lo que se acumulaba alrededor de sus pies; que veía a un cavernícola aturdido que no entendía los proyectiles de acero que lo perforaban.

—¡Cuéntanos historias de guerra, tío! —le imploró David.

—¡Sí, papá! —suplicó Bobby mientras se retorcía en sus pantalones desgastados—. Cuéntanos.

—No creo, escuincles. Lo único que les puedo decir sobre la guerra es que es mejor evitarla. No crean lo que dicen sobre la gloria de ser un héroe. Pero bueno, no arruinemos un buen día. Vayamos a disfrutar más biología marina.

Desde el laboratorio caminamos un poco hasta un lugar techado del que se podían ver los muelles en los que el Golfo de México se conectaba con la bahía. El chocar de las olas levantaba chorros blancos de agua sobre un largo muelle de rocas salpicado de pescadores, surfistas y pelícanos.

Había familias que se apiñaban debajo de un techo de metal ondulado alrededor de sus mesas. En un puestito, el tío Bobby compró helados de chocolate y una cerveza. Lo seguimos hasta una banca con vista a la playa. Nos sentamos a observar el mar mientras la brisa mordía nuestra piel tostada por el sol.

—Ahí la tienen: biología marina. Y de la que más me gusta

—dijo el tío Bobby con una sonrisa traviesa antes de tomar un largo trago a su cerveza con la vista al frente.

Seguimos su línea de visión hasta una mujer en bikini que estaba saliendo del mar. El agua goteaba de su larga cabellera.

—La biología marina es lo mejor, niños. Había encontrado mi vocación hace mucho tiempo, sólo no sabía cómo se llamaba.

—Creía que ya no *bebías desa agua*, tío —dijo David citándolo.

—Pop Quiz, hay cosas que nunca cambian.

———

Con el negocio yendo tan bien en la gasolinera, mi padre hizo una apuesta. Hizo una oferta por un lote enorme de cascos usados para remolque que subastó el gobierno del estado.

—La última vez que gané algo, fue el tercer puesto en una carrera de sacos en la prepa —dijo mientras miraba fijamente la nota oficial con el sello del gran estado de Texas—. ¡Hoy es mi día de suerte!

Mi madre lo abrazó con alegría. Lo que ella no sabía era que, para reunir los fondos necesarios para completar el pago, mi padre tendría que dejar pendientes los pagos de la casa. O en sus propias palabras: *Sin riesgo no hay recompensa.* Añadí esta enseñanza a la lista de mi cuaderno que no dejaba de crecer:

Diversificar.

Pararte donde la suerte llama.

Sin riesgo no hay recompensa.

—Las fechas se alinean como fichas de dominó. —Mi papá apuntó al calendario de su despacho con sus manchas de hollín. Necesitaría tres meses para reunir el dinero necesario para la oferta. Coincidía con los noventa días que el gran estado de Texas decretó disponibles para cobrar su recompensa. La cuota de la hipoteca correspondiente a ese mes, que resultó ser diciembre, vencía cinco días después de la fecha límite de entrega de sus llantas. Y ya tenía a alguien que le iba a comprar un lote de llantas usadas que saldrían del primer cargamento. Mi padre aplaudió triunfante:

—En cuanto tenga ese dinero, me pondré al día con los pagos de la casa ¡y ámonos!

—¿Y si esta planificación sale mal?

—Me lanzó una de sus miradas de "cállate".

Un mes después, la directora de la escuela me llamó a su oficina.

—Ramón, ¿podrías recordarle a tu papá que tiene pendiente la colegiatura? —me preguntó con su acento irlandés—. Tiene varios meses de retraso.

Mi mirada bajó hasta mis zapatos rotos: tenían un agujero que dejaba mi pulgar al descubierto.

—Sí, Hermana, yo le digo.

—¿Crees que se enojará? ¿Te pega? —me preguntó, su cara de luna se veía preocupada.

—No, Hermana, mi papá no me pega.

—Qué bueno, entonces te encargo que le digas.

Me puso furioso recordar que las monjas habían clausurado mi negocio de chile. Podría estar pagando yo mismo la colegiatura, o por lo menos tendría zapatos nuevos. Pero no, solo duplicaron mi humillación.

Mi papá se puso furioso cuando le pasé el mensaje durante la cena. Con el ceño fruncido, y habiendo dejado el tenedor en la mesa, dijo:

—Jesús no iría detrás de la gente pidiéndoles dinero.

Mi madre tuvo la valentía para llevarle la contraria.

—Sí, pero Jesús no estaría dirigiendo una escuela. Piensa en todas las facturas que deben pagar esas pobres mujeres.

Antes de que mi padre pudiera decir algo, mi hermano derramó su leche.

—¡Ay, no! —Mi madre fue por servilletas para limpiar el desastre.

—Voy a llamar a la Hermana y le diré que no esté molestando a mi hijo. Lo que digo lo cumplo. Al final siempre pago lo que debo.

Mi padre se aferró a su distorsionada interpretación del sistema financiero de Estados Unidos. Creía que mientras se pagara la deuda al final, el deudor mantenía su honor. El cuándo se realizaba el pago era irrelevante. Tenía mis dudas de si debía añadir este pilar de su filosofía a mi mantra del éxito, que no dejaba de expandirse.

———

El primer sobre naranja nos llegó un viernes. Estaba solo en casa porque los viernes mi mamá llevaba a Rubén a visitar a la abuelita Carmela al otro lado de la frontera. Estaba sentado en la cocina observando el siniestro aviso. Parecía una bomba de tiempo.

Le marqué a mi papá.

—¿Qué dice? —vociferó más fuerte de lo que siseaba el vapor del taller. Me imaginé a Pedro, girando por todos lados en su máquina de pinball mientras iba rebotando de molde en molde revisando los indicadores y ajustando los mandos para ver que se estuvieran cocinando bien las llantas de remolque para los camiones que hacían cola en el puente a México.

—No sé.

—¡Pues ándale, ábrelo!

Le leí lo que decía despacio, me tropezaba con los términos legales.

—¿Qué significa?

—Que de no hacer pronto el pago de la casa nos la quitan.

A eso siguió una retahíla de insultos en todos los idiomas que sabía.

—No te preocupes, le voy a marcar al banco y les diré que les voy a pagar. Sólo tira esa carta antes de que la vea tu mamá. Ya tiene suficientes problemas.

—Sí, señor.

Colgué y tiré la carta naranja en el bote de la cocina. En cuanto me volví a sentar, sonó el teléfono.

—Tírala en el bote de basura que está en el callejón. Y ponle algo encima.

—Sí, señor.

———

Una foto en blanco y negro del tío Bobby adornaba el pasillo que dividía en dos la casa de la abuela Fina. En la foto, trae su uniforme de fútbol americano con un 7 estampado, está hincado en una rodilla y su casco está sobre el pasto. Su rostro está volteando hacia un horizonte lejano con una expresión esperanzada, con su pelo recogido negro y brillante, como alquitrán reluciente. En ese salón de la fama lleno de telarañas, la foto colgaba con todo su peso entre la Virgen de Guadalupe y varios retratos militares. Nick hizo su servicio en Corea. Hernando y Bobby lucharon en Vietnam. David estaba en los marines. Sólo mi papá no tenía su lugar en el muro y era por razones médicas: una úlcera rota. La vergüenza lo tenía en una persecución interminable. Tal vez era por eso que siempre intentaba ayudar a sus hermanos.

Estaba parado en el pasillo admirando las fotos cuando el primo David pasó a mi lado en el trayecto a su dormitorio.

—David, ¿tú por qué crees que el tío Bobby no jugó en la universidad?

Se detuvo un momento y volteó a ver la foto de nuestro tío:

—Vivir aquí significa oír muchas cosas que probablemente no deberías oír.

—¿Como qué?

—Una noche oí al tío Bobby y al tío Nick platicando sobre eso —me dijo—. El tío Bobby se estaba besando con su novia antes de un partido muy importante . . .

———

Según la historia, la tía Irma le decía preocupada al tío Bobby que todo el mundo estaba en el estadio esperándolo, que era un héroe. Mi tío estaba nervioso y le dijo que no quería ser un héroe, que sólo la quería a ella. Entonces, mientras ellos dos hacían su camino a la última base en el asiento trasero de un carro en un callejón oscuro detrás de la escuela, el público, las porristas, el entrenador y el equipo local con sus uniformes rojos y blancos lo esperaban ansiosos debajo del brillo de las luces.

La banda de marcha interpretó el himno nacional. Los árbitros se lanzaron a discutir con los entrenadores. Por fin, el árbitro principal sopló en su silbato y anunció que el saque inicial no podía retrasarse más, incluso si se trataba de un partido de eliminatoria. Incluso si había reclutadores con binoculares sentados en las gradas que solo habían venido a ver al jugador que no estaba. Incluso si existía la leyenda de Bobby el Cohete.

Los visitantes dieron la patada de salida para iniciar el juego. En vez de que Bobby atrapara el balón, el suplente lo dejó caer y el equipo contrario anotó un punto. Dieron otra patada de salida y el suplente de Bobby la atrapó y se tiró de rodillas. Justo cuando la ofensiva del equipo local tomó la ofensiva por primera vez en el partido, Bobby salió de los vestidores a toda velocidad con su casco y tacos de fútbol en mano. El entrenador lanzó su portapapeles por los aires de lo alegre que estaba.

¡El público enloquece!

Entre tanta prisa, Bobby no se ató bien los zapatos. Y, en la primera jugada, tras alejarse de la línea de golpeo, sucedió la catástrofe que condenaría su futuro.

Le pasan el balón a Cohete, lo recibe. Encuentra una apertura en la línea y se abre paso. Da una vuelta. Uno de sus zapatos sale volando a media corrida por el centro del campo. Los defensas chocan y él pasa entre ellos como una ráfaga de viento. Manda volando el otro zapato y acelera. Está en la cincuenta. La cuarenta. ¡El público se levanta! Cruza la treinta. Ahora la veinte. ¡Y se va a ir . . . hasta . . .! ¡No tan rápido! ¡Bobby se resbala con el pasto! Tira el balón. Bobby es aplastado por la avalancha que se lanza tras el balón libre. Los árbitros separan a los jugadores. Bobby el Cohete está boca abajo, en frente de la zona de anotación, y no se está moviendo. Sus pantalones blancos están manchados de rojo. El estadio se queda en silencio. Los reclutadores bajan sus binoculares y niegan con la cabeza. Pisotearon a Bobby el Cohete, los tacos de los otros jugadores parecen haber perforado sus pies. Lo van a retirar del campo. Brownsville pierde cincuenta y dos a cero.

Bobby nunca volvió a jugar fútbol americano. Dejó la escuela antes de graduarse, se casó con la tía Irma en una boda improvisada y lo mandaron a Vietnam antes de que naciera el bebé.

———

El segundo y el tercer aviso aparecieron otra vez en viernes. Ambos se los leí a mi padre para después ir a tirarlos al callejón.

La casa iba a ser embargada si no pagábamos la cantidad completa antes del quince de diciembre. El diez de diciembre era la fecha límite para ir a recoger las llantas usadas en el lote de la ciudad de Kingsville. El día cada vez estaba más cerca y mi padre casi tenía la cantidad necesaria. Las pilas de billetes estaban escondidas en su caja fuerte en la planta renovadora y su plan no dejaba de verse como una fila de fichas de dominó muy preparadas para caerse. Cuando le leí el tercer aviso, fue por mí y lo acompañé a ver al tío Bobby a la gasolinera.

—Solo nos quedan un par de días, Bobby —le dijo mi papá. Las venas de su frente palpitaban al ritmo de los latidos de su corazón—. ¿Cuánto tienes?

El tío Bobby sacó una bolsa café y arrugada, parecía que estaba por sacar palomitas duras de su interior. En vez de eso sacó fajos de billetes.

—Con esto y lo que tengo en la planta casi tenemos los cinco mil dólares que necesitamos para el dinero de la oferta —dijo mi papá.

—Hay gente que nos debe dinero —añadió el tío Bobby—. Solo necesito ir, cobrarles y ya estamos.

—¿Nos deben? Te dije que no vendieras a crédito —se quejó mi padre.

—Es que tú no viste a esas damitas, Joe. No hay un soltero en la faz de la tierra que no les daría chance, porque así te puedes echar otro taco de ojo cuando regresen.

—No soy soltero y, técnicamente, tú tampoco lo eres. ¿Cuándo vas a madurar, Bobby? Por favor, es ahora o nunca. —Mi padre tenía los ojos desorbitados y la cara toda roja.

—Vas a asustar al chamaco. —El tío Bobby volteó a verme como si fuera lo único que se interponía entre él y la furia de su hermano—. Aquí tengo sus direcciones. Dame chance de ir a hacer colecta.

—¿Y quién va a hacerse cargo de la gasolinera mientras estás en eso?

La mirada del tío Bobby cayó sobre mí.

—Pues aquí está Big Money, ¿o no?

—¡Sí, papá! Yo puedo.

—Ta bien, solo porque es fin de semana. Trabajarás aquí mientras tu tío hace esas vueltas. —Mi padre accedió, no podía creerlo.

—Para el lunes ya tendremos la lana, carnalito. Tus preocupaciones se van a desvanecer.

Bobby el Cohete anota.

———

Todo estaba saliendo bien —sabía cómo poner gasolina, limpiar parabrisas y dar el cambio—, cuando, de repente, el carro de un alguacil apareció en la acera.

El oficial se bajó del carro lentamente. Llevaba un sombrero Stetson, unos lentes Ray Bans y una estrella resplandeciente encima de su corazón. Mientras se iba acercando a mí, mis ojos se desviaron a la pistola que llevaba en su cadera.

—Hola, mijo. ¿Dónde está el encargado?

Podía oír como retumbaba el corazón.

—Soy yo, señor. Mi papá es el dueño.

—¿Ah, sí? —preguntó con una sonrisa—. Entonces toda esa gente que dice que los mexicanos son una sarta de flojos seguramente no te conoce.

—No, señor.

—Y si te tienen aquí es porque sabes contar, ¿no? —Parecía sorprendido.

—Es que estudio con las monjas.

—Ah, bueno, con razón.

Metió la mano en un bolsillo de su camisa y sacó un papel.

—¿Has visto a este hombre?

Era el dibujo de la policía que pasaron en el Canal 4.

Intenta meterse por la derecha. La defensa atraviesa la línea de golpeo.

Por un momento, la única cosa en mi mente era la recompensa de cinco mil dólares. Todos los problemas de mi padre quedarían resueltos si entregaba al tío Bobby. Pero, ¿y si no era él? ¿Y si solo se parecían? ¿Y si el tío Bobby era inocente y de verdad estaba reformado? Era una posibilidad, pero también podía ser que gran parte del dinero que había en su misteriosa bolsa café fuera dinero robado de un restaurante y no dinero de la gasolinera.

No me podía mover y el dibujo se veía borroso.

—¿Me oíste? ¿Has visto a este hombre? —repitió el oficial.

Negué con la cabeza y me tragué mi saliva.

—No, señor.

Corta por el otro lado y esquiva un bloqueo.

—Una señora nos dijo que había visto a alguien por esta zona que se parecía a este hombre. ¿Estás seguro de que no lo has visto?

Dudé por un momento mientras me preguntaba qué me diría mi madre que hiciera. ¿Debía salvar a mi tío o a la casa? ¿Y si hubiera una forma de ayudar con ambas cosas sin traicionar al hermano de mi papá?

—Sí, señor, estoy seguro. —Escuché la respuesta salir de entre mis labios.

Miró de reojo la gasolinera con desconfianza.

—¿Te importa si doy un vistazo?

—No, pase.

Lo iba siguiendo mientras se paseaba por la cochera y por la pequeña oficina con la caja registradora. Sólo podía ver su espalda mientras ojeaba la habitación donde dormía mi tío. Sentía mi corazón acelerarse mientras rezaba porque no hubiera pistas ahí dentro. Pero cuando el agente se hizo a un lado, me asomé y quedé sorprendido al ver que el catre estaba doblado en una de las esquinas. El resto de la habitación estaba completamente vacía. No había señal de la ropa ni las demás pertenencias de mi tío Bobby. Observé al policía mover el catre reclinado, detrás de él había un par de botellas vacías de whisky. Mi conclusión fue que el tío Bobby nunca había dejado de "beber desas aguas" realmente. Ya había evidencias de bebidas y mujeres. ¿Y si también tenía deudas por andar apostando?

El oficial empezó a caminar de regreso a su patrulla color canela, que parecía bronceada por el sol. Agarró un cartel y me lo pasó.

—¿Te molestaría pedirle a tu papá que cuelgue esto?

—Sí, señor.

—¿Sí te molesta?

—N-no, señor, no me molesta —respondí, esforzándome por disimular mis nervios.

—Pues es todo, muchacho. Sigue con lo tuyo. Nada más no crezcas tan rápido, ¿me oíste? —El alguacil se subió a su carro y se fue manejando con las luces encendidas, los otros carros daban vuelta bruscamente para abrirle paso.

Me metí con el cartel y lo puse sobre el mostrador para que el tío Bobby lo viera. Supuse que era importante que supiera que la policía tal vez lo estaba buscando, si es que se trataba de él, que era lo último que quería. No quería ser cómplice, pero tampoco quería ser un mentiroso o, peor aún, alguien que traicionara a los suyos. Me pregunté si debía contarle sobre mis sospechas a mi padre. ¿Cuál sería su reacción? ¿Se enfurecería conmigo por pensar mal de su querido hermano? ¿Me condenaría, me ignoraría o confrontaría a mi tío? Lo último que quería era poner un obstáculo más en su plan, que ya estaba cojeando sin mi ayuda. Deseoso por sacar de mi mente todas las ideas que me confundían, sacudí mi cabeza como un perro mojado quitándose la humedad de su pelaje y regresé a mis deberes.

Para el lunes ya habían juntado los fondos. Mi papá y el tío Bobby me llevaron a la escuela.

—Saliendo de aquí, tu tío me va a dejar en la gasolinera para cubrirlo hoy —dijo mi padre—. De ahí él se va a Kingsville a hacer el pago. Traerá el recibo y mañana iremos por el primer cargamento de llantas.

—Qué lástima que no pueda llevarle algo de ese dinero a las monjas ahorita. —Miré la bolsa llena de dinero en el suelo.

—No te preocupes, hijo. —Mi padre sonrió—. En una nada nos vamos a poner al día con los pagos de la casa y la escuela. Las monjas se pondrán a cantarle al cielo.

El tío Bobby me miró pensativo cuando me bajé.

—No dejes que las monjas ni nadie te distraiga de tus cosas, Big Money. Mantén la mente clara, como el día que fuiste a flotar a la bahía.

—Eso haré, tío. Voy a ir con la corriente. Sonreí y dije adiós con la mano.

———

Esa tarde nadie pasó a recogerme cuando salí de la escuela. Cuando ya se habían ido mis compañeros, me fui caminando a la gasolinera. De pie bajo el marco de la puerta, mi padre se veía inusualmente desaliñado. Su guayabera azul celeste estaba manchada de hollín por haber trabajado con carros. Su pelo, que solía llevar recogido, le colgaba sobre los ojos.

Me acerqué a preguntarle:

—¿Y el tío Bobby?

Frunció el ceño.

—No lo sé. —Se sentó detrás de la caja registradora y puso su frente sobre las teclas antes de liberar un suspiro.

Revisé los alrededores, se veían más desolados de lo usual. Los carteles con el logo de ARCO habían desaparecido. Me asomé a la habitación del tío Bobby: estaba tan vacía como el día que vino el alguacil. Dentro de la cochera, no estaban las llantas ni los filtros de aire ni las bandas de ventilador. Entonces me di cuenta de que a los dispensadores les habían puesto carteles en los que habían escrito a mano: "Fuera de servicio".

—¿Qué pasó?

—No quieres saber, hijo —respondió sin levantar la cabeza.

—Claro que quiero —Pensé en mi diario que estaba debajo de mi cama y me pregunté qué sabios aprendizajes iba a anotar en él esta noche—. ¿Qué ocurrió?

—El hombre al que le compré la gasolinera vino hoy.

—¿Por qué?

—Porque tu tío Bobby no le dio ni uno de los pagos mensuales que me dijo que le daría. Y nunca envió los cheques que tenía que mandarle a ARCO para cubrir la cuota de franquicia.

—¿Y qué va a pasar?

—ARCO anuló la franquicia y el hombre embargó la gasolinera. No sabe si la va a cerrar o si se la venderá a alguien más. También se llevó todo lo que había.

Desilusionado, pasé mis ojos por el lugar, luego alcé mi mirada al glorioso letrero de ARCO que flotaba en el aire en rojo, azul y blanco y que ondeaba como una bandera en la claridad del cielo celeste. ¿Y si el tío Bobby vio el cartel que había colocado en el mostrador y decidió que era hora de partir? Si fue así, todo esto es mi culpa. "Esto no está pasando", intenté convencerme mientras mi mirada regresaba a la cabeza derrotada de mi padre.

—La única razón por la que sigo aquí es porque no tengo

como volver a casa —me confesó mi papá, por fin levantando su cabeza. Las teclas de la caja registradora habían quedado marcadas en su cara. Parecía que tenía paperas.

—Tal vez se accidentó —le dije con la voz entrecortada—. El tío Bobby no huiría así como así.

—Hijo, salir corriendo es lo que mejor le sale a tu tío.

———

Justo antes de las cinco, mi papá le marcó al depósito de llantas usadas de Texas. Una señorita le informó que su oferta se había dado por cancelada, pues nadie se había presentado a hacer el pago. La abuela Fina nos llevó a casa en su Vocho.

Cinco días después, un alguacil se estacionó afuera de nuestra casa. Era el mismo oficial que había ido a revisar la gasolinera. Me reconoció e hizo un movimiento de desaprobación con la cabeza.

—A veces nada sale como quieres, no importa cuánto te partas la madre. —Hizo una mueca mientras clavaba un aviso rojo en nuestra puerta principal.

—¿Qué es esto? —le preguntó mi mamá.

—Lo siento, señora. Es su aviso de desalojo. El banco les está embargando la casa.

Mi madre se apoyó en el marco de la puerta. Rubén gateó por encima de las botas del oficial, luego se lanzó del pórtico a los arbustos y se puso a llorar.

Los vecinos se asomaban por sus ventanas o nos espiaban detrás de la valla de metal encorvada, apuntándonos con sus dedos.

Mientras mi mamá le gritaba a mi papá por el teléfono, arrastré mis pies hasta el oficial que estaba haciendo guardia en la acera.

Al ver que lo observaba atentamente con mi cabeza levantada, se quitó sus lentes negros. Entrecerrando los ojos para protegerse de los últimos rayos de sol de la tarde, me preguntó:

—¿Qué pasa, mijo?

—¿Sí encontró al ladrón? —le pregunté. Tenía la esperanza de que lo hubieran agarrado porque eso significaría que, o el tío no era culpable de uno de los crímenes, o lo iban a castigar por los dos que cometió.

—No. —Sacudió la cabeza—. Terminó siendo un caso de lo más curioso.

—¿Por qué?

—Lo único que pudimos encontrar fueron sus zapatos —respondió el alguacil—. Según esto, corrió tan rápido que salieron disparados de sus pies. Los encontré en un estacionamiento no muy lejos de aquí.

Mi papá llegó en el vehículo que usaba para los repartos, era un camión de panadería destartalado al que había remodelado para transportar llantas. Lo que alguna vez fue pintura blanca ahora estaba cubierta en manchas de hollín y grasa y apestaba a sudor, hule y gases de escape. Era una abominación a la que sólo le quedaba el asiento del conductor y había resortes salidos entre la espuma.

Se bajó con pesadez y firmó el documento que le dio el alguacil, el cual procedió a sacar nuestras pertenencias y subirlas a la camioneta. Al lado de los vecinos chismosos, el alguacil nos observaba con indiferencia mientras se reclinaba en el cofre de su coche. Sin decirle nada a mi papá, atravesé el patio mientras le ayudaba a llevar las pocas cosas que teníamos hasta la camioneta. Mi mamá estaba sentada sobre la maleza quitándole a mi hermano las espinas y astillas que se habían atorado en su suave piel.

Lo último que subimos al camión fue mi bicicleta de Evel Knievel. No sé por qué, pero sentí pena por ella, como si fuera un querido amigo que había venido de visita desde muy lejos sólo para encontrarse con la desilusión, el conflicto y la falta de vivienda.

Cuando terminamos de subir las cosas, nos alejamos lentamente de la única casa que mi hermano y yo habíamos tenido. Al silenciador se le escapó un tronido desafiante que atravesó las primeras sombras de la noche. Me imaginé a los vecinos riéndose de nuestra desgracia. Unas figuras se alejaron sigilosamente con el escuálido árbol de Navidad que mi padre había tirado a la acera; las guirnaldas se aferraban a sus ramas como lágrimas olvidadas.

Mientras manejaba por el dique, mi papá murmuró que tal vez hubiera sido mejor para todos si sus padres se hubieran quedado del otro lado del río. Sus ojos enfurecidos perforaban los parabrisas mientras nosotros rebotábamos, codo con codo, en el suelo del carro.

Mi madre sollozaba mientras mi hermano dormía entre sus brazos, estaba sentada en el lugar donde debería haber un asiento para el copiloto. Cuando estábamos a medio camino de la casa de la abuela Fina susurró con voz ronca:

—¿Por qué? ¿Por qué tenías que confiar en él?

Mi padre esperó a que la casa de la abuela tomara forma entre las sombras para responderle: "Porque es mi hermano".

Miré a Rubén, dormido en medio de todo este caos. Me pregunto qué escribiré sobre la hermandad en mi diario. Lo que sí tenía claro era que iba a hacer trizas todos los consejos de negocios de mi padre.

—Sabía que no era una buena persona —dijo mi madre, llorando.

—A veces podía ser bueno —le insistió mi padre. Apretaba el volante con tanta fuerza que sus nudillos se veían blancos.

—La gente puede tener sus cosas buenas y aun así ser personas terribles —afirmó desafiante mi madre secándose las lágrimas.

Aunque mis padres estaban sentados a centímetros de

distancia, era como si hubiera kilómetros de distancia entre los dos. La atracción magnética del abismo que los separaba, amenazaba con absorberme y ahogarme. Era como un agujero negro del que no podía escapar la luz. Consideré decir lo que sabía del tío Bobby, pero pensé que sólo empeoraría las cosas. Aunque lo resentía por sus malas decisiones, sentía pena por mi papá. Amaba a sus hermanos y eso nunca iba a cambiar, sin importar cuánto daño le hicieran. Este era un secreto familiar que tendría que llevarme a la tumba.

El chirrido de los frenos anunció que estábamos en la entrada, la camioneta sonajeaba al mismo tiempo que los brazos de los árboles raspaban el techo. Detrás de nosotros, ramas y hojas caían como si fueran confeti.

Cuando nos paramos debajo de la luz amarilla de la entrada de la casa, con polillas enardecidas revoloteando a nuestro alrededor en rebeldía muda, la abuela Fina volteó a vernos desde la mecedora de la cocina. No intentó agarrar su arma, no se molestó en pararse, simplemente murmuró: "Métanse. Qué bueno que traen zapatos".

LEALTAD

—Nos vamos a regresar a México —sentenció mi padre mientras nos apiñábamos alrededor de la mesita en la cocina de la abuela Fina con su aire sofocante.

—¿Vamos a "regresar"? Eso solo tiene sentido si hubiéramos vivido ahí antes —repliqué, estupefacto ante su altivo anuncio—. ¿Y nuestra casa? ¿Esa nos la van a "regresar"?

A mi padre se le arrugó la frente de la forma que tanto lo caracterizaba; sus espesas cejas se fruncieron como nubes de tormenta. No apreciaba mi incipiente sarcasmo, que en ocasiones le costaba diferenciar de mi obstinada ingenuidad.

—Esa casa ya la perdimos.

Mi madre bajó la cabeza y se enjugó una lágrima.

—Y tu mamá solía vivir en México —continuó—. Nació y creció ahí. La va a poner muy contenta tener más cerca de su mamá, ¿verdad que sí? —Buscó en sus ojos una afirmación mientras ella, cabizbaja, miraba el plato de humeantes huevos a la mexicana que la abuela Fina había deslizado frente a ella.

La cocina rebosaba con el olor de cebollas fritas, tomates y chiles serranos mientras la abuela Fina comandaba la estufa con su bata floreada y su pelo canoso decorado con tubos rosas. A través del mosquitero podía oír a mi primo David lanzándole la pelota a Golden, una golden retriever que una tarde apareció inesperadamente en la puerta de la casa sin intención alguna de irse.

Era divertido compartir la habitación con David, pero extrañaba mi casa. Me despertaba seguido en mitad de la noche, envuelto en el calor sofocante que quedaba encerrado debajo del chirriante ventilador del techo. Batallaba con volver a dormirme mientras en mi mente revivía la vergüenza de ver al alguacil colocar el aviso de desalojo en la puerta de nuestra casa.

Lo que mi papá llamó una "breve estadía" en la casa de su madre se había convertido en semanas y luego en meses. Dentro de nuestras estrechas habitaciones, la abuela Fina, el tío Nick, el primo David y yo, podíamos oír a mis padres discutir en voz baja todas las noches. Mi tío, que había estado viviendo allí desde su divorcio, se mudó a la terraza para cederle la habitación a mi madre, mi padre y mi hermano pequeño. Todos los días, mi padre salía al amanecer para trabajar en su renovadora, pero sin importar cuántas llantas vulcanizara y vendiera, el dinero jamás se alargaba como el hule con el que las recubría. La realidad es que no era suficiente para siquiera rentar una casa mientras lidiaba con las colegiaturas de la escuela y los gastos médicos de mi hermano, que solo aumentaban con cada visita al hospital infantil para hacerle pruebas y recibir las tan diversas e infinitas opiniones sobre su complicada enfermedad. ¿Era parálisis cerebral? ¿Era el síndrome de Dandy Walker? Mi padre ni siquiera decía las palabras "retraso mental", que es lo que le diagnosticaron la mayoría de los médicos en ese momento. Yo tenía la sospecha de que padecía las tres cosas y que en lugar de respuestas, con cada cita médica mis padres recibían más preguntas frustrantes, más malas noticias y más gastos pesados.

—México es la respuesta. —Los ojos de mi padre brillaban

con el entusiasmo despreocupado que solía reservar para alguno de sus nuevos proyectos empresariales. Pensé que estaba por ponerse a garabatear números en una servilleta, que es lo que solía hacer cuando detallaba sus planes de negocio—. Todo cuesta menos allá. Podemos rentar una casa barata en lo que nos recuperamos. Y tu abuela Carmela puede ayudar a tu pobre madre con Rubén.

—Sabes que yo también puedo ayudar, ¿verdad? —intervino la abuela Fina desde el lugar habitual que ocupaba al lado de la estufa. No cabía duda, era una abuela hecha y derecha; una mujer que había demostrado sus habilidades criando no sólo a sus propios hijos, sino también a uno que otro nieto.

—Ya estás muy ocupada. Además, en tiempos como estos, una mujer necesita a su madre, ¿verdad, amor? —Volvió a buscar el apoyo de mi madre, pero ella estaba ocupada transportando el desayuno a la boca de Rubén. Aunque apenas cabía en la silla alta, necesitaba la estructura rígida que tenía para sostener su cuerpo que insistía en mantenerse flácido y descoordinado.

—¿Y la planta renovadora? —le pregunté mientras imaginaba que el edificio de madera volaba en pedazos al lado de las vías del tren.

—También la voy a mover —respondió—. La voy a poner en el rancho en México. ¡Ni un peso de renta! Nuestras ganancias estarán por los cielos.

Obstinado, fruncí el ceño y le dije:

—Pero somos estadounidenses.

Se me quedó viendo como si acabara de bajar de la luna con el estandarte de Neil Armstrong en la mano.

—Al principio éramos mexicanos —me dijo—. Pero eso da igual, somos mexicoamericanos. Somos ambas cosas. Podemos vivir aquí y podemos vivir allá. Eso no cambia quienes somos. Lo importante es poder mantenernos y que tenga forma de pagarnos una casa. No podemos quedarnos aquí para siempre, como tu tío Nick.

—¡Ya te oí, güey! —vociferó el tío Nick desde la terraza—. Estoy a nada de agarrar camino. Vas a ver.

—Ey, tú lo que vas a agarrar son unas chelas —murmuró mi padre y se terminó su café.

———

Todas las mañanas, las monjas nos ponían en filas como soldados a punto de marchar a la batalla. Firmes, en el estacionamiento de la escuela, pusimos la mano derecha sobre el corazón y recitamos el juramento a la bandera de Estados Unidos.

El último día de clases fue igual. Tras el juramento, entramos en orden a nuestros salones con aire acondicionado. Nuestros uniformes azules y blancos estaban empapados en sudor mañanero. Sin embargo, ese día la Hermana Claire Verónica no comenzó con el cronograma habitual de las clases y en su lugar, la Madre Superiora visitó nuestro salón y dio un discurso dirigido específicamente a quienes estábamos por terminar la secundaria, que era el octavo grado en Estados Unidos.

Estuve en St. Mary's por casi cinco años, y con mi último semestre, a nada de llegar a su fin, daban por sentado que mis compañeros y yo pasaríamos sin ningún inconveniente a la preparatoria de la Academia Marista. La Madre Superiora se explayó sin reservas y en su acento irlandés acerca de lo bien preparados que estaríamos para los retos que los Hermanos maristas nos presentarían. Y luego se paseó ceremoniosamente por los pasillos entregando a cada alumno un sobre rojo color sangre. Mis compañeros abrían sus cartas y sacaban tarjetas cremosas con una escritura elaborada, después sonreían orgullosos y se chocaban las manos con entusiasmo. Esto, dijo, era nuestra invitación exclusiva a una educación de primera en una escuela católica; era nuestro prestigioso pase para algún día poder iniciar la universidad y una vida de productividad, prosperidad y privilegio sin precedentes. Lo único que ella quería, y aquello por lo que rezaba, era que tuviéramos la amabilidad de aprender de Jesús y compartir esa prosperidad con la iglesia y los necesitados.

Miré al otro lado de la habitación para ver a Jimmy, mi mejor amigo: estaba admirando su pase a la grandeza.

Cuando pasó por mi mesa, la Madre Superiora vaciló, el sobre rojo temblaba en su mano. Extendí la mano, pero ella se retractó de golpe.

—Señorito Lopez, hágame el favor de acompañarme a mi despacho después de esto—dijo con sequedad, vi con claridad que las comisuras de sus labios apuntaban hacia abajo.

Todos en la clase hicieron un "tss" que me puso la cara roja de la vergüenza. ¿Cómo pudo pasar esto? Había sacado puros nueves y dieces. Llevaba años sin un solo regaño.

La seguí por el largo pasillo mientras sus tacones gruesos chasqueaban por el brillante suelo de mármol y su capa azul marino se ondulaba sobre su sombra. En su oficina, me señaló que me sentara frente a ella. Se sentó y colocó el sobre rojo con mi nombre sobre su escritorio. Puso sus manos cruzadas sobre él como si estuviera por rezar. Mis ojos pasaron a la cruz que colgaba de la pared sobre su cabeza.

—Señorito López, tengo el solemne deber de hacerme cargo de su situación tan particular —me explicó.

Mis ojos se abrieron esperanzados. Quizá mis increíbles calificaciones me habían ganado una beca en la Academia Marista. Tal vez las monjas iban a cubrir mi colegiatura pendiente. O mejor aún, tal vez me habían reclutado para asistir a uno de los internados maristas más elegantes del noreste. El futuro estaba abierto de par en par. Iba a ser mi oportunidad.

—Me temo que los hermanos de la academia tienen sus dudas sobre admitirte en su escuela debido a la falta . . . —hizo una pausa buscando la frase adecuada— de responsabilidad financiera de tus padres.

Llevaba años sabiendo que mi papá había estado batallando con mantenerse al día con la colegiatura, además de las utilidades y, claro, los pagos de la hipoteca, pero trabajaba con tanta diligencia que jamás me pasó por la cabeza considerarlo alguien irresponsable.

Con la duda de qué era lo que se escondía en ese sobre rojo, consciente de que no era una carta de admisión, hablé y mi voz salió tan temblorosa que me sorprendí.

—¿Entonces qué va a pasar, Hermana?

Deslizó el sobre rojo al otro lado del escritorio y me dijo con seriedad:

—Esto es lo que tus padres le deben a nuestra escuela. Y, si quieres asistir a la preparatoria de la Academia Marista, la diócesis te exige que, además de cumplir con la obligación que tienes con nosotras en St. Mary's, pagues por adelantado un año de colegiatura antes de iniciar en la Academia.

Agarré el sobre, pero no me molesté en abrirlo. Los cálculos se me daban bien. Había visto como los pagos pendientes de la colegiatura se amontonaban en el mugriento escritorio metálico que estaba al fondo del taller de mi papá. Sabía que, de añadirle a eso un año de colegiatura en la Academia, el total sería una locura, y una de cuatro cifras. Ni siquiera en sueños podríamos juntar una cantidad como esa.

La misma sorpresa que sentí cuando me tembló la voz regresó cuando mi visión de la Hermana María Antonieta comenzó a oscilar y temblar a través de mis ojos llorosos. "No llores", me dije. "Sé fuerte. Imagina lo que sintió Jesús cuando se murió en la cruz. Eso sí era dolor, esto no es nada." Fijé mi mirada en el crucifijo, tenía la esperanza de que si miraba hacia arriba las lágrimas que me amenazaban se quedarían en mis párpados.

—Nos dio mucho gusto tenerte como alumno, Ramón —dijo suavizando su voz—. Tienes mucho potencial.

Quería preguntarle si volvería a ver a mis amigos; si este iba a ser el fin de mi educación. Quería confesarle que de verdad llegué a creer que ir a una escuela privada me garantizaría salir de aquí, que saldría de la pobreza. Mi padre me vendió esa fantasía desde que me sacó de ese salón improvisado de la escuela pública cuando estaba en quinto y, sin querer queriendo, me colocó entre los niños ricos y las monjas. Y seguramente las monjas de la Santa Caridad lo habían incitado. Nunca me había dado muchos detalles, pero siempre me animaba a estudiar más. Insistía con que las Hermanas le habían dicho que tenía el potencial de ser el "número uno", que yo era el elegido de los López, como alguna vez lo fue el tío Bobby, que era mi destino llevar a nuestra familia más lejos en nuestra gran búsqueda del sueño americano.

¿Ya no tenían becas? ¿Debería preguntarle? ¿Debería tragarme el poco orgullo que me pudiera quedar y rogarle, como hacían los mendigos lisiados que llenaban las escaleras de las iglesias los domingos, con la esperanza de que caigan migajas de las manos de los creyentes hostigados por la culpa?

Pero me rehusaba a volver a oír mi propia voz entrecortada. No podía permitir que las lágrimas corrieran por mis mejillas y que me dejaran impotente. En lugar de eso, apreté la mandíbula y me paré rápidamente; apretaba con fuerza el sobre rojo en mi mano derecha. Asentí torpemente y alcé mi cabeza en un ineficaz intento de evitar que se me salieran las lágrimas. Luego corrí al baño de los varones y me encerré en una de las casetas antes de tirarme al suelo, sollozando.

———

El sobre rojo estaba tirado en el suelo grasiento del taller de llantas. La declaración de insuperables cargos de colegiatura tembló como el presagio de un terremoto en la mano callosa y llena de hollín de mi padre.

—¿No se supone que las monjas y los Hermanos ayudan a la gente necesitada? —dije entrecerrando los ojos por el vapor que salía de los moldes de hierro que hervían.

—No somos gente necesitada —afirmó mi padre con orgullo—. Sólo es un problema temporal de flujo de caja.

¿Cuántas veces lo había oído decir eso? En el vocabulario de los López, parecía que "temporal" podía aplicarse a la totalidad de nuestra transitoria existencia en esta Tierra.

—La gente enferma, la gente discapacitada, gente con cuerpos o cerebros que no funcionan como deberían, ellos son los necesitados.

—¿Como Rubén?

El papel flotó en el aire mientras su enorme mano abierta atravesaba las sombras y golpeaba mi mejilla. Entonces, no pude contener las lágrimas. Salí corriendo del taller de llantas y me lancé al brillante resplandor del verano.

—¡Ramón! —gritó por encima del silbido del vapor que salía de los moldes de las llantas—. ¡Vuelve aquí!

Mientras corría por las vías, sólo podía pensar en escapar del sudor y del hedor del hule cocido; en liberarme de la suciedad y el escozor en mis ojos por todo el polvo vaporizado y mejorado artificialmente. Todas esas cosas no eran más que espectros de su rasgos oscuros y melancólicos; sus sueños ridículos. ¿Por qué había sembrado estas amargas semillas de decepción en mi corazón?

En una de las curvas de las vías, me desvié hacia el viejo cementerio. Allí, busqué un lugar familiar bajo un álamo gigante. El apellido "López" estaba cincelado en una piedra gris que no tenía nada que llamara la atención. Había venido muchas veces con la abuela Fina en Día de Muertos. Todos los años traía pan dulce, calaveras de azúcar y flores de cempasúchil de papel naranja para adornar la tumba de su difunto marido. Nunca había conocido a mi abuelo. Para mí no era más que una cuarta parte de mi ADN y un rostro enigmático en un puñado de andrajosas fotografías en blanco y negro. Un extranjero desconocido con guayabera blanca, sombrero de paja y lentes de pasta. Mientras me sentaba en el pasto, me pregunté si él también llegó a abofetear a mi papá, a darle con el cinturón, a demandarle que realizara tareas imposibles en las que él mismo no era un experto. Generación tras generación, los López se fueron pasando el precepto de que nuestra gente había venido a Estados Unidos para ganarse una vida mejor, para lograr algo que era imposible al sur de la frontera. Pero, generación tras generación, seguimos pareciendo incapaces de salir del ciclo. Ahora mi padre estaba decidido a dar marcha atrás al reloj, a retroceder y volver sobre los pasos de su padre. Era algo impensable. Miré fijamente el nombre de mi abuelo en la lápida. Estaba enfadado con él. Lo odiaba por haberse muerto antes de terminar lo que empezó. Tal vez era su culpa que mi padre pareciera una persona tan incompleta.

———

Cuando entré a la cocina, la abuela Fina estaba en su lugar de siempre mientras batía una olla de menudo sobre el fuego de la estufa mientras miraba por la ventana. El aroma del picor mezclado con la nube de vapor me puso a sudar de inmediato. Estaba a punto de preguntarle si podía abrir la ventana cuando me di cuenta de que no estaba mirando a través del cristal, sino que su mirada divagaba en un punto invisible delante de ella. Con los ojos vidriosos, una ligera sonrisa adornó sus labios.

—¿Abuelita? —susurré, no quería sobresaltarla.

Lentamente, sus ojos volvieron a enfocarse y se dio la vuelta para verme:

—Ay, Ramón. Eres tú.

—Sí . . . —le contesté—. ¿Qué estabas mirando, abue?

Apretó los labios y señaló la mesa de la cocina con la cuchara de madera.

—Siéntate ahí —me ordenó.

Con la abuela Fina no se jugaba, así que hice lo que me dijo mientras la miraba confundido. ¿Le pasaba algo? ¿Debería preocuparme? Tal vez el calor le afectó.

—¿Abro la ventana? —le pregunté.

—No . . . me gusta que haya vaporcito —respondió ella.

—Se nota —Me enjugué la frente.

—Ramón . . . ¿sabes por qué me gusta cocinar?

—¿Porque tienes mucha gente que alimentar?

—No, no es por eso. Me gusta porque me recuerda a mi madre.

Nunca había conocido a mi bisabuela, se había muerto muchos años antes de mi nacimiento en alguna parte de México.

Asentí pacientemente con la cabeza y esperé a que siguiera contando su relato con ese suspenso pausado, que también había heredado mi padre.

—Tú y tu papá me recuerdan a mí y a mi madre —continuó—. No siempre concordábamos, y no estaba de acuerdo con las decisiones que tomaba.

—¿Cómo cuáles?

—Haberme casado con quien me casé, venir a Estados Unidos . . . lo que se te ocurra —dijo la abuela Fina y probó su menudo, cerró los ojos para poder saborear los aspectos más finos. Se lamió los labios y continuó:

—La única cosa que nos gustaba hacer juntas era cocinar.

Me enseñó todo lo que sabía. De cierto modo ya la conociste a través de la comida que preparo.

—¿Entonces discutían y se peleaban como yo y mi papá nos peleamos a veces? —le pregunté.

—Sí, también nos peleábamos —respondió la abuela Fina, apoyándose en la barra mientras me miraba. Su cuchara parecía su cetro y sus ruleros color rosa su corona—. Antes de dejar mi casa para venir a Estados Unidos, le dije cosas de las que después quise retractarme.

—¿Y nunca te disculpaste?

—Uy, pero claro, muchísimas veces, pero eso fue tiempo después de su muerte.

—¿Pero cómo haces eso? —le pregunté.

—Todavía hablo con ella.

Me moví, incómodo, en la dura silla de madera. Tal vez el calor sí se le había subido a la cabeza.

—¿Cómo?

—Cuando cocino y el cuarto se llena de vapor y los olores de las especias llenan el aire caliente, puedo sentir su presencia . . . la veo de pie frente a la ventana. Hablo con ella en mi mente y ella me escucha.

—¿Y te contesta?

—Sí, escucho sus palabras.

—¿Y qué dice? —Me incliné hacia ella.

—Me dice que me ama y que nuestras diferencias ya no importan, que nunca importaron, que habíamos visto líneas que nos dividían donde nunca hubo nada. Que si lo veo de lejos, a través del tiempo y la distancia . . . ninguna de esas diferencias importaba en lo más mínimo. Estamos juntas.

—Qué bonito —le dije, y lo dije en serio. Me sentí conmovido. Aunque seguramente estábamos a casi noventa grados en esa pequeña habitación, temblé de la emoción. Y, aunque sólo podía vernos a nosotros dos, de alguna manera el cuarto se sentía lleno.

—¿Y está con nosotros . . . aquí?

—Sí, mijo, aquí está.

—¿Podrías decirle algo?

—Sí, ¿qué le quieres decir?

—Dile que gracias.

—¿Gracias por qué?

—Por ti.

La abuela Fina asintió, volteó hacia la ventana y luego regreso a mí. Supe que mi mensaje había llegado a su destino cuando se dibujó una larga sonrisa en el rostro de mi abuela.

—Le caes bien, Ramón.

A través del vapor en la ventana, observé las palmeras al borde de la resaca del otro lado de la calle. Sus frondas reflejaban la luz del sol como espejos verdes.

—¿Crees que debería hacer lo que dice mi papá y ya? ¿Que debería quedarme calladito y seguir instrucciones? ¿Que debería irme a México?

—Creo que tienes que expresar lo que hay en tu corazón, Ramón. Sigue tu brújula interna. Al final del día, tu padre siempre será tu padre, pero tú tienes que ser quien tú eres.

Seguí su mirada distraída. Por un instante, entre las motas de polvo que giraban entre la bruma del aire, entre nosotros y la ventana que nos iluminaba con su luz dorada, podría jurar que vi la silueta de una mujer que asentía con la cabeza.

———

Cuando volví a ver a mi madre, la confronté de inmediato con mi instinto de rebeldía.

—Me niego a formar parte de esto—le dije.

—¿De qué hablas? —preguntó mientras llevaba, como siempre, a su enorme bebé entre brazos. Sentía que jamás lo ponía en el suelo. Tenía siete años y seguía sin mejoras. ¿Acaso pensaba cargarlo por siempre? Me quedé viendo sus abultados bíceps.

—No me voy a mudar contigo y papá a México.

Finalmente, colocó a Rubén en su corralito, donde empezó a retorcerse y a llorar.

—Esa no es tu decisión, hijo.

—Claro que es mi decisión. Todos tomamos decisiones, y las tomamos todos los días. Tú decidiste quedarte con papá después de todo lo que pasó y ahora yo decido irme por mi camino.

—¡Pero solo eres un niño! —Ella también empezó a llorar.

—Soy mayor de lo que era mi abuelo cuando quedó huérfano en México durante la Revolución y atravesó la frontera para llegar hasta acá.

—Has estado escuchando demasiadas historias de tu abuela Fina.

—Pues son historias reales.

—¿Por qué estás haciendo esto?

—Porque soy estadounidense. Yo pertenezco aquí. Mi futuro está aquí, no voy a ir en reversa.

—Pero dijiste que la Academia ya no te iba a aceptar por el dinero que debemos.

—Me voy a meter a la escuela pública. Yo nací aquí, es mi derecho. Aprendí mucho con las monjas, sé que me va a ir muy bien. Voy a ser el "número uno", como tanto quiere papá. Y voy a ir a la universidad y saldré de este lugar.

—¿Pero qué tiene de malo vivir aquí? —protestó indignada como si ella fuera la fundadora.

—¿Lo dices en serio? —Me burlé—. Básicamente estamos en México, solo que aquí podemos beber agua de la llave, que luego ni bebemos porque está toda café y huele mal.

Rubén gritaba mientras mi madre lloraba.

Por fin lo levanté y lo hice rebotar en mi pecho. Se calló de inmediato y se me quedó viendo con esa desconcertante mirada de vacío que tenía.

—¿Qué traen? —resopló mi padre, llenando la habitación con su abrumadora presencia—. ¿Me quieren decir qué está pasando?

—No se va a ir con nosotros —le dijo llorando mi madre.

Me miró como si acabara de dispararle en un costado.

—¿Perdón?

—Me voy a quedar con la abuela Fina. Si me quedo en Brownsville, por lo menos me puedo meter a la preparatoria pública, pero si me mudo contigo a Matamoros no me lo van a permitir.

—Tú perteneces con nosotros —me comandó—. Puedes estudiar en México.

—No, gracias. Yo pertenezco aquí. Mi acento ni siquiera suena mexicano.

—Hijo, ponte a pensar, los domingos haremos menos tiempo cuando vayamos al rancho —dijo para convencerme. —Y tendremos la planta renovadora al lado.

—Ya no me interesa ir al rancho ni a la fábrica —le respondí, viendo como un escalofrío de angustia parecía subirle por la espalda.

Nuestras miradas chocaron y mi corazón se aceleró. Jamás me había atrevido a contradecirlo, mucho menos a confrontarlo. Pensé que me iba a golpear otra vez, que se abalanzaría sobre mí y que me dejaría hecho una plasta, que me arrojaría por la ventana a la terraza y que luego me tiraría de una patada al patio, donde Golden podría apiadarse de mí y lamerme las heridas. Instintivamente, levantó la mano para golpearme, pero se detuvo, como si una fuerza invisible se hubiera puesto entre nosotros y le hubiera agarrado la mano en el aire. Una fuerza que me protegió por un instante, pero que nos iba a dividir una eternidad.

—Esta conversación no ha terminado —gruñó y dio un portazo al salirse de la casa.

Cuando mi madre se abrió de brazos, pensé que me iba a abrazar, pero entonces entendí que simplemente quería que le devolviera a Rubén. Por eso mi papá no pudo pegarme. No fue Dios, ni Jesús, ni la paz divina del Espíritu Santo lo que lo había detenido. Rubén había sido la fuerza invisible que me protegió de la ira de mi padre.

———

La casa que mi padre rentaba en Matamoros al otro lado del río, estaba a diez minutos en coche de la casa de la abuela Fina. Estaba en la misma cuadra que la casa de la abuela Carmela, donde había crecido mi madre. En México no había leyes de zonificación, así que las casas se hacinaban entre tienditas y ferreterías. La mayoría de las personas tenían uno o más negocios caseros en los barrios que se tambaleaban entre el caos de la pobreza y la sufrida estabilidad de la laboriosa clase media mexicana.

Rentó la casa antes de que alguno de nosotros la pudiera ver.

—Está cerca de la casa de tu mamá, eso es lo único que importa —le aseguró a mi madre mientras atravesábamos el río.

Cuando por fin nos abrimos paso a través de la maraña de tráfico y llegamos al centro de la ciudad con su densa población, mi madre se relajó al ver el barrio en el que creció. ¿Qué tan malo podía ser volver a casa?

El edificio solo tenía una planta y estaba hecho de bloques de hormigón que alguien había olvidado pintar, tanto por dentro como por fuera. Al igual que en la mayoría de las casas de Matamoros, no había pasto ni jardín en la entrada, era un muro con una puerta con conexión directa al bullicio de la calle. En el interior de sus paredes pegajosas, el ruido de la ciudad resonaba con más y más fuerza. El calor nos sofocaba a medida que avanzábamos con timidez, parecíamos cautelosos exploradores que habían sido enviados a colonizar estos pasillos de techo bajo. Sobre nuestras cabezas, había bombillas al descubierto iluminaban el camino. Mi madre puso buena cara, pero me di cuenta de que esto era devastador para ella. Esto no era un hogar; era una prisión. Al menos nuestra casucha de Southmost era de una madera cálida y suave. Esto se parecía a un gulag siberiano que había visto en mis pesadillas.

En la parte de atrás, había una cocina pequeñísima con una rústica estufa a gas y un refrigerador oxidado. La cocina conducía a un trozo de tierra aún más pequeño que debíamos asumir era el patio trasero. Había un lavabo de concreto para lavar la ropa y los cables para colgarla atravesaban ese pequeño pedazo de cielo. El espacio quedaba tan repleto con solo los cuatro, que no podíamos dar un paso sin rozarnos los codos. Podíamos escuchar al vecino hablándole a su cerdo por encima del muro con trozos de vidrio. En México, era habitual romper botellas de cerveza y de refresco para incrustar el vidrio en las paredes de cemento como medida de seguridad. Del otro lado de la pared, el anciano le aseguraba a su cerdo que había vivido una buena vida y que su inminente muerte era en nombre de un noble propósito, el de alimentar a su familia. Pronto, su afilada cuchilla le rebanaría la garganta y derramaría su sangre. Su último chillido pasaría como una estaca por la oscuridad de la noche.

Horrorizada, mi madre corrió de vuelta al interior de la casa. Me quedé en el patio con mi papá, preguntándome si la carnicería estaba por empezar o si el hombre esperaría a despertar a sus vecinos en el medio de la noche con los chillidos espeluznantes del animal moribundo.

—La mayor parte del tiempo vas a estar en casa de tu mamá —dijo mi padre para consolar a mi mamá en el camino de regreso a Brownsville.

Yo no había dicho una sola palabra en nuestro recorrido internacional y no tenía intención alguna de que eso cambiara ahora que estábamos sentados en la quietud del congestionado tráfico del puente. Pero claro que tenía que incitarme y ver qué pensaba.

—¿Y a ti, Ramón? ¿Qué te pareció? —Fingió un optimismo excesivo, como sólo él podía.

—No había enchufes. —Fue lo que me salió de la boca mientras miraba por la ventanilla del coche a los mendigos parapléjicos. Empujaban sus cuerpos en patinetas mal hechas con una mano extendida para pedir cambio.

—¿De qué hablas? —preguntó mi madre.

—Pues eso —le expliqué—, donde debería haber enchufes había agujeros con cables desparramados.

—Eso se arregla fácil. —Mi padre hizo un gesto queriendo quitarle importancia a lo que dije—. Basta con darse una vuelta a la ferretería.

—Que por suerte pusieron justo al lado —añadí con amargura.

Podía sentir sus ojos mirándome por el retrovisor. A mi lado, Rubén dormía encorvado en una sillita que le quedaba pequeña por tres tallas.

Los vehículos se acercaron a la cima del puente que pasaba sobre el centro del Río Grande. Mi madre miraba sombríamente hacia el este a través de la ventana. Mi papá me decía seguido que el río desembocaba en el Golfo de México.

Pensé en el flujo de agua que era contenido por las orillas del río, la orilla sur y la orilla norte, y en la gente que se apiñaba en la maleza de sus bordes que les llegaba a los hombros y que solo pensaban en cruzar al otro lado. Me pregunté si el río se sentía liberado cuando se encontraba con el mar.

—No puedo —susurré.

Esta vez sentí los ojos de los dos clavarse en mí, los de él me miraban con desaprobación a través del espejo y los de ella me miraban como si entendieran mi punto.

Los autos se empezaron a mover otra vez. Arrancaban y se paraban. Cada vez que soltaba el freno y apretaba un poco el acelerador, y cada vez que el carro daba un tambaleo para luego detenerse, la cabeza de Rubén se desplomaba hacia delante y luego rodaba hacia atrás.

—¿Qué dijiste, Ramón? —me retó mi padre.

Volteé a ver a ese río que se habría camino entre sus heridas para llegar a la libertad. Cerré los ojos con fuerza. Imaginé que jalaba la energía y el poder del flujo del agua, y me oí repetirle:

—No puedo.

—¿Qué no puedes? —insistió mi madre, aunque ya sabía la respuesta a su pregunta.

—Mudarme con ustedes a México.

Ahora el auto se tambaleaba y frenaba con más fuerza, con más violencia, mientras mi padre apretaba el volante enfurecido. Pensé que se iría contra mí, que me pondría en mi lugar, que insistiría en que siguiera sus órdenes y que debía ir a donde ellos fueran, incluso si se iban al fin del mundo.

Pasaron un par de minutos. Cuando mi pulso agitado se calmó, lo vi redirigir su mirada por el espejo a la silueta de mi madre apoyándose contra el marco de la ventana. Entonces comprendí, quizá por primera vez, que estaba eligiendo sus batallas.

—¿A ti qué te pareció, amor? —preguntó con un tono de voz más suave, pero los dos ya sabíamos lo que estaba intentando.

Mi madre se sorbió los mocos y se secó la nariz con un pañuelo.

—¿Amor? —le insistió, apretando los dientes.

—Es lo que hay —respondió ella asintiendo.

Nuestros ojos volvieron a encontrarse en el espejo y nos dimos una mirada incómoda. Entonces la luz cambió a verde, indicando que debíamos pasar con el oficial de inmigración.

———

La última noche que mis padres y Rubén se quedaron en casa de la abuela Fina, el primo David y yo colgamos un par de hamacas rosas entre las palmeras del patio trasero. Hace décadas, nuestro misterioso abuelo las había traído desde Yucatán. Mientras nos mecía la brisa del golfo debajo del susurro de las palmeras, contemplamos las constelaciones que iluminaban el cielo oscuro.

—¿Cómo es la escuela pública? —le pregunté al pecoso de mi primo. Sus rizos alcanzaban a tocar sus hombros mientras miraba las estrellas.

—Ya estuviste ahí, sabes como es. Es como si hubiera barro en vez de arena. Es como si hubiera humo en vez de aire.

Hice una cara de disgusto. Había pasado mucho tiempo.

—Ya me desacostumbré —le dije.

—Sobrevivirás, todos lo hacen.

—Pues sí.

Nos balanceamos en silencio durante un rato.

—Qué genial que al fin nos va a tocar en la misma clase —dijo—. Qué mal que al pequeño Bobby no.

—Sí. —Pensé en nuestro primito estancado en San Benito y en su padre, el efímero tío Bobby que seguía desaparecido en combate, de la misma forma que desapareció durante seis meses en Vietnam en el setenta y dos—. Qué mal.

—Tú tranqui, entre nosotros nos cuidamos —dijo David con los ojos fijos en las estrellas.

Me pregunté que habilidades tenía yo que sirvieran para "cuidarnos". Después de otra larga pausa con nuestras miradas fijas en los misterios del cielo, me aventuré a bajar más por las profundidades de los conocimientos que solo eran accesibles para él:

—Oye, David.

—¿Qué?

Desde mi hamaca, volteé a ver de reojo las ventanas traseras de la casa de la abuela Fina, por una de ellas se filtraba un cálido resplandor.

—¿Cómo es vivir sin papás?

Lo imaginé nadando por un tumulto de emociones indescriptibles. Sabía que extrañaba a su mamá, que se había mudado al norte y, según contaban, había formado una nueva familia. Me había tocado oírlo decir su nombre mientras dormía. Antes de contestar, se quedó callado un momento, cuando por fin habló sólo me dijo: "La abuela Fina es buena gente".

Me puse de lado y volteé a verlo. Forzó una sonrisa, con un aire travieso escondiéndose en sus ojos, como si fuera una calabaza de Halloween mexicana.

———

Cuando se fueron, fue como una operación sin anestesia. Como si bruscamente se extirparan los órganos del interior del cuerpo.

Los muebles que sacamos de nuestra casita en Southmost habían pasado todo el verano en la camioneta de reparto, como un oxidado testimonio al estancamiento de las ventas de mi padre. Rodeado por torres de maleza, el vehículo estaba hecho bola junto al asador de ladrillo desintegrado que, según la leyenda, mi abuelo erigió con sus propias manos cuando mi padre no le llegaba ni a las rodillas.

Después de varios intentos, mi padre consiguió que la

camioneta reviviera y la maniobró como pudo hasta el patio delantero. El camino de la entrada, que trató como si fuera una mera sugerencia para el manejo, bajaba hacia la resaca de Lincoln Park; eran dos franjas de cemento agrietado entre las que la hierba brotaba como si fueran greñas.

Mi mamá me abrazó, con Rubén aplastado en medio, las quejas de mi hermano fueron disminuyendo, sentía su piel contra la mía debajo del sol de más de treinta grados. Quizá por primera vez, aunque ciertamente no iba a ser la última, sentí respeto por ella. ¿Por qué? Porque no me suplicó que los acompañara a través de esa violenta y acuosa línea divisoria. En vez de eso, mientras mi padre me miraba buscando una reacción, ella reforzó su postura al decirle: "Vámonos, José. Déjalo con tu mamá".

Derrotado, agachó la cabeza y se puso tras el inmenso volante de la "panadera", como le decíamos. No dejaba de ser la camioneta de una panadería, incluso si los productos horneados que vendía en su segunda vida eran donas de hule.

Con el ceño fruncido, me dio una mirada de reproche a través del parabrisas agrietado mientras salían de la entrada con los pocos bienes que le quedaban a nuestra familia. A lo largo de su vida, muchas cosas lo habían dejado perplejo, pero que su hijo lo desafiara tal vez era el último incidente que se le pudo haber ocurrido.

En lo que asumo era un intento para tranquilizarme a mí y a su hijo —más a él que a mí—, justo antes de que partieran, la abuela Fina rodeó mis estrechos hombros con su corpulento brazo y sonrió orgullosa. Fue ahí que lo supe, mientras fueras descendiente de ella, siempre tendrías un lugar al cual llamar hogar, un cacho de tierra al cual jurar lealtad.

LOS LIMONES

Empecé a dibujar limones el domingo que mi padre anunció su último plan de negocios en la mesa de la cocina de la abuela Fina. Después de que mis padres tomaron la retirada a Matamoros, del otro lado de la frontera, usualmente ese era el único día de la semana en que los veía a ellos y a mi hermano menor. Cuando venían, esperaba que mi papá jugara fútbol conmigo en el jardín, o que nos llevara a la playa de Boca Chica para pasar una larga y tostada tarde construyendo castillos de arena y sacando botellas de Coca Cola helada de su iglú rojo, pero en lugar de eso solo se la pasaba hablando sobre el increíble margen que había entre el bajo costo de los limones que compraba en el interior de México y el exorbitante precio que les ponían en el mercado de Dallas.

—Ahí es donde está el dinero —exclamó mientras garabateaba números ininteligibles en servilletas desperdigadas mientras los demás comíamos despacio, observándolo preocupados—. Dallas, ¡de veras! Los gringos del norte andan rodando en billetes. Tienen dinero de petróleo, dinero de desarrollo inmobiliario, ¡hasta tienen un Banco de la Reserva Federal donde imprimen dinero! En ese mercado van a pagar bien. Allí compran sus productos todas las grandes cadenas de supermercados.

—¿Qué tan definido está tu plan? —pregunté receloso de su nuevo proyecto, dado su historial de fallos.

—¡Mi plan es a la brava! —gritó con euforia mientras mi madre y mi abuela hacían muecas de consternación. "A la brava" significaba que, una vez más, se estaba dejando llevar.

Mi sufrida madre estaba sentada en silencio a su lado, dándole de comer a Rubén con una cuchara, él estaba apretado en su trona que le quedaba demasiado pequeña. Observé con disgusto cómo señalaba una copa con cátsup. Aún no sabía hablar, y eso que la mayoría de los niños de su edad ya estaban en primero de primaria. Pero podía señalar con eficacia las cosas que quería, lo que generó una dinámica familiar desigual, compuesta por su ensimismamiento total y los esfuerzos constantes y titánicos de todos los demás por satisfacer sus crecientes peticiones cuanto antes. Cada par de meses parecía surgirle una nueva obsesión. Él señalaba algo y mis padres invertían los escasos recursos que tenían a la mano para conseguirle esa sustancia u objeto. Lo normal era que, a su edad, estuviera pidiendo comida de todo tipo, pero nuestra familia acababa de sobrevivir a su pasajero interés por las pilas. Mis padres se abstenían de llevar a Rubén a cualquier lugar donde vendieran pilas, de lo contrario, las señalaría hambriento desde su cochecito con sus pies deslizándose por el suelo. Dudoso de cómo se las arreglaba para chuparle la vida a tantas pilas en tan poco tiempo, un domingo me puse a seguirlo y vi como se arrastraba sigilosamente hasta el bote de basura de la abuela Fina para deshacerse de un par de pilas AA nuevas. Denuncié su abominable acto de inmediato, pero mis padres me trataron con frialdad por delatar a mi hermano discapacitado. Me di por vencido, así que mejor me puse a dibujar limones, pero me estaba quedando sin páginas en mi andrajoso diario.

Mientras mi padre bañaba en elogios a esas verdosas sabrosuras, yo observaba como Rubén abría la boca para comerse cucharadas de cátsup y dibujaba círculos en mi cuaderno de espiral.

—¿Eso cuenta como una verdura? —pregunté, señalando con mi lápiz de color la botella de Heinz casi vacía que había en el centro de la mesa.

—Es de tomate —respondió mi madre e introdujo otra cucharada en la boca ansiosa de Rubén.

Fruncí el ceño y me puse a revisar los ingredientes de la etiqueta.

—Pues hay un montón de ingredientes además de tomate. ¿Qué es el jarabe de maíz de alta fructosa?

—Las limones definitivamente no son verduras —afirmó mi padre—. Crecen en los árboles. Sólo la fruta crece en los árboles.

Me encogí de hombros, cambié de página y empecé un nuevo boceto. Me puse a dibujar un árbol y llené sus ramas con limones que rodeé con hojas con forma de dólares.

—¿Qué tal la escuela, Ramón? —preguntó mi madre mientras la abuela dejaba un momento la cocina para ir a la alacena por un bote nuevo de cátsup.

Me quedé pensando cómo se irá a sentir la abuela cuando vea sus tacos de picadillo con comino cubiertos por una espesa capa roja de ese sabor dulce y procesado al estilo gringo, en lugar de ser sazonados por su salsa casera, hecha con chile piquín que había recogido de un arbusto en el patio trasero. La observé con detenimiento, pero si se sintió ofendida de alguna manera, hizo un gran trabajo ocultando su sentir y dándole prioridad a las necesidades especiales de Rubén.

—Sigo vivo —respondí llanamente, pero cuando lo hice, Rubén ya había empezado a señalar con el dedo las rodajas de pepino que la abuela Fina había puesto en la mesa; mi madre se olvidó por completo de su pregunta.

Mi padre se veía agradecido por la distracción. Él siempre

quiso que estudiara en una preparatoria privada, pero ahora, debido a sus problemas de "flujo de caja", estaba a punto de terminar mi primer año en Porter, que era considerada una de las peores escuelas públicas del país.

—El pepino sabe bien con limón —añadió mi padre y roció las rodajas de pepino con el jugo de su nueva fruta favorita—. Y con guacamole también.

Bajé mi mirada para inspeccionar mi boceto y decidí acompañar a mi árbol solitario con padres y hermanos. Parecía una huerta de promesas cítricas disfuncionales. Lamentablemente, ya no me esperanzaban los esfuerzos empresariales de mi padre.

Rubén hizo una mueca al saborear el ácido sabor del jugo de limón que mi padre había exprimido con ahínco sobre las rodajas de pepino y escupió una bola pegajosa de papilla verde que rodó por las manchas de cátsup en su camisa. Se cayó en la bandeja de su trona, cuya superficie parecía ahora una representación abstracta de una escena del crimen.

Me reí cuando lo vi señalar con determinación la reluciente botella nueva de cátsup mientras gruñía con avaricia.

—No le gustó el jugo de limón —dijo lamentándose mi madre.

—No todos podemos tener buen gusto —repliqué con una sonrisa mientras veía el huerto que no dejaba de crecer en mi fértil cuaderno.

No quité mi mirada de la página, pero podía sentir las miradas punzantes de mis padres clavándose en mí con desaprobación.

———

En Brownsville, decían que la razón por la que el equipo de los Porter Cowboys siempre ganaba sus partidos de fútbol era porque las esposas e hijos de los jugadores les echaban porras.

Dio la buena suerte que, en las primeras semanas de clase, me hice amigo de uno de esos jugadores.

Se llamaba Dante, era un corpulento gigante con barba y bigote de verdad, jugaba como liniero ofensivo. Y, a diferencia del estereotipo local, me aseguró que nunca se había casado y que no tenía hijos, al menos por ahora. Sin embargo, sí había un cliché de prepa que cumplíamos, uno que era más universal. Yo le ayudaba a Dante con las materias, que fue como nos conocimos, y él era mi guardaespaldas, que fue como sobreviví.

—Estoy acostumbrado a los cerebritos —me dijo, refiriéndose al mariscal de campo del equipo—. A esto nos dedicamos los linieros ofensivos.

—¿En serio? Pensé que lo suyo era más bien insultar gente y partir madres.

—Eso también —respondió sin darse cuenta de que estaba siendo sarcástico.

Aunque éramos un dúo curioso, yo siendo escuálido y de estatura media y él alto y musculoso, la combinación funcionó bastante bien para garantizar que Dante pudiera seguir practicando deporte sin reprobar sus asignaturas y que yo pudiera seguir vivo durante mi trayecto por el nuevo mundo al que me habían empujado las desgracias económicas de mi padre.

Después de clases, en una de nuestras sesiones de tutoría, nos sentamos en la sala de estudio. Dante estaba encorvado trabajando en ejercicios de matemáticas que había improvisado para que él los resolviera mientras que yo trabajaba en mis bocetos del huerto de limones, donde el dinero crecía en los árboles. De repente, sentí una presencia detrás de mi hombro. Al darme la vuelta, me sorprendió ver a un hombre alto como un tubo, su cabello ondulado tenía gris y blanco. Era el señor Dean, el consejero de la escuela.

—Señor López —me dijo. Creo que esta era la primera vez que se dirigían a mí con tanta formalidad. Las monjas, por lo general, se ahorraban las palabrerías y sólo me daban con la paleta, mientras que los profesores de Porter generalmente preferían ignorarme en caso de que mis aprendizajes de la escuela privada sobrepasaran los que ellos habían adquirido en el instituto donde obtuvieron sus certificados de enseñanza.

—Hola, señor Dean.

—Qué encantador dibujo —dijo señalando a mi diario.

—Gracias, son limones.

Sus cristalinos ojos azules escudriñaron el lamentable surtido de lápices de colores rechonchos que tenía esparcidos por la mesa.

—Su paleta de colores se ve algo escasa. Cuando tenga oportunidad, venga a verme a mi oficina.

Sonreí con amabilidad, asentí y volví a lo mío mientras él se retiraba.

Al día siguiente, visité su oficina en el receso.

—Sígame —me instruyó.

Me guio a través del laberinto de extensos y pálidos pasillos en los que todavía me perdía. Llegamos a una sala que no había visto antes, en su interior, había varios caballetes con lienzos a medio pintar. Había una larga mesa de trabajo cubierta con recipientes de pintura y botes llenos de brochas de todos los tamaños. El olor a trementina subió por mis fosas nasales como si quisiera jalar mis lágrimas. En el rincón más alejado de la habitación, una mujer de pelo rizado estaba de rodillas en el suelo. Parecía estar tallando los azulejos, pero cuando nos acercamos comprendí que más bien estaba usando una esponja para esparcir distintos tonos de azul en una hoja de papel kraft.

—Ella es la señora Martínez.

Levantó la cabeza sorprendida; sus rizos parecieron saltar del susto. Estaba tan inmersa en su labor que ni siquiera notó cuando entramos.

—¡Dios santo! Señor Dean, casi me da el soponcio.

—Me temo que no sé qué son los "soponcios", pero si son un tipo de sopes, yo con gusto aceptaría uno —dijo con una sonrisa traviesa.

Cuando la señora Martínez se puso de pie, la punta de su cabeza apenas si me llegaba al hombro. Estaba cubierta de pintura azul, había manchas en su cara, puntitos en sus lentes y bolitas en su pelo. Parecía una pitufa, recuerdo que en la serie solo había una pitufa mujer, pero la señora Martínez no era rubia como ella.

—Es algo mucho peor que un sope, Señor Dean. Que te dé el soponcio significa desmayarse. Le pido que no esté asustando artistas cuando están trabajando.

—Me disculpo de corazón, señora Martínez. Ojalá mi descubrimiento servirá para expiar mi transgresión.

Con una media sonrisa, ella le respondió:

—Soy pintora, no bibliotecaria, Señor Dean. No use sus palabras elegantes conmigo. ¿Qué tiene tanta importancia como para que viniera a sacarme de mi ensueño creativo?

—Le presento a Ramón López —dijo el señor Dean y volteó su cuerpo hacia mí—. Estaba en St. Mary's y se unió a nosotros este año. Me gustaría que revisara sus bocetos.

—Mmm.

La señora Martínez bajó sus lentes de pasta morados hasta la punta de su nariz y me miró con curiosidad. Sin pedir permiso, arrebató mi diario desgastado de mis manos y se puso a hojear los dibujos que había hecho de los limones de mi padre. Cuando llegó al último dibujo, que metí en el reverso de la contraportada, arqueó la ceja derecha e inclinó la cabeza hacia adelante. Entrecerraba los ojos como si buscara un significado oculto en los trazos de mi lápiz. Luego cerró el cuaderno, me lo devolvió y procedió a evaluarme de pies a cabeza.

—Qué muchachito tan guapo. Y estás muy bien vestido. Dada tu educación previa, apostaría que eres inteligente y que le sacas ventaja a tus compañeros.

Asentí tímidamente con la cabeza:

—Gracias. Es un gusto conocerla, señora —le dije sonriendo.

—Nada de eso, llámame Marcela, mijo. —Me dio una palmada en el hombro tensando su brazo y dirigió mi atención a los materiales de pintura y los coloridos cuadros que cubrían las paredes—. Entonces, ¿qué te parece?

—Es fantástico. Nunca había visto algo igual.

—¿Alguna vez has ido a un museo de arte? —preguntó.

—No, señora —dije agachando la cabeza—. Nunca he salido de Brownsville.

Hizo un gesto de entendimiento con la cabeza.

—La mayoría de nuestros estudiantes nunca lo han hecho. Pero no te preocupes, esa es la maravilla del arte: es capaz de transportarnos sin tener que salir de nuestros cuartos o de nuestras mentes.

El señor Dean avanzó de puntillas hasta la puerta; sonrió y dijo adiós con la mano antes de partir a su siguiente tarea.

La señora Martínez metió la mano en un cajón y sacó un bloc de dibujo y una pequeña lata.

—Ramón, con un vistazo a tus dibujos sé que tienes la suerte de poseer algo que a la mayoría de la gente le hace falta. ¿Sabes qué es?

Negué con la cabeza.

—Talento —me dijo y me entregó el bloc de dibujo y los lápices—. Vamos a cambiar tu diario por un cuaderno de dibujo. Sigue dibujando y ven aquí siempre que puedas.

———

—¿Cómo que "confiscada"? —La voz preocupada de mi padre se filtraba por la casa de la abuela Fina mientras hablaba por teléfono—. ¿No que sólo era una inspección de rutina?

Hubo una pausa mientras la persona del otro lado de la línea le explicaba algo.

Cuando entré en la habitación, tuve que agacharme para pasar debajo del largo y enrollado cable de teléfono color plátano, como cuando jugábamos al limbo en la escuela de las monjas.

Me senté en la silla del rincón que siempre usaba, acomodé la paleta de madera y el grueso bloc de papel que la señora Martínez, mi hada madrina, me había regalado hace poco. Siempre que iba a su clase, me enseñaba una nueva técnica y me daba una herramienta nueva para practicarla. Y, gracias a la magia administrativa del señor Dean, me habían permitido tomar su clase de arte como una materia optativa.

—¿Varios días? —dijo mi papá con la voz quebrada—. Pero el calor está brutal, estamos a más de treinta, y los limones están ahí varados bajo el sol . . . cocinándose.

Ahora que estaba en el mismo cuarto que él, podía descifrar algunas de las cosas que decía la otra persona. Mencionó que "las aduanas estaban saturadas" y que no había recibido "el aviso de envío regular", y algo sobre un "agente de aduana".

—¿Agente de aduana? —Mi padre frunció el ceño—. ¡No tengo con qué pagarle a un agente de aduana! Tú haz lo que puedas. Voy a volver a pasar mañana.

Cuando volvió a colocar el teléfono en la base de la pared, se dio cuenta de que estaba enredado en el cable. Contuve mi risa mientras lo veía batallar para liberarse.

—No le veo lo gracioso, Ramón —resopló antes de quedar libre y regresar a su asiento en su posición encorvada para revisar números y cálculos—. Agente de aduana, por favor . . . —murmuró entre dientes.

Mojé el pincel en una mezcla de verde que la señora Martínez me había enseñado a hacer y empecé a ponerle color a los limones de mi boceto.

—¿Pasó algo? ¿Por qué estás aquí? —pregunté con indiferencia—. No es fin de semana, está por anochecer, ¿no deberías estar en Matamoros con mamá y Rubén?

—Llegaron los limones y tenía que hacer una llamada. Llamar desde México cuesta una fortuna.

—¿Cuándo llegaron los limones?

—El tráiler llegó de Yucatán hace dos días. Ya tendría que estar en el mercado de Dallas.

—¿Se va a resolver?

Volteó a verme, por un momento, sus ojos color avellana no lograron esconder un atisbo de duda. Recobrando la compostura, volvió a ponerse encima su rígido semblante y su obstinada confianza.

—Por supuesto, todo va a salir bien. Vas a ver, mañana arreglamos todo.

Recogió sus papeles y, cuando se salió, empezó a hablarle a mi tío Nick, la chimenea andante, con un tono animado y a la sombra del aguacatero.

Me les quedé viendo del otro lado del mosquitero. Aunque la noche empezaba a asentarse, el calor intentaba entrar desde el exterior. Era como estar frente a un horno en pleno ardor. Me imaginé el camión de dieciocho ruedas estancado, de la noche a la mañana, en un lote baldío al lado del viejo puente del ferrocarril; su largo remolque de madera repleto de canicas verdes y duras que se iban ablandando y amarilleando de forma lenta, pero ineludible. Una lona mugrienta atada a la parte de arriba con una cuerda deshilachada era lo único que resguardaba la inversión de mi padre de las brasas de ese infierno.

Conforme los días avanzaban a un lamentable paso, las

llamadas de mi padre se volvían más hostiles. Dijeron que tal vez devolverían el embarque a México. Las palabras "pérdida total" se mencionaron varias veces. El cabello de mi padre empezaba a parecerse a una versión oscurecida del famoso y caótico peinado de Albert Einstein, daba tirones a sus greñas en un intento por exprimirse una idea brillante de su agotado cerebro con la que salvar su nuevo negocio.

Al final llegaron a un acuerdo, todo gracias a que intervino uno de sus amigos de la infancia que trabajaba en el puesto fronterizo. Para el disgusto de mi padre, iban a descargar el tráiler en un almacén, donde separarían los limones para revisarlos y determinar cuáles saldrían de la retención. Solo regresarían al tráiler las que estuvieran en perfectas condiciones. Para ahorrar dinero, nuestra familia entera, incluidos mis tíos y mis primos, fuimos como pudimos al almacén, que debía estar más caliente que el mismísimo Hades; su techo corrugado de metal y sus paredes de aluminio quemaban la piel. Dentro de ahí, había una cascada interminable de limones que bajaba por una rampa desde la parte trasera del tráiler hasta unas mesas de clasificación manual hechas para eso. Sentí certeza de que nunca había visto la misma cosa en una cantidad tan grande en toda mi vida y que no volvería a hacerlo. Lamentablemente, la mayoría de la fruta ya estaba echada a perder. Las moscas volaban a nuestro alrededor, un hedor enfermizo se esparcía por el calor sofocante del aire.

Cuando terminamos, los limones buenos solo bastaban para llenar la caja de carga de la destartalada camioneta roja de mi padre. El montoncito, al borde de caerse, se elevaba a la misma altura que la cabina.

—No vale la pena llevarlas a Dallas —se lamentó mi padre—. Gastaría más en gasolina que lo que les sacaría vendiéndolas al mayoreo.

Mientras se llevaban los limones echados a perder al

vertedero y mi madre y la abuela Fina empezaban a caminar a casa con ampollas en sus dedos, me quedé parado junto a la camioneta.

—Lo siento, Joe —dijo con pesadez el agente fronterizo que había ayudado a mi padre a salvar lo que pudo—. Te recomiendo que a la próxima trabajes con un agente de aduana y sigas los protocolos. A veces planificar un poco hace toda la diferencia. Incluso podrías comprarle una caja refrigerada al tráiler.

En el tenso viaje de regreso a la casa de mi abuela, lo único que dijo mi padre fueron las mismas palabras una y otra vez: "Caja refrigerada". Asentía pensativo mientras las murmuraba.

———

Al día siguiente, cuando volví de la escuela, me sorprendí al ver a mi madre moliendo galletas sobre la mesa de la cocina de la abuela Fina. Había latas de leche condensada y botes de crema esparcidas por la barra. Mi abuela batía los ingredientes enérgicamente en un tazón. Los costales donde habíamos metido los limones rescatados de mi papá cubrían las paredes, algunos de ellos se caían y rodaban con rebeldía por el piso de madera.

—¿Qué hacen? —pregunté llanamente, como si a estas alturas nada me pudiera sorprender.

—Tu mamá tuvo una gran idea —dijo la abuela Fina mientras apretaba un exprimidor de plata para exprimir juego en su tazón.

Mi mamá objetó:

—No es cierto, señora, se nos ocurrió a las dos.

—¿Qué es? —pregunté mientras me llevaba a la boca una galleta, salvándola del amenazador rodillo de mi madre.

—Vamos a hacer tantas tartas como podamos con los limones de tu padre —aclaró la abuela Fina.

La tarta de limón de la abuela era famosa en la familia.

Siempre salía fresca, dulce y acidita; le ponía una capa gruesa de su inigualable merengue casero.

—Los limones sólo se pueden vender por un par de pesitos —añadió mi madre—, pero las tartas sí valdrán sus buenos dólares.

—Es la idea de negocios más inteligente que he oído en años —concluí—. ¿Pero cómo los van a vender?

—Ya lo hice —proclamó orgullosa la abuela Fina, batiendo como si fuera un robot diseñado para esa labor—. Llamé a los de mi grupo de la iglesia. Hablé con el club de las Damas Cristianas. Le marqué al jefe de Vecinos en Alerta.

—Tenemos cien ordenes pendientes. —Mi madre sonrió, lanzándome una expresión de satisfacción que no le había visto antes.

—Vaya —exclamé.

¿Quién lo hubiera dicho? Después de todos los negocios fallidos de los hombres López, incluido mi breve trayecto como vendedor de chile en polvo, las mujeres tuvieron que involucrarse para que al fin pudiéramos dar en el blanco.

—¿Y dónde está mi papá?

—Fue a vender lo que pudiera en la carretera hacia la isla —contestó mi mamá.

Eso tenía que ir a verlo. Dije que ahorita volvía antes de subirme a mi bici y pedalear hasta la carretera a la ciudad de South Padre. Y ahí la vi: estacionada en la esquina de un campo vacío estaba la camioneta roja de mi padre. Era una intersección muy transitada, pero él estaba sentado por su cuenta en la parte trasera de la camioneta con su bonche de limones. Un cartel de cartón improvisado las ofrecía a un precio que iba disminuyendo. Empezó cobrando uno cincuenta por limón, luego tachó esa cantidad y las dejó en setenta y cinco centavos. Consideré comprar un par de bolsas y unirme a mi madre y a mi abuela en las labores de la cocina.

No me vio parado del otro lado de la calle, porque a él le daba el resplandor del sol en los ojos, pero lo observé por un buen rato, en un intento por memorizar esa imagen tan impactante. Luego pedaleé de regreso y me pasé la tarde dibujando la escena para convertirla en un cuadro.

———

En la exposición de arte de fin de año, la señora Martínez nos obligó a los "artistas" a quedarnos de pie al lado de nuestras obras y responder cualquier pregunta que nos hicieran. Estuvimos toda la mañana en el gimnasio de la escuela, que se sentía muy raro al verlo así: alineado con caballetes donde se mostraban lienzos y mesas que llevaban esculturas. Al resto de los alumnos les insistieron que se pasearan por los pasillos y apreciaran los esfuerzos artísticos de sus compañeros con tendencias creativas. También había jueces paseándose lentamente por el gimnasio, dialogaban con autoridad mientras tomaban copiosas notas.

Cuando un grupo de deportistas pasó frente a mi bodegón de un tazón de talavera lleno de limones verdes, uno de ellos sonrió y dijo en un tono sarcástico:

—¡Felicidades, López! ¡Qué bueno que al fin te encontraste las bolas!

El resto de su grupo soltaba carcajada tras carcajada hasta que Dante se aclaró la garganta y dijo:

—Ya, güey, déjalo. Le quedaron chidas, hasta parecen limones reales.

Sonreí agradecido mientras se alejaban malhumorados. Jamás habría pensado que Dante era un conocedor de arte, pero la crítica le venía con más naturalidad que las matemáticas.

Cuando el señor Dean llegó a mi caballete, se llevó la mano a la barbilla y se le quedó viendo a mi bodegón por un buen rato, mientras lo evaluaba desde distintos ángulos. Luego se acercó más para examinar cómo había representado las luces y las sombras, la diminuta textura granulosa de la cáscara dura, las protuberancias cafés de las puntas y el lustre de la luz que los iluminaba.

—Te quedó muy bien, Ramón —concluyó—. Se nota que trabajaste con mucha diligencia. Esto demuestra habilidad.

—He aprendido mucho de la señora Martínez —respondí.

—¿Ya pasaron los jueces?

—No. Estoy un poco nervioso, oí que te dicen las cosas sin tapujos.

—Esta pintura es . . . correcta —me aseguró el señor Dean—. Dudo que vayan a encontrarle muchas fallas.

Asentí con la cabeza, pero sentí una pizca de decepción en su voz.

—¿Esperaba otra cosa?

Hizo una pausa mientras se rascaba la barba blanca de sus mejillas, fruncía sus pobladas cejas salpicadas de blanco y negro. Parecía una versión humana del adorable can que salía en esas películas sobre el perro que se volvía fiscal de distrito.

—Me disculpo por estar husmeando, pero vi otras de tus obras en el estudio de la señora Martínez. Y, aunque creo que esta obra está perfectamente bien, me parece que tienes otras que son mucho más . . . profundas, o incluso más potentes.

—¿En serio?

—Hubo una en particular que llamó mi atención. Una camioneta roja. Un hombre sentado en la caja de carga con un sombrero vaquero. Una montaña de limones a sus espaldas bajo un sol resplandeciente . . . pero lo que realmente me impactó fue el cartel de cartón que tenía a sus pies, disminuyó el precio, pero sus limones no dejaban de asarse.

Lo miré fijamente, inseguro de a cuál de las emociones que se arremolinaban en mi interior debía dejar sobreponerse al resto. ¿Debía permitirme el sentirme realizado y entusiasmado por sus comentarios, o debería dejarme llevar por el dolor que me hacía sentir quien fue mi inspiración?

—Todavía hay tiempo —proclamé sin aliento y viendo de reojo a los jueces que estaban a una fila de distancia.

—Yo me quedo a hacer guardia —Me sonrió con un brillo en los ojos—. Ve por ella.

Atravesé las puertas de metal a toda velocidad y me abrí camino por el laberinto de concreto. En el estudio de la señora Martínez, saqué mi pintura de la estantería y regresé corriendo.

Cuando entré en el gimnasio, el grupo de jueces ya estaba cerca de mi caballete. Discretamente, intercambié los cuadros y le di al señor Dean el bodegón.

—Pondré esto en el estudio —me propuso—. Buena suerte, Ramón.

Los jueces estuvieron parados en frente de mi cuadro por un lapso que me pareció eterno. No dijeron una sola palabra. No me dieron ni una pizca de retroalimentación. Me sentí abrumado por una sensación de pánico. ¿Debería haberme quedado con lo que era seguro? ¿Habían detestado mi trabajo?

Al final del día, los jueces le entregaron al director la lista de premios y ganadores. El señor anglosajón, ya algo mayor, empezó a enlistar a los finalistas y repartió toda una pila de premios de consolación. Me desparramé en mi silla mientras veía a los demás marchar orgullosos hacia el escenario para reclamar sus certificados. No había nada para mí. Sólo era un perdedor más de la familia López.

Cuando el director finalmente llegó al último premio que le darían a la mejor pintura, tuvieron que decir mi nombre dos veces para que yo entendiera lo que estaba pasando. Un estudiante que estaba a mi lado sacudió uno de mis hombros y señaló el podio, diciéndome que me subiera.

Aturdido, recibí un trofeo dorado y una cinta azul con el número 1 mientras el público aplaudía.

No veía al señor Dean en ningún lado, pero la señora Martínez me abrazó contenta apretándome fuerte. Proclamó: "¡De aquí en adelante te esperan grandes cosas, Ramón!" Después me dijo que podía llevarme el cuadro y el caballete a casa para que vieran mi logro. A mi alrededor se reunió una multitud de estudiantes y profesores que me felicitaban.

Finalmente, cuando la multitud se disipó, Dante sonrió complacido y me recordó: "Les dije que me gustaban tus limones".

———

La abuela Fina insistió en poner el cuadro en su pequeña y formal sala de estar. Mi primo David y yo la llamábamos "La Habitación del No" porque no teníamos permitido sentarnos en los muebles ni tocar los decorados. El sofá amarillo estaba envuelto en vinilo transparente que crujía al tacto. La mesita de centro tenía unas frutas de plástico de adorno. En un rincón había refinadas estanterías con diminutas figuritas de porcelana que había coleccionado a lo largo de los años. Y ahora, en frente de sus repisas, estaba el caballete con mi cuadro y la cinta azul colgando de la esquina superior derecha.

El primo David me dio una palmada en la espalda.

—Lo lograste.

El domingo, cuando mis papás y Rubén vinieron a hacer su visita semanal, pasaron a La Habitación del No a apreciar mi trabajo. Mi madre se la pasó intentando evitar que Rubén tirara el caballete mientras gateaba debajo de él, actuaba como si fuera un parque de juegos que habían traído para entretenerlo. Mi padre, por otro lado, se le quedó viendo por un buen rato y luego, sin decir nada, salió a la terraza y se sentó en una mecedora de metal oxidado. Toda la cena permaneció taciturno. Cuando terminamos, volvió a hacer su recorrido a la mecedora y procedió a mecerse con suavidad en la fresca brisa del atardecer. Después de un rato, fui a sentarme en la mecedora que tenía al lado. Nervioso, esperaba a que dispensara su sabiduría o su crítica. Si tenía suerte, tal vez no me diría nada sobre el cuadro.

—No sabía que te gustaba pintar —dijo dando inicio.

—Empecé este año, pero mi maestra dice que tengo un futuro prometedor.

Asintió con aprobación.

—Es un buen futuro a tener aquí, en la tierra de las promesas.

Sonreí, mientras las sombras se alargaban y los retorcidos mezquites esparcían el eco de sus ramas por la hierba moteada por el sol.

—¿Entonces sí te gustó?

Tardó demasiado en contestar. Entrecerraba los ojos para ver los mezquites, escuchaba el susurro misterioso de la brisa a través de sus hojas enjutas de color verde azulado y se perdía entre las sombras y el sonido.

—Da tristeza —concluyó al fin.

Después de un largo silencio, el patio había quedado a oscuras y los mezquites se fueron contorsionando hacia el césped hasta convertirse en fantasmas lúgubres y desfigurados. Sin saber qué decir, me quedé sentado, con mis tripas retorciéndose como los troncos de los árboles.

Cuando mi madre nos dijo desde dentro que ya se iban a ir, mi padre se levantó despacio y me miró con esos ojos oscuros pero brillosos que tenía.

—Estoy orgulloso de ti.

———

La abuela Fina y yo nos quedamos de pie en la entrada mientras se alejaban; los puntos rojos de sus luces traseras se empezaron a desvanecer en la noche como un par de luciérnagas. Después de que le ayudé a limpiar, cada quien se fue a su habitación. La mía estaba más silenciosa de lo normal, mi primo David se había ido a pasar la noche en casa de su otra abuela. Me quedé tirado en la cama, con mi mirada en la oscuridad del techo, preguntándome de nuevo cuál de mis sentimientos contradictorios debía salir triunfante. ¿La felicidad por haber ganado algo? ¿La culpa por haberlo hecho a costa de mi padre? ¿La emoción de al fin haber encontrado algo en lo que tal vez podía ser bueno? ¿El tener lo que la señora Martínez llamaba "potencial"? ¿O la triste realidad de que, mientras que mi potencial estaba sin explorar, el de mi padre parecía estar agotado? En medio del remolino de emociones confusas, una fuerza más oscura, pero más clara, emergió justo en el centro: ira. Estaba furioso por haber terminado en esta situación. ¿Por qué una victoria por la que había esperado tanto no podía ser limpia y sencilla? ¿Por qué parecía que jamás podían estar contentos todos? ¿Por qué mi inspiración tenía que interpretarse como un insulto? Cuando la abuela Fina y mi madre convirtieron el agrio jugo de limón de mi padre en dulces tartas, el dinero había entrado a borbotones y a todos nos dio alegría. Pero, de alguna manera, esto se sentía diferente. Esto era algo personal.

Enfurecido, salté de la cama y me fui a la sala. Quité el cuadro del caballete, con todo y la cinta azul, y me llevé a la terraza. Sobre el asador con sus ladrillos despedazados, partí el caballete con mi rodilla, lo bañé en gasolina para encendedor y prendí un cerillo. Las vengativas llamas se elevaron hacia el cielo nocturno, las chispas danzaban a mi alrededor. Eché un último vistazo a la pintura y, con un movimiento desgarrador, la arrojé al fuego y la vi arder.

LA CALLE COFFEE PORT

A Reeser le encantaba bajar a toda velocidad por Coffee Port a medianoche en sentido contrario y con las luces apagadas.

Lo conocí en clase de pintura, no porque fuera alguien con una creatividad que destacara ni porque estuviera inscrito en el curso, sino porque era el novio de Julia y Julia había ganado el primer lugar en el festival de arte de la escuela dos años seguidos antes de que yo se lo arrebatara de la nada al final de mi primer año.

Después de que mi pintura ganó el premio al mejor de la exposición, me volví bastante conocido entre los muy pequeños círculos artísticos de Porter. Tanto así que, en mi segundo año, me consideraron lo suficientemente digno como para juntarme con alumnos de grados mayores como Julia y, por ende, Reeser.

Reeser era un surfista alto y flaco con pelo rubio ceniza, ojos azul pálido y un suministro de marihuana que parecía no tener fin. El horario o calendario académico al que se atenía era indescifrable, y no parecía compartir clases con nadie que yo conociera. En Porter, a todos nos hacían participar en un cierto número de optativas o actividades extracurriculares, pero Reeser no era ni atleta ni artista, ni músico ni miembro del taller metalúrgico. Era un metalero, eso sí. Siempre llevaba camisetas negras con estampados de Iron Maiden, Judas Priest o Black Sabbath.

Reeser conducía un Chevy Monte Carlo SS negro de 1983 con ventanas polarizadas. Ese simple hecho le ganaba cierto respeto en varios de los grupos sociales de Porter. Los motoristas lo aceptaron, a pesar de ser gringo. Se paraban alrededor de su capó abierto en el estacionamiento de los de último grado y proclamaban las ventajas de instalar nitro y turbo y explicaban por qué ocho cilindros eran mejores que seis. A las chicas les solía gustar, sabían que era un marihuano, pero, además de que su carro era bastante genial, el tipo surfeaba. Y, por si eso fuera poco, no había tantos rubios en Brownsville, y mucho menos en Porter. Claro que los drogadictos y los skaters lo aceptaron como uno de los suyos. Tal vez lo veían como una luz de esperanza de lo que podían obtener si también se ponían las pilas.

Estaba el coche, el pelo de galán y una habilidad impresionante para montar olas estando fumado, pero entre todas las cosas por las que Reeser era conocido y sin duda la más codiciada, era su larga relación con Julia.

Julia era un extraño cruce entre artista gótica e hija de narco con una belleza cautivadora. Solía ir uniformada de negro con unos jeans apretados y tops sin mangas que resaltaban sus curvas. Su pelo negro ondulado le llegaba a la cintura. Y, siempre que aparecía, antes y después de su llegada, se esparcía una delicada fragancia de gardenias en flor.

La primera vez que me habló, mi corazón se aceleró y sentí que me iba a quedar sin aire. Solo se acercó para felicitarme de forma sincera por ganarle en la exposición de arte, pero, con la reacción metabólica que tuve, uno asumiría que había amenazado con tirarme al río. No es que nunca platicara con chicas, pero Julia era otra cosa. Hacía que las demás chicas parecieran niñas, ella parecía vivir en otro nivel de feminidad. Y no solo era por su aspecto, aunque podían bien ser suficientes para detener mi respiración. Era su voz grave, la mueca que hacía mientras evaluaba su progreso en el lienzo y la feroz concentración con la que pintaba. Se perdía completamente en su obra mientras cautivaba a los demás sin siquiera darse cuenta.

Cuando me invitó como si nada a comer con ella y Reeser en la cafetería, mi popularidad se alzó de inmediato, al igual que mi presión arterial.

—¿Te gustan los juegos? —me preguntó Julia con una sonrisa traviesa.

—Me gustan. ¿Pero qué tipo de juegos?

—¿De estrategia? ¿De rol? —preguntó Reeser.

—Me gusta el ajedrez y Risk, pero ¿a qué te refieres con juego de rol?

—¿Calabozos te gusta? —preguntó Julia.

—¿Calabozos y Dragones?

—Sí —respondió Reeser, inclinándose hacia adelante—. ¿No te gusta el "D&D"?

—Me suena, pero nunca lo he jugado.

—¿Quieres unirte a nuestro grupo? —preguntó Julia.

—¡Sí! —no podía creerlo—. Pero, ¿por qué yo?

—Nuestro paladín la cagó y lo mataron —explicó Reeser en términos que sólo un jugador experimentado de Calabozos y Dragones entendería.

Me quedé helado.

—Entonces . . . ¿se murió alguien de su grupo?

Julia se rio.

—Pero en el juego, menso. Él está bien.

—¡Ah! —Me recliné aliviado—. En serio nunca lo he jugado, solo escuché una que otra cosa. En el grupo de la iglesia de mi abuela dicen que es del demonio.

Mi mirada pasó a la camiseta de Reeser, llevaba una cabeza de demonio naranja brillante y el nombre de un grupo llamado DIO en letras góticas. Reeser ya me había mostrado que si ponías las letras de cabeza, decían "diablo" en inglés.

—¿Qué es un paladín? —pregunté en un intento para dejar de pensar en gente adorando a Satanás.

—Un paladín es un guerrero divino que lucha por lo que es correcto y honorable —me explicó Julia mientras me consumía entero con sus ojos ámbar—. Creo que serías un buen paladín. Y, o sea, sí hay monstruos malvados en el juego, pero todo es inventado. Además, si eres paladín, lo tuyo más bien sería luchar contra esos demonios.

Reeser sonrió socarronamente.

—Mi abuela también decía que era del demonio . . . hasta que la convertimos.

Mis ojos se abrieron con desconcierto.

Julia se rio.

—No le hagas caso. Su abuela vive en Ohio y no tiene ni idea de lo que pasa de este lado de la frontera.

Reeser se rio entre dientes.

—Seguramente cree que todo lo que pasa aquí abajo es obra de Satanás.

Julia le dio un beso en la boca y, en un movimiento acrobático, puso una de sus piernas sobre su regazo.

—Que por cierto, nos queda algo de tiempo antes del timbre.

Reeser arqueó una ceja.

—¿Vamos al Blaster?

—Vamos.

Mientras los dos se fueron abrazados por la cintura, los observé atravesar el estacionamiento hasta el auto de Reeser. Julia ponía un cierto balanceo a su cadera al caminar, y su larga melena seguía el mismo ritmo como un péndulo hipnótico.

Después de que se subieron al coche, el motor dio un rugido y sus siluetas desaparecieron tras las ventanillas impenetrables. Me pregunté qué tipo de cosas pasaban ahí dentro. ¿Fumaban marihuana? ¿Tomaban otras drogas? ¿Se besaban? ¿Tenían sexo? ¿Invocaban a Belcebú? ¿Todo eso y más?

Mis conjeturas fueron interrumpidas por una fuerte patada a la pata metálica de mi delicada silla de plástico; el impacto casi me tira de mi asiento.

—Salte, cabrón. ¡Como vas, güey! —Estaba bajo la sombra de una figura amenazadora con tatuajes en sus brazos marcados.

—Muévete —dijo otro bato empujándome y me obligó a ponerme de pie para no caerme.

Inmediatamente reconocí al par de bravucones de último grado a los que les decían Juan Diego y Chuck Norris, que claramente no eran sus nombres. A Juan Diego lo habían apodado así por su tatuaje de la Virgen de Guadalupe. Y el que parecía su matón se había ganado su seudónimo por la obsesión que tenía con las artes marciales y las películas de acción.

Con un agresor en cada lado, me escoltaron bruscamente fuera de la cafetería hasta un rincón del estacionamiento, con la espalda pegada a la pared de la escuela.

—¿Te crees la gran mierda porque te juntas con gente de último grado, pinche meco? —preguntó Juan Diego.

—Simón, ¿te crees la gran mierda? —Hizo eco Chuck Norris.

—Yo no soy de primeco . . . d-de primero —tartamudeé nervioso, con mi mirada puesta en el coche de Reeser, el famoso "Blaster". ¿Verían en lo que estaba metido y vendrían a ayudarme? ¿Era mi imaginación o el carro se estaba batiendo como un barco entre las olas?

—¿Crees que eso me importa, culero?

—Qué pedo, culero.

—Quédate donde perteneces, bato. —El cabello de Juan Diego le llegaba hasta los hombros y le colgaba un paliacate rojo del bolsillo de sus jeans. Su tatuaje más llamativo sin duda era el de la Virgen de Guadalupe. Bailaba milagrosamente cuando él flexionaba los músculos.

—Simón, donde perteneces —repitió Chuck Norris poniendo la mano sobre unos nunchakus que sobresalían de su bolsillo trasero.

—Miren, batos, la neta no quiero pedos. —Detesté el temblor que hubo en mi voz. Si Julia pudiera oírme ahora, ¿seguiría considerándome digno de ser paladín o de unirme a su grupo?

—No creas que puedes hablar como nosotros o ser como nosotros, güey. Sabemos de dónde eres. Tú no eres del barrio. Eres un mojigato de escuela privada.

—Crecí en Southmost —les dije sin pensarlo. Alguna vez, en la escuela de monjas, decir eso me dotaba con un respeto instantáneo.

—¿Y eso a mí qué, güey?

—Sí, ¿eso qué?

Bajé mi mirada a mis tenis desgastados. Mi almuerzo se había calentado y echado a perder en mi estómago, transformándose en una bola de ácido que burbujeaba con ira. Me pregunté qué haría un paladín. ¿Qué impresionaría a Julia, si no estuviera en el Blaster distraída haciendo solo lo que Satanás sabía? Hice puños con mis manos, mis nudillos se veían blancos.

—¿Quieren saber qué pienso yo?

Levantaron sus barbillas desafiantes hacia el cielo.

—Creo que deberían dejarme en paz antes de que me encabrone. Andar molestando a la gente no está bien.

Chuck Norris sacó su arma preferida de su bolsillo trasero y Juan Diego tomo impulsó preparándose para golpearme. Evoqué todo lo que mi padre me había enseñado a lo largo de los años, que, ahora que lo pensaba, era una lista bastante extensa de consejos. Esperé hasta que vi el cuerpo de Juan Diego empezar a desplazar su peso hacia mí, me agaché y solo sentí un silbido de aire pasar al lado de mi cara donde había mandado su puño derecho. Su impulso lo mandó al frente, lo que hizo que me fuera muy fácil barrerle las piernas y derribarlo. Después me tapé la cabeza con las manos anticipando que los nunchákus estaban por darme en el cráneo, pero no fue así. Cuando me paré para voltearme, me encontré con la figura de Dante parada sobre nosotros. En una de sus manos levantadas había detenido los nunchakus y mis atacantes ahora eran los que estaban pegados contra la pared.

—Como que a la chingada, ¿no? —gruñó Dante—. Y gracias por el regalo.

Los nunchakus se resbalaron de la mano de Chuck Norris al mismo tiempo que el fuego se apagaba en sus ojos. Juan Diego retrocedió lentamente.

—No hay bronca, Dante —aseguró Juan Diego—. Venga, Cowboys.

—Simón, venga Cowboys —respondió fríamente Dante.

Los dos se fueron sin volver a mirarme a los ojos.

Dante me dio una palmada en el hombro y me dio los nunchakus. —Un recuerdito para que no olvides sus caras. O mejor aún, aprende a usarlos, te van a servir si te metes en pedos y yo no ande cerca.

Dante empezó a alejarse y yo me quedé mirando el par de bastones negros unidos por una cadenita de plata. ¿Era algo que usaría un paladín? ¿Julia los aprobaría?

———

—¿Nunchakus? Reeser ahogó una carcajada cuando le planteé mi pregunta en el estudio de arte. —Jamás, carnal, un paladín usa espadas sagradas y magia explosiva. Los nunchakus son para ladrones y posers de niveles bajos que se creen artistas marciales. Los paladines se lanzan contra el mal, lo confrontan cara a cara.

Julia asintió; su mirada fija en el lienzo.

—Tal vez los pinte —pensé en voz alta mientras los colocaba sobre un taburete en frente de mi lienzo en blanco y tomé mi lápiz.

—Podría estar interesante —dijo Reeser y se recostó en su escritorio. Apoyando sus piernas en el asiento frente a él, recorría diligentemente la figura de Julia con la mirada.

—¿No deberías estar en otra clase? —le preguntó Julia mientras deslizaba su pincel con fluidez.

—Supongo —dijo Reeser con un suspiro y arrastró los pies hacia la puerta.

Cuando se fue, los ojos de Julia por fin se despegaron de su obra y se deslizaron en mi dirección. Sonrió y a mí se me cayó el lápiz.

————

Ir en el Blaster era como beberte una poción intoxicante que te daba superpoderes. El vehículo tenía el poder de dejar comiendo polvo y gases al mundano y monótono mundo de Brownsville. Palmeras y casitas rosas se desvanecían como borrones insignificantes tras el filtro oscuro de los vidrios polarizados. El sistema de sonido te envolvía . . . No, te inundaba en sonido. Las bocinas Pyle Driver levantaban tu alma de entre los muertos. Dando gritos sobre las guitarras metaleras, Reeser hablaba sobre amperios y vatios; hablaba sobre el difunto Randy Rhodes y sobre como Black Sabbath se iba a ir directito al carajo ahora que Ozzy había dejado la banda. ¿Que si había oído que Ozzy le arrancó la cabeza a unos murciélagos y que se orinó en el Álamo? Asentí en una reverencia, fingiendo que sabía de qué estaba hablando mientras me preguntaba si mis huesos dejarían de vibrar algún día. Otra cosa que tenía el carro, además de cómodos asientos de cuero negro y mucho cromo, era aire acondicionado. El Blaster se sentía como un refrigerador, por lo que era un agradecido refugio en el terrible calor del sur de Texas.

Dejé de asentir con asombro a todo lo que decía Reeser cuando llegamos a un lugar que se veía como una ciudad de medio oriente miniatura. Detrás de imponentes puertas de hierro forjado y un enorme muro de estuco se alzaban innumerables torres y relucientes cúpulas doradas.

Reeser bajó el volumen cuando nos encontramos más cerca.

—¿Esto es un coto? Acaban de ponerlos, ¿no? —pregunté, boquiabierto ante la espectacular vista que se extendía frente a nosotros como una ciudad brillante en la cima de una colina.

Reeser soltó una risa burlona y bajó la ventanilla para teclear el código de seguridad. —¿De qué hablas? —dijo relajado—. Esta es la casa de Julia.

Entrecerré los ojos y parpadeé ante la brillante luz del sol que rebotaba de los minaretes y las basílicas que brillaban bajo el cielo azul. Veía las palmeras alzarse por ambos lados de la entrada mientras atravesábamos lentamente las puertas automáticas que se abrían suavemente.

—O sea, ¿está dentro de un club?

—No, esta es su casa, bro.

—Vergaaa —dije arrastrando los sonidos mientras batallaba por asimilar la magnitud del lugar.

Subimos por un largo camino, rodeamos una fuente enorme que lanzaba chorros de agua a unos seis metros de altura y nos detuvimos bajo un techo abovedado que daba a la entrada. Junto a esa lujosa cochera había un deslumbrante arsenal de vehículos que amenazaba con dejar en el olvido al Chevy Monte Carlo de

Reeser. Había un Mercedes blanco, un Porsche plateado, el típico Ferrari rojo y un todoterreno Land Rover negro y cuadrado que parecía estar fuertemente blindado.

Cuando salí del helado carro de Reeser y regresé al intenso calor, las puertas arqueadas de madera tallada de la mansión se abrieron de par en par y Julia salió a recibirnos con los brazos abiertos. Llevaba una bata de seda negra que le llegaba a los pies

—¡Vaya! —exclamé mientras me abrazaba. A través de su bata, sentí brevemente la suavidad de su piel presionarse contra mí dejándome sin aliento—. Me gusta tu atuendo.

—¡Soy la reina maga! —Dio un salto alegre hacia Reeser, lo rodeó con sus brazos y besó sus labios—. Y estas son mis prendas mágicas.

—Vengan. Nos tomó a los dos de la mano y nos guio al interior de su palacio.

Calabozos y Dragones me gustó más de lo que esperaba. Guiados por Aaron, el melodramático primo de Julia que estudiaba en el Southmost College, y acompañados por dos amigas de Julia que iban en el mismo año que ella, nos embarcamos en una aventura épica que nos dejó con ganas de más. Pero lo que sucedió después fue aún más impactante y entretenido. Dada la tremenda cantidad de lo que Julia y Reeser llamaban "cuchillazos y hachazos" —que consistía en tirar dados de muchas caras para matar monstruos y que luego Aaron describiera a mucho detalle la sangre y los intestinos que salpicaban el suelo de piedra de las mazmorras—, Julia proclamó que necesitábamos una purificación. Propuso que hiciéramos esto dándonos un chapuzón y nos lanzó a Reeser y a mí un par de trajes de baño y, antes de que pudiera procesarlo, estábamos flotando en la piscina más grande que había visto en mi vida. Hizo que la piscina de ensueño del señor Aranda pareciera una bañera. Era larga y rectangular y por ambos lados tenía gigantescas estatuas blancas que parecían diosas y dioses griegos. En el otro extremo, unas columnas corintias formaban un pórtico, y detrás de ellas se podía ver una gran resaca que centelleaba bajo los rayos del sol. A un lado había un bar techado del que Reeser sacaba Coronas heladas para todos. Julia, en un bikini negro con tirantes que apenas la contenía, encabezaba al grupo sobre un flotador rosa gigante con forma de dona cubierto con chispas color arco iris.

Esa noche, mientras me llevaba a casa de mi abuela Fina del lado pobre de la ciudad, donde a las casas las había doblado el tiempo y estaban hechas de listones horizontales de madera que se habían pelado y repintado una infinidad de veces desde que las levantaron en 1940, Reeser se desvió y tomó la calle Coffee Port.

—¿Qué hacemos aquí? —pregunté mientras nos dirigíamos a las afueras de la ciudad.

—Ya verás —respondió, enigmático—. La calle Coffee Port tiene sus virtudes que hace que valga la pena tomarla, te lleve o no a donde quieres llegar.

Mientras conducía, Reeser me sorprendió cuando expulsó el casete de Judas Priest y empezó a hablar con una voz tranquila y sincera en vez de seguir gritando por encima del estruendo metalero:

—Te tengo que dar las gracias, bro.

—¿Por qué? —No tenía ni idea de qué estaba hablando, pero empecé a rezar porque hubiese tomado menos Coronas en la casa de Julia. Yo, por otro lado, sabía que me había pasado un poco. En realidad, una sola ya habría sido demasiado, dado que nunca había tomado una hasta ese día.

—Por haber ganado el concurso de arte el año pasado. Como Porter tiene tan mala fama parece mentira, pero hace unos años una fundación muy elegante empezó a interesarse por los artistas que venían del barrio. Han mandado al norte a algunos de los ganadores de las exposiciones para que salgan adelante allá. Se los recomiendan a prestigiosas escuelas de arte y hasta les dan becas a veces. Si Julia hubiera ganado otra vez, seguramente se hubiera ido a una universidad de Nueva York este verano. Era todo su plan. Pero ahora se va a quedar en Texas, entonces vamos a poder seguir saliendo. Y eso te lo voy a agradecer por el resto de mi vida, porque con esa chica yo me caso en cuanto pueda.

A través de la ventana, observé el paisaje sombrío y desolado que se desdibujaba en la oscuridad de la noche a una velocidad inquietante. Nunca fue mi intención descarrilar el sueño de Julia de ir a una prestigiosa escuela de arte. En ese instante, sentí una culpa abrumada en vez de la alegría que destilaba Reeser mientras relataba el sueño fallido de su novia.

—Pero ya suficiente seriedad, güey —declaró Reeser cuando por fin tomamos la calle que había insistido en tomar sin una razón aparente—. La calle Coffee Port sólo tiene dos carriles, uno en cada sentido; y no tiene luces ni señales de alto ni semáforos; es extensa y por lo general no hay nadie.

Con su carta de amor a Coffee Port terminada, le dio un giro brusco al volante y se puso en el centro del camino, con la raya del medio atravesando el carro, y le dio un pisotón al acelerador. El motor del coche rugió. Las llantas chirriaron al arrancar. La cabeza me dio un latigazo hacia atrás y me golpeé contra la cabecera. Apagó de golpe las luces, incluidos los faros frontales y nos lanzó a una oscuridad absoluta mientras el coche atravesaba la noche.

———

Grité tanto y por tanto tiempo, que cuando Reeser me dejó en casa de mi abuela, estaba atónito y también con miedo de que nunca dejaran de zumbarme los oídos. ¿Uno mismo podía provocarse tinnitus?

No pude dormir esa noche. Daba vueltas en la cama

inquieto; alternaba entre sueños con Julia en su colosal piscina y pesadillas con Reeser bajando a toda velocidad por Coffee Port en plena penumbra. ¿Y si a alguien de la vía contraria se le ocurría esa misma idea demente? Los paladines y los demonios parecían amigables comparados con las aventuras a las que me estaban arrastrando mis nuevas amistades.

Cuando me desperté era domingo, mis padres y Rubén dieron su vuelta de siempre a casa de la abuela Fina tras hacerle frente a la extensa cola del puente internacional, solo para pasar un rato con nosotros. Después de una comida bien cargada, mi padre y yo nos sentamos en las mecedoras de la terraza, como siempre. Me había dado cuenta de que mi papá tenía unos presentimientos sobrenaturales de lo que ocurría en mi vida, a pesar de que ya casi llevaba dos años viviendo con mi abuela.

—Te ves asustado —dijo.

—¿Asustado?

—Piensa bien con quienes te juntas en la escuela, y afuera también. Ya sabes cómo va el dicho.

—¿Qué dicho?

—Mejor solo que mal acompañado.

Reflexioné sobre su consejo.

—¡Mis amigos son buena gente, papá! —respondí a la defensiva.

—No lo dudo, pero la inexperiencia de los jóvenes puede hacerlos cometer muchos errores y algunos pueden ser irreversibles.

Asentí de forma respetuosa. Consciente de que mi padre sabía mucho sobre cometer errores. Pero si era tan inteligente, ¿por qué parecía incapaz de evitarlos?

—Y cuídate en específico de los niños mayores y los gringos.

—¿Por qué? ¿No me dijiste que era racista discriminar a las personas por sus orígenes?

—¿Racista? ¡No, no es por eso! Dios nos creó a todos iguales, mijo. A lo que me refiero es que tengas cuidado porque los chicos mayores quizá se estén metiendo en cosas que deberías evitar a tu edad, y los gringos, pues, tienen costumbres diferentes.

—¿Cómo cuáles?

—Por lo general, sus padres no son de aquí. Las fábricas de autos donde trabajan los mandan acá a gestionar las maquiladoras de Matamoros. Y ni se enteran de las cosas que pasan aquí abajo. Dejan que sus hijos tengan los mismos privilegios que les darían en Ohio, Indiana o Michigan. Les compran carros rápidos, los dejan llegar a casa cuando quieren y los dejan quedarse a dormir en casas de otras personas. ¿Cómo van a saber que no se están quedando con sus novios o novias? Los padres hasta se van de vacaciones y dejan a sus hijos solos, con la confianza de que nada va a salir mal. ¿Que no saben que sus hijos podrían cruzar la frontera, comprar cerveza y tener una fiesta? —Sacudió la cabeza con un aire incrédulo ante la ingenuidad de los gringos—. La vida en la frontera es diferente que en los estados del centro, mijo. Esos padres no saben lo que les espera aquí abajo. Y si te juntas con sus hijos puede que te metan en problemas serios.

Asentí con solemnidad y a la vez me preguntaba si había contratado a un espía que tenía a Reeser en la mira y que me seguía en Porter.

—También mucho cuidado con las chicas, mijo. Mucho cuidado. Nunca les faltes el respeto. El respeto es todo. Trátalas como si sus cuerpos y mentes fueran templos sagrados. Un templo sagrado no lo profanas, ¿verdad? Entonces respeta a las mujeres, mijo. Recuerda que hay un momento y un lugar para todo, incluso para acostarse en compañía de una mujer. Y ese momento es la adultez y el lugar es el lecho matrimonial. Cualquier otro momento y lugar puede cambiar tu vida, y la de ella, para siempre, y no en un buen sentido.

—¿Quién es "ella"? —le pregunté, consciente de que la

mayoría de mis amigos se ofenderían ante sus intrusiones en mi vida privada, pero al mismo tiempo ya estaba acostumbrado a sus astutas artimañas para dispensar sabiduría.

—No sé, tú dime. ¿Quién es?

Negué con la cabeza y decidí ponerle fin a esta conversación antes de que lo lamentara más. Con lo que llevaba de sus consejos, ya había descrito a varios de mis amigos más de una vez. Me sorprendió que no los hubiera mencionado por su nombre. —Voy a estar bien, papá. Mi enfoque son mis estudios y mi clase de arte. Además, si hiciera las cosas a tu manera, me quedaría sin amigos. Por favor, no te preocupes por mí.

Arrugó la frente. —Siempre me voy a preocupar por ti, hijo. Y si algún día recibes una bendición, te tocará preocuparte por los tuyos. Vas a ver que lo que hagas en tu juventud regresará una y mil veces a buscarte cuando tengas mi edad. Lo que le das a la vida, la vida te lo devuelve. Entonces, acuérdate, hay un momento y un lugar . . .

Me pregunté si se extendería para completar la lista o agregar un cliché trillado, pero se quedó callado.

Nos mecimos en silencio hasta que mi madre lo llamó para que se encaminaran de regreso a su casa de bloques de hormigón, en lo más profundo del voraz vientre de cemento de Matamoros.

—¿Cómo va el negocio? —le pregunté con mi mano en el mosquitero.

—Lento, todavía estoy en lo de poner en marcha otra vez la planta renovadora. La trasladé al rancho, pero hay muchos costos ocultos. Y el negocio de los limones me dejó sin nada.

No pude contenerme, pero me arrepentí de mi palabras en cuanto salieron de mi boca.

—Supongo que no le atinaste al momento ni al lugar adecuado.

Se quedó quieto un segundo y luego se dio la vuelta

lentamente. Primero sus ojos brillaron con su característico destello de ira, pero luego, tras observarme un momento, se suavizaron de una manera que no esperaba. Me puso una mano en el hombro y me dijo tranquilo:

—Ramón, no es que fuera una cuestión de elegir el lugar y el tiempo. Verás, el problema es que cuanto mayor te haces, más variables te pone la vida.

———

Julia y yo nos habíamos quedado trabajando frente a nuestros lienzos después de clase; pronto sería la exposición anual de arte. Ella estaba haciendo una elaborada pintura a pincel seco de una hermosa escena de un rancho en el valle del Río Grande. Un ranchero mexicoamericano y su esposa alimentaban a unas gallinas con granos de maíz, hechos con mucho detalle, en un corral cubierto de polvo, cercado con postes de madera ásperos y alambre de púas. Las palmeras proyectaban siluetas contra una gloriosa puesta de sol arqueada por nubes ondulantes con tintes púrpuras, carmesís y áureos. Hileras de cultivos verdes se inclinaban hacia el horizonte. Gótico mexicoamericano. Era una pintura muy encantadora y una deslumbrante exhibición de habilidad. Yo aún ni siquiera sabía pintar con pincel seco. Pero, de alguna manera, se sentía como "irse por lo seguro", un concepto que había aprendido a evitar en mi arte.

Con mis ojos de vuelta en la pintura que usaría en el concurso, vi un retrato hiperrealista basado en mi imborrable fotografía mental de Juan Diego y Chuck Norris el día que casi me habían dado en mi madre en el estacionamiento. La capturé usando varios tonos de azul para los jeans, el cielo aciano, el tatuaje de la Virgen de Guadalupe; blanco para la camisa sin mangas y nubes de malvavisco que flotaban sobre sus cabezas;

gris para la acera de cemento y las paredes despiadadas de la esquina en la que habían acabado atrapados por Dante. La combinación de colores estaba marcada por el rojo vibrante del paliacate de Juan Diego que colgaba de su bolsillo y el brillo del negro y plata de los nunchakus de Chuck Norris, que pendían de su puño aún cerrado, claudicantes. Las salpicaduras de rojo y negro eran perturbadoras y amenazantes. Presagiaban dolor y sangre. Sin embargo, el verdadero logro no fue la proeza técnica de conseguir un efecto casi fotorrealista, sino las miradas en sus ojos. Todo en la imagen transmitía que eran dos tipos duros que venían del barrio, pero en sus ojos había atisbos de que el miedo los traicionaba. La diminuta sombra de Dante acechaba por los temblorosos reflejos que había en sus pupilas.

Mi profesora de arte, la señora Martínez, se había enamorado del cuadro. Se quedó viéndolo por un largo rato hasta que, con lágrimas en los ojos, emitió su veredicto final: "Me rompe el corazón, pero es espléndida. Retrataste un estereotipo machista con múltiples pinceladas perfectamente colocadas y luego le diste la vuelta con un par de toques de tu delicado pincel. Ahí, en sus ojos, plantaste la semilla del miedo, y eso los vulnerabiliza. Eso ayuda a cualquier espectador, independientemente de su raza, etnia o género, a conectar con ellos porque, mijo, si hay algo que nos une como humanos, es el miedo. Todos le tememos al día de nuestra derrota, al día que padeceremos, al día en que no tendremos opción más que enfrentemos al desafío definitivo que ninguno de nosotros puede vencer. Si pudiéramos ver el miedo en los ojos de aquellos que nos amenazan, ¿qué haríamos? ¿Nos levantaríamos para arremeter de vuelta en su contra, o extenderíamos nuestros brazos para darles un abrazo y consolarlos?"

Su reacción me emocionó tanto que me pasé las manos salpicadas de pintura por el pelo, quedé tan embarrado de azul y blanco que parecía un personaje salido de un cómic.

Julia, que había estado escuchando atentamente mientras hacía retoques de su lado, remató alegre:

—¡Vas a ganar otra vez, Ramón!

En ese momento, mientras trabajábamos juntos en el estudio, siendo siempre los primeros en llegar y los últimos en irnos, empezaba a invadirme de nuevo esa ola de culpabilidad que sentí cuando Reeser me contó las consecuencias que vivió Julia por haber perdido el año pasado.

—Reeser me contó que piensas irte a una universidad de arte en Dallas —le dije mientras ambos manteníamos la vista fija en nuestros respectivos cuadros.

—Sí. —Pude oír la decepción en su voz—. Pero estoy en la lista de espera de una que está en Nueva York. A ver qué pasa.

Miré su cuadro y luego miré el mío. Si ganaba el concurso de la escuela, su pintura entraría en el certamen estatal y muy posiblemente le darían una pila de premios. Si la fundación que Reeser mencionó iba a ver la exposición de arte, podría bastar con su apoyo para ayudarla a pasar de la lista de espera a la lista de aceptados. La señora Martínez y el señor Dean me habían estado enseñando sobre las competencias y los honores que impulsaban la educación de las bellas artes. Los dos expresaron que veían un futuro prometedor para mí si seguía avanzando. Pero yo tenía el tiempo de mi lado, me quedaban dos años más. A Julia se le estaba acabando el tiempo.

———

Llegó la hora de exponer nuestras obras en el concurso, estaba parado junto a mi caballete con los nervios en la garganta. Me dividía entre mi deseo instintivo de ganar y mi confusa necesidad de ayudar a Julia. Observé ansioso como el grupo de jueces recorría lentamente los pasillos mientras examinaban con fingido interés la basta variedad de piezas de calidad inferior. Algunas de las etiquetas con sus nombres llevaban el logotipo de una fundación de arte con el apellido de un famoso: Guggenheim. Lo reconocí por uno de los museos que la señora Martínez mencionaba seguido cuando nos enseñaba cuadros famosos. Los jueces dedicaron un tiempo excesivo a examinar el lienzo de Julia; sonreían y asentían con la cabeza mientras tomaban sus notas. Desde lejos, observé el movimiento de sus labios cuando la felicitaron.

Cuando doblaron la esquina y se dirigieron hacia la fila de estudiantes donde estaba, un nudo empezó a apretarse en mi garganta. Entre el mar de concursantes, mis ojos encontraban la manera de no perder de vista a Julia mientras la observaba con anhelo, y no era solo deseo lo que sentía por ella, deseaba su bien sobre el mío, como un paladín devoto querría para la sublime princesa.

Sigilosamente, cambié mi retrato de Juan Diego y Chuck Norris por un bodegón de los nunchakus que le pertenecieron a este último. Fue algo que hice para practicar antes de empezar con la pieza central, tenía un aire de borrador muy perceptible. Los jueces, que llegaron a mi caballete con muchas expectativas, fruncieron el ceño ante mi pieza y me miraron extrañados. Estaban tan decepcionados que ni siquiera me colocaron entre los finalistas, lo cual me alegró porque así nadie tendría que ver lo que terminé presentando. Cuando los jueces se fueron, volví a colocar mi pintura de Juan Diego y Chuck Norris en el caballete. Después vi a Julia llevarse el primer lugar. Mire con orgullo a Julia recorrer el escenario y tomar su premio con la frente en alto. Su pintura del ranchero y su esposa en medio de un paisaje arquetípico del valle fue alabada como un homenaje a nuestra patria y nuestro patrimonio.

———

Cuando admitieron a Julia en la escuela de arte de Nueva York, no tuvo como contener su felicidad. Hubo fiestas enormes en su recinto palaciego; al final de varias de estas fiestas, las estatuas griegas de la piscina terminaron vestidas con varios de los trajes de baño de los invitados.

Reeser, por otro lado, estaba devastado. Sabía que este logro significaba el final de su romance de cuatro años. Sus calificaciones, con las que apenas pasó de grado, le ganaron un lugar en una escuela pública de tercera en una zona rural al norte de Texas. Desde ahí, fácilmente hubiera podido ir en el Blaster a Dallas y seguir viendo a Julia hasta que le alcanzara para darle un anillo de diamantes del centro comercial. Pero ahora no había vuelta atrás. Por fuera, forzaba una débil sonrisa y un espíritu solidario, pero por dentro estaba hirviendo de la ira, lo que conllevó al trágico fin de nuestra campaña de Calabozos y Dragones. La última vez que jugamos, Reeser usó a su luchador para sacar su frustración con todo el grupo, inició peleas con cada uno de nosotros y nos fue matando uno por uno hasta que llegó a la maga de Julia, pero resultó ser demasiado poderosa para él. Y cuando estaba a nada de morir, declaró desafiante: "Atravieso mi pecho con mi espada mágica".

Atónito, el grupo se fue dispersando. Con el orgullo de mi paladín muerto hecho una plasta, le pedí un aventón a Aaron, el Amo del Calabozo, para no tener que refrigerarme con Reeser en el Blaster.

Pero, un par de noches más tarde, Julia me llamó para invitarme a una fiesta de fin de año con estudiantes de último grado, conocidas por los excesos que se vivían en ellas. Incapaz de decirle que no, accedí a que ella y Reeser pasaran por mí, pero sólo si ella ya estaba en el carro.

Me preguntó, riéndose:

—No sigues molesto por el juego de D&D, ¿verdad?

—No —mentí—, solo es un juego.

—Qué tierno eres. —Podía imaginar su sonrisa y sus labios exuberantes pegados al micrófono del teléfono.

Ya era de noche cuando me recogieron. El carro olía a una intoxicante mezcla del perfume caro de ella, la colonia barata de él y marihuana. Reeser nos llevó al extremo noroeste de la ciudad, donde había una zona residencial sin terminar que dejaron abandonada cuando el dueño se quedó sin dinero. Recorrimos lo que parecía un sinfín de callejones sin salida. No había farolas, ni casas, lo único que iluminaba el Blaster a su paso era pasto crecido y maleza.

Finalmente, en uno de los callejones, encontramos un grupo de carros estacionados alrededor de una hoguera que ardía en el interior de un barril metálico. Frente al resplandor de la flama, pude distinguir a una buena porción de los de último semestre, un grupo variado que pronto se dispersaría. Algunos tendrían la suerte de escaparse a la universidad, el resto se quedarían trabajando en supermercados y volteando hamburguesas en puestos de comida rápida.

Me quedé al lado de Julia e hice todo lo posible para mantenerme alejado del grupo de batos desastrosos que estaban alrededor del barril de cerveza. A lo largo de la noche, Reeser nos estuvo ofreciendo cervezas y unos toques, pero le decíamos que no. Nos quedamos con la botella caliente de vino y frutas Bartles & Jaymes que nos estábamos tomando entre los dos.

Al final de la noche, cuando todo el mundo empezó a irse, Julia y yo encontramos a Reeser dormido en el asiento trasero del Blaster. Como no logramos despertarlo, Julia se puso frente al volante y me señaló que me subiera al lado. Encendió el carro para que nos refrescara su milagroso aire acondicionado. Cuando se reclinó en su asiento, vi cómo su pelo se ondulaba en la brisa artificial. Al percibir que la admiraba, volteó a verme, la curva de sus labios fueron trazando una sonrisa.

—Gracias por venir a hacerme compañía. Reeser ha estado muy pesado últimamente, se la vive borracho y deprimido.

Asentí, todavía sintiéndome nervioso de estar bajo su mira después de tantos meses pasando tiempo juntos. Podía sentir como mi corazón daba golpes contra mi pecho cuando se inclinó hacia mí sobre la consola del auto. Extendió su mano y suavemente jaló mi nuca hacia ella, sentí el roce de sus labios antes de que se unieran a los míos. Nos estuvimos besando un rato y, antes de que pudiera procesar lo que estaba pasando, ella se puso sobre mi regazo en un movimiento. Su cadera estaba contra la mía, tenía su falda negra subida hasta las caderas, su cabello caía hasta mis hombros y mis manos exploraban instintivamente sus suaves curvas.

—No traigo ropa interior —me susurró en la oreja con su aliento caliente y húmedo.

Quise preguntarle por qué, pero no me salían las palabras con mi lengua enredada a la suya.

—Quiero ser tu primera vez —me dijo con su mano bajando a mi cremallera.

Pude haber dejado a mi alma ascender a otro plano en ese instante, cuando, súbitamente, oí la voz de mi padre resonar en mi mente, con sus zumbidos sobre el respeto y los templos sagrados y los momentos y los lugares. Después la imagen de mi paladín muerto llegó para hacerle compañía, proclamaba los parámetros del honor, la amistad y el código caballeresco. Nunca había deseado nada como la deseaba a ella, pero aquel coro de santos me suplicaba que pusiera un alto a esto, insistían con que Reeser estaba dormido en el asiento trasero y que todo esto estaba muy mal.

—No puedo. —Mi mano detuvo la suya.

—¿Qué? ¿Por qué?

—No sé.

—¿No te gusto?

—Te amo —confesé, sobresaltado de oír las palabras salir de mi boca.

Disminuyó la fuerza con la que sujetaba mi mano, relajó los hombros y apoyó su espalda en el salpicadero. Tras una larga pausa, suspiró:

—Este año has sido muy lindo conmigo.

No pude hacer más que mirarla, con su pelo revuelto, las manchas de rímel y pintalabios corridos en su rostro, su blusa negra desabotonada y su brasier al borde de no sujetar nada.

—Si quieres podemos ir despacio. Voy a estar aquí todo el verano, no me voy a Nueva York hasta agosto —añadió con una voz suave.

Abrumado por el torbellino de cosas que sentía por ella, mis preocupaciones éticas y el temor que me generaba tanta incertidumbre, me dieron ganas de llorar, sentí lágrimas acumularse en mis ojos.

Se inclinó hacia mí y me rodeó con sus brazos, me abrazó fuerte mientras nuestros cuerpos se mecían.

De repente, un ruido en el asiento trasero nos hizo dar un salto. Ella se pasó al asiento del conductor, se bajó la falda y se abrochó la blusa con una velocidad vertiginosa. Me di la vuelta para bloquear la línea de visión de Reeser.

Se incorporó aletargado y me miró con desconfianza.

—¿Cuánto tiempo estuve dormido?

—Un rato —dije con la voz quebradiza y áspera.

Pasó su mano por encima de mí, tiró torpemente de la manilla y abrió la puerta del pasajero, me señaló impaciente que lo dejara salir. Ambos pisamos la grava crujiente del callejón abandonado. Cerró la puerta y se acercó a mí. Me llegaba el agrio hedor del alcohol en su aliento, el dulce aroma de la marihuana que provenía de su camiseta de Iron Maiden y sus sucios cabellos rubios revueltos. Sus pupilas azules, rodeadas por venas rojas, se clavaron en las mías con rabia.

—Creí que eras mi amigo —gruñó—. A ver cómo te regresas a tu casa.

Me dio un empujón antes de atravesar la caótica nube de libélulas y polillas que bailaban frente a los faros delanteros. Se sentó en el asiento del conductor después de que Julia se desplazara al asiento que acababa de compartir con ella en ese instante de deseo.

Golpeé la ventanilla del copiloto y grité: "¡Julia, salte del carro! ¡No dejes que maneje!"

Pero era demasiado tarde. Había cambiado a primera y las chirriantes llantas giraban con violencia mientras la grava salía volando debajo de ellas. Mientras el motor rugía, me miró afligida a través del cristal grisáceo con una expresión de melancolía mezclada con aprensión. El chasis derrapó y empezó a alejarse a toda velocidad.

Corrí desesperado detrás de las luces traseras que se alejaban, como si tuviera la inútil esperanza de alcanzarlas, de que se cumplieran mis deseos obstinados de impedir que Reeser hiciera lo que mi mente mareada sabía que él estaba por hacer. Todos los callejones sin salida de la colonia incompleta llevaban a la misma calle, y esa calle terminaba en Coffee Port.

———

En el medio de estos campos desolados, azotados por el viento y negros como el carbón, el sonido viajaba lejos y sin interrupciones. Mientras hacía lo posible por mantenerme en las calles asfaltadas, con sólo la luz de las estrellas bañando el hormigón en un tenue resplandor azul, me sacudió hasta lo más profundo de mi ser lo que sólo puedo describir como una onda sónica que reverberó por los altos juncos en el pasto.

—¡No! —grité aterrorizado mientras corría lo más rápido que podía a Coffee Port por la larga avenida de la zona. Dos veces me tropecé en un borde y caí a la tierra. Dos veces me levanté, escupí tierra, me arranqué los cadillos que se habían pegado a mis brazos ensangrentados y seguí corriendo como acelerado. Me debió haber tomado unos tres kilómetros salir de la fantasmagórica colonia que nunca se materializó. Avanzando a pie, moviéndome tan rápido como podía en la oscuridad, me tomó unos veinte minutos encontrar la salida. Cuando llegué a Coffee Port, pude ver las luces de colores parpadeando a un kilómetro y medio de distancia. Reeser había presumido de que su Chevy Montecarlo SS del 83 podía pasar de cero a cien en ocho punto uno segundos, y eso era sin todo lo que le había puesto él mismo al Blaster. Al kilómetro y medio de bajar disparado por Coffee Port, fácilmente pudo haber estado yendo entre 130 y 160 kilómetros por hora.

Tras ver los cálculos en mi mente, dejé de correr hacia el choque. Bajé mis brazos ensangrentados a los costados mientras avanzaba con el terror en el pecho, mis pies se sentían pesados con la carga de saber que posiblemente no habría sobrevivientes. Parecía ocurrir casi todos los años en el periodo de graduaciones, por lo general pasaba en la autopista de dos carriles entre la isla South Padre y Brownsville: los adolescentes que venían de festejar de la playa, a veces borrachos y a veces jugando a las carreras, intercambiaban togas de graduación por ropa de funeral, las ceremonias y los diplomas por velatorios, rosarios y funerales; sus futuros por siempre enterrados debajo de la tierra recién removida.

Primero, sentí los diminutos trozos de cristal debajo de mis zapatos. Luego olí la gasolina quemada, vi trozos de hule y metal que salieron volando lejos del lugar del impacto. Un destello de luz azul iluminó uno de los tapones cromados del Blaster, tirado entre la maleza como si fuera basura de carretera. Más adelante, un grupo de siluetas negras rodeaban dos trozos de acero destrozados y retorcidos que se fundían en una vorágine de humo y sangre. Las ambulancias y las patrullas de la policía permanecían en su lugar mientras una enorme máquina con mandíbulas mecánicas intentaba arrancar láminas de metal arrugadas de la masa fundida y deformada frente a mí. Mi mandíbula se tensó, esperaba oír gritos de agonía, pero lo único que sonaba eran los crujidos y chirridos del metal, el silbido y el bombeo de las mandíbulas hidráulicas de la vida. Los paramédicos se pararon a un lado de la carretera respetuosamente. Estaba claro que ya no estarían haciendo nada más.

Antes de que un alguacil me viera y me hiciera a un lado, alcancé a ver los cabellos brillantes de Julia. Centelleaban, coronados por los cristales del parabrisas, bajo el intermitente azul y rojo de las luces. Su cabeza desplomada sobre lo que supuse eran los restos del salpicadero. No pude verle la cara. Su cuerpo no se movía. Con lágrimas en los ojos, le dije al oficial que eran mis amigos. Asintió con pesadez y me dijo en voz baja que ya no estaban con nosotros, que ya no se podía hacer nada.

———

Aquella noche, como muchas otras que habían terminado en pérdida, dolor, confusión o desolación, mi padre había ido a sacarme de ahí en su camioneta oxidada. Tuvo que conducir desde Matamoros; no me había parecido correcto hacer que despertaran a la abuela Fina en el medio de la noche para pedirle que manejara hasta quién sabe dónde.

Pensé que mi papá me iba a gritar por haber salido tan tarde o que me regañaría por haber ignorado su consejo y casi haber terminado muerto, pero no dijo una sola palabra. Mientras la policía nos hacía señas para que rodeáramos el accidente, donde seguramente se quedarían batallando por horas para sacar los cuerpos de ambos vehículos, no me atreví a volver a verlo. En vez de eso, seguí los ojos de mi padre. En la superficie brillante de sus pupilas negras se reflejaban las luces de la policía mientras nos desplazábamos, pero más allá acechaba otra cosa, algo como una sombra, como un destello de debilidad que se ocultaba en las profundidades de su alma. Nunca sabré con certeza qué es lo que estaba pensando, pero si tuviera que adivinar, creo que le aterraba la posibilidad de que pude haber estado yo en uno de esos carros. Estaba agradecido de que no hubiera sido el caso, y sentía mucha pena por las vidas perdidas y las familias que acababan de perder a sus hijos.

Aquella noche me llevó a Matamoros, a la pequeña casucha de bloques de hormigón donde vivían. Dormí envuelto en mantas en el suelo de cemento de la habitación de mis papás.

—¿Qué pasó? —Oí susurrar a mi mamá cuando creyeron que me había quedado dormido.

—Se murieron dos de sus amigos —respondió.

—Dios santo. —Las sábanas crujieron cuando se persignó.

—Solo fue por la gracia de Dios que . . . —murmuró mi papá. No terminó su oración, pero se entendía que fue la gracia divina lo que me había mantenido con vida.

———

Asistí a ambos funerales y di el pésame a sus padres y a sus hermanos. Los papás de Reeser se veían completamente desconcertados mientras una pequeña ceremonia, a la que pocos asistieron, se llevaba a cabo en una silenciosa y fría funeraria. No lo enterrarían aquí, se iban a llevar a Reeser al norte para enterrarlo en el terreno de su familia. La suposición de mi papá fue correcta, mandaron a sus padres a Río Grande a dirigir una maquiladora, pero ahora estaban por mandar de vuelta el cuerpo de su hijo para que lo enterraran con sus parientes en Ohio.

Me di cuenta de que *la crueldad es el comercio favorito de la frontera* y me preguntaba qué tan rápido los papás de Reeser recogerían sus cosas e irían detrás de su hijo al lugar del que habían venido. Ojalá fuese antes de que los dos hijos menores tuviesen edad para manejar.

El funeral de Julia fue lo opuesto. Asistió tanta gente al rosario que yo y mis padres tuvimos que sentarnos en una habitación abarrotada. Al día siguiente, en el funeral, filas y filas de gente vestida de negro llenaban el cementerio de Buena Vista. Tuvimos que estacionarnos en una lateral y atravesar todo el cementerio para llegar al ornamentado mausoleo de su familia, que parecía haber sido diseñado por el mismo audaz arquitecto que ideó su majestuoso hogar. Hubo mucho llanto y muchos apretones de manos. Su madre lloraba desconsolada. Hicimos cola debajo del calor sofocante para dar el pésame a sus padres. Los mariachis tocaron canciones lúgubres mientras bajaban su reluciente ataúd negro lleno de rosas rojas a la tierra. Después, mientras nos retirábamos con nuestras miradas en el suelo, nos interceptó un hombre con un llamativo traje a rayas. Llevaba lentes de sol y el pelo peinado hacia atrás.

—Disculpe, ¿usted es el señor López? —le preguntó a mi padre.

—Sí, soy yo.

—Al papá de Julia le gustaría hablar con su hijo antes de que se vayan.

Mi padre asintió con pesadez y nos indicó a mi madre y a mí que siguiéramos todos al hombre hasta la carpa de la familia. Abriéndonos paso entre la multitud, llegamos a la sombra que cubría el pasto artificial donde se encontraba el papá de Julia, rodeado de personas que parecían guardaespaldas y no gente en duelo.

Al vernos, el hombre alto y de hombros anchos interrumpió su conversación y nos hizo una seña para que nos acercáramos. Parados frente a él, con su traje negro hecho a medida y sus zapatos relucientes, pensé que seguramente nos veíamos como vagabundos, con la ropa anticuada y desproporcionada, los zapatos desgastados y sin contar con la protección de lentes negros de diseñador que portaba él y todo su séquito. Pero también pensé que nada de eso importaba en momentos como este. Porque a pesar de toda la riqueza y el poder de este hombre, Julia ahora estaba bajo tierra. Y nosotros estábamos vivos, el si merecíamos estarlo y si lo hacíamos con dignidad, era algo muy distinto. No era justo y no era lo correcto, pero, como casi todo en la frontera, así eran las cosas.

—López —saludó a mi padre, asintiendo.

—Señor Guerrero —respondió mi padre, agitando la cabeza con tristeza—. Una vez más, sentimos mucho su pérdida.

Mi madre asintió con sus ojos tristes clavados en el pasto artificial.

—¿Este es su hijo? —Me miró.

—Sí, este es Ramón.

—Ramón. —El señor Guerrero se quitó los lentes de sol, revelando unos ojos grises claros que brillaban sobre su piel oscura—. Gracias por ser su amigo. Hablaba mucho de ti.

Me esforcé por mantener la voz firme mientras la imaginaba hablándole de mí a su padre. ¿Qué le había dicho? ¿Qué sentía por mí realmente?

—Ella es . . . era un poco mayor que tú —continuó, también batallaba con sus emociones mientras intentaba decir algo adecuado.

—Sí, señor. Soy dos años menor. El año que viene es mi penúltimo en la prepa.

—Si Dios quiere —murmuró mi madre, asintiendo en deferencia al Todopoderoso y a su impredecible e inescrutable voluntad, sobre la que invariablemente giraban todos nuestros destinos.

—Si Dios quiere —apoyó su declaración el señor Guerrero—. Pues bien, Ramón, Julia me contó que este año perdiste el concurso de arte a propósito para que ella ganara y pudiera entrar a una escuela de arte en Nueva York.

Me le quedé viendo incrédulo. No tenía idea de que Julia sabía sobre mi plan.

—Pues . . . ella . . . Julia era una artista increíble, señor, y como amiga era aún más increíble.

—La hiciste muy feliz. El día que llegó a casa con sus premios, la cara le brillaba mientras sonreía. Y cuando le dijeron que entraría en la escuela de Nueva York, después de tanto tiempo esperando, ¡no lo podía creer! Jamás la había visto tan emocionada, con tanta vida. Estaba muy emocionada por ver en qué se convertiría su futuro. Y así es como quiero recordarla. Entonces te quería dar las gracias, mijo, por tratarla tan bien, por ser tan buen amigo.

—Ojalá . . . pudiera haber hecho más por ella.

—Todos nos sentimos así, mijo. Y si alguna vez necesitas algo, no importa lo grande o pequeño que sea, ven a verme. ¿Está bien?

Asentí.

—Ámonos pues, que nos vamos a quemar en este infierno —concluyó, haciendo un gesto a sus guardaespaldas para que lo escoltaran a la limusina negra que lo esperaba.

En el camino a la casa de la abuela Fina, mi mamá preguntó:

—¿Entonces ese es el señor Guerrero, el de los "negocios"?

—Sí —contestó mi padre, mirando la carretera taciturno.

Sabía que se referían al tráfico de drogas, pero sería irrespetuoso lanzar calumnias al respecto en un momento como este.

Mi madre frunció los labios, mirando por la ventanilla las palmeras que pasaban.

—¿De dónde te conoce, papá?

—Crecimos juntos, nos juntábamos con la misma gente. Como tú y su hija, supongo.

Me daba la impresión de que, lo que aquellos dos hombres habían hecho juntos en su adolescencia, era muy distinto de lo que Julia y yo habíamos compartido cuando pintábamos en el estudio de arte o cuando jugábamos a Calabozos y Dragones o cuando intercambiábamos miradas.

—¿Piensas decirle algo al niño? —preguntó mi madre, con su mirada todavía en la ventana. ¿Qué quería que me dijera que no supiera ya?

Suspiró, la obligación pesando sobre sus palabras.

—Sé que el papá de Julia te dijo que si alguna vez necesitabas algo podías ir con él, pero es mejor mantener la distancia de gente como esa, hijo.

—Pero es el papá de Julia —protesté.

—Estar en deuda con alguien de su "profesión", es algo que no quieres. Si te hablan, sé respetuoso, pero sigue tu camino. Dejémoslo ahí, hijo. Tú confía en mí, sé lo que te digo.

Fruncí el ceño al mismo tiempo que nos acercábamos a la casa de la abuela Fina. Si tanto sabía, ¿por qué no era tan rico y exitoso como el padre de Julia? ¿Estaba celoso o de verdad quería protegerme? No había punto en darle cuerda a la conversación. Con él jamás se podía discutir o argumentar nada.

Cuando me bajé del carro afuera de la casa de la abuela, mi papá me habló desde el interior de la camioneta.

—Lamento mucho lo que le pasó a tu amiga. Era una chica muy hermosa.

—Sí, lo era.

Me miró con nostalgia.

—Lucha por tu vida, hijo. Si tienes suerte, quizá algún día te toque volver a conocer a alguien como ella.

Hice lo que pude para contener mis lágrimas mientras se alejaban.

———

La graduación fue una cosa muy lúgubre ese año. En memoria de Julia y Reeser, la banda de la escuela no tocó la canción de graduación. Los alumnos de último año entraron en silencio con solo el roce de sus togas esparciéndose por el tenso aire del auditorio. El estudiante que dio el discurso de graduación habló con tristeza sobre el potencial perdido de Julia y del inolvidable estilo de Reeser. Después de eso, y con un largo y vacío verano en el horizonte, reuní mis escasos ahorros y fui en bicicleta a la tienda de flores de Curiel. Tenía en mente el aroma del perfume de Julia, me había dicho que llevaba la fragancia de sus flores favoritas. Le pedí al señor Curiel que me hiciera una pequeña guirnalda de gardenias y que les pusiera un soporte de metal para sostenerla. Luego pedaleé bajo el sol ardiente para ir a colocar la corona blanca en el lugar donde falleció, donde su corazón acelerado dio su último latido.

Puse la bicicleta en el suelo, cerré los ojos e inhalé el vivaz aroma de las flores inmaculadas antes de colocar la guirnalda en medio de un monte de pasto seco y maleza marchita. En el pavimento ardiente, a través de las olas de calor, vi que aún había fragmentos de cristal, trozos de hule y partículas de metal brillante esparcidas como cenizas: los restos de la noche en la que nuestros caminos se separaron en la calle Coffee Port.

DEL RÍO

Cuando falleció la abuela Carmela, fue como si se hubiera llevado una parte de mi madre con ella. Claro, mi madre seguía cargando a Rubén como si fuera un recién nacido a pesar de que ya casi tenía nueve años. Aunque mi madre encontraba la forma de mantener la cabeza erguida, se veía un vacío en sus ojos, como si la carne y la piel a su alrededor estuviera hueca.

—Soy huérfana —me dijo en un murmuro mientras miraba ausente el ataúd de su madre en la funeraria de Matamoros.

Me le quedé viendo a la abuelita Carmela, a su piel de alabastro, sus labios rosados, sus rizos castaños perfectamente peinados. Parecía una muñeca, una réplica ficticia de la mujer que había conocido en vida, la que siempre estaba de rodillas en su jardín, arrancando maleza, podando rosales, cosechando melocotones, granadas, guayabas y aguacates. La iba a extrañar, incluso si no había pasado tanto tiempo con ella como con la abuela Fina. Por alguna razón, más que sentir que había perdido a un familiar, sentía que la Tierra se había muerto. También me hizo preocuparme, por primera vez, del tiempo que le quedaba a la abuela Fina. Vivir sin ella ni siquiera me parecía una opción. De ella venía el techo que cubría mi cabeza por las noches, el suelo que ocupaba en este país en el que tanto creía. Era la heroína que me salvaba una y otra vez desde las sombras.

Jamás había relacionado a los huérfanos con personas adultas, pero en ese momento me di cuenta de que, si la naturaleza seguía su curso, todos estábamos destinados a convertirnos en huérfanos tarde o temprano. Tuvieras la edad que tuvieras, parecía una línea que nadie cruzaba sintiéndose preparado. Percibía a los padres como una línea de defensa impenetrable, de toda la vida, entre uno y la muerte. Y, una vez que desapareciera ese potente escudo generacional que alguna vez fue invencible, ¿sería que ya nada se interpondría entre uno mismo y su aniquilación?

Ahora que la abuela Carmela se había ido, mi madre y Rubén empezaron a hacer el recorrido desde su prisión de cemento en Matamoros hasta la casa de la abuela Fina en Brownsville con más regularidad. Un día, después de la escuela, los encontré en el descuidado patio trasero de la abuela Fina, tenían los ojos pegados al asador viejo.

En lo que parecía un intento de fastidiarme a mí y a mi padre, un árbol de limones había brotado de entre las cenizas del cuadro premiado que había quemado ahí dentro. Ahora un arbusto brillante de color esmeralda llenaba el asador de ladrillo desmoronado. Sus raíces se retorcían a través de las grietas de la decrépita estructura, se envolvían alrededor de la base y terminaban su trayecto enterrándose en el suelo.

La mirada de mi abuela pasó de la enérgica planta al rostro ceniciento de mi madre.

Rubén gateaba sobre la hierba descuidada, ajeno a los hormigueros a su alrededor.

Mi madre miraba con ojos perdidos las frondosas ramas del árbol.

La abuela Fina se quitó sus lentes y le preguntó:

—Marisol, a tu mamá le encantaba la jardinería, ¿verdad?

Mi madre empezó a asentir lentamente, las palabras de la abuela Fina tardaron en alcanzarla.

—Deberíamos arreglar el jardín en honor a Carmela —declaró mi abuela—. Así, cuando vengas, puedes recordarla con alegría. ¿Me ayudarías, Marisol?

Mi madre volvió a asentir, se quitó una lágrima del rabillo del ojo y levantó distraída a Rubén justo antes de que este enterrara la cabeza en un alto hormiguero en su trayecto.

Día tras día, llegaba a casa y las encontraba cavando, plantando y regando con devoción.

La abuela Fina parecía obsesionada con perfeccionar el jardín al mismo ritmo vigoroso con el que el árbol de limones iba creciendo.

—Los árboles de limón suelen tardar de tres a cuatro años en dar fruto, pero este lo va a hacer mucho antes. Tengo que tener el jardín listo para cuando lo haga —resopló y siguió trabajando en el jardín con su bata de flores. Tubos rosas decoraban su pelo gris mientras unos lentes de sol que le quedaban grandes colgaban de su nariz aguileña.

Nadie le preguntó por qué se sentía obligada a atenerse a esa fecha límite, pero su energía era contagiosa.

Jamás había visto a mi madre arrodillada en la tierra, pero allí estaba, como una colegiala haciendo pasteles de barro.

—¿Cuál era la flor favorita de Carmela? —le preguntó la abuela Fina.

—Los tulipanes —respondió mi madre.

—Esos los vamos a plantar a lo largo de la valla —dijo la abuela Fina y llevó sus manos a su cadera mientras observaba su modesta parcela de tierra.

Al día siguiente, mi madre fue la primera en ensuciarse las manos, estaba arrodillada junto a mi abuela mientras plantaban una hilera de hibiscos a lo largo de la valla trasera. La abuela Fina se daba la vuelta cada cierto tiempo para ver el árbol de limones. Iba creciendo rápidamente por el asador, que ya había desaparecido debajo un dosel de ramas bajas y espesas por las que se esparcían hojas verde oscuro. La abuela parecía paranoica con la idea de que el árbol estuviera intentando ganarle en esta extraña carrera. ¿Cuál era la meta? No tenía idea, pero quedarme ahí sentado mientras ellas trabajaban me hizo sentir mucha culpa. Me puse un par de guantes de lona que había comprado la abuela Fina y empecé a labrar la tierra para poner el nuevo pasto.

A las pocas semanas de empezar el proyecto, el primo David colocó el césped. Hasta Rubén quería participar; estaba sentado en un borde del patio de ladrillo con un pequeño cubo rojo y una pala amarilla para construir castillos de arena en la playa. Cavó torpemente a lo largo del perímetro y fue llenando poco a poco su cubo de tierra.

—Muy bien, Rubén —le dijo papá, que estaba en una de sus visitas dominicales, al mismo tiempo que esparcía abono sobre el pasto para después transformar la pobre labor de Rubén en una auténtica zanja de plantación con la ayuda de una pala —. Vamos a plantar rosales por el patio en los agujeros que estás cavando, así tu abuela y tu madre siempre van a tener rosas.

Con su robusta corpulencia y sus brazos como troncos, mi padre hacía que la labor pareciera fácil. Al final del día, ya había un seto de rosales que se extendía a lo largo del patio.

Al principio, temí que esto fuera mi padre admitiendo la derrota, como si estuviera expresando que jamás dejaríamos de depender de la casa de la abuela Fina, la cual parecía poseer una gravedad misteriosa que atraía a su progenie. Pero a medida que el jardín iba tomando forma y empezábamos a disfrutar de la refrescante brisa vespertina que susurraba a través de sus hojas relucientes, empecé a sumirme en un estado surrealista de comodidad. En los vientos del golfo ahora fluía el aroma del jazmín, emanaba de las enredaderas que bajaban por la valla de metal que llenamos con estrellas de primavera blancas. El árbol de limón proyectaba una sombra relajante sobre el patio, donde mi padre acomodó una hilera de mecedoras de hierro forjado.

Cuando nuestra labor quedó terminada, toda la familia se sentó en el patio. Nos mecíamos tranquilamente con sonrisas somnolientas delineando nuestros rostros mientras el sol comenzaba a ponerse. Las cigarras cantaban al mismo tiempo que las palmeras se convertían en siluetas negras en el azul intenso del cielo.

—Hasta las abejas están felices —observó Rubén cuando un zumbido rezagado pasó con calma frente a él en su camino de regreso a la colmena. Por fin hablaba, y a menudo nos asombraban sus comentarios.

A pesar de la interrupción, me sorprendió no sentirme inquieto por la presencia de Rubén mientras lo veía sentarse en una de las mecedoras, cerrar los ojos y dejar que la brisa acariciara sus rizos. Cuando vi a la abeja desaparecer entre las frondosas sombras, entendí que mi hermano tenía razón. Conforme le habíamos devuelto la vida al jardín, las abejas se habían empezado a sentir atraídas a él, y jamás nos molestaron. Parecían tan contentas como nosotros.

—Mi mamá está con nosotros —suspiró mi madre. Tras una larga pausa, añadió—: Terminamos justo a tiempo. Mañana habría cumplido ochenta años.

Por fin comprendí la prisa de mi abuela Fina.

Las dos mujeres sonrieron satisfechas.

—¿Y ahora qué haremos? —se preguntó mi madre en voz alta con un destello de vida volviendo a abrirse camino por su voz.

Con solo ver la luz de luna que resplandecía en los ojos de la abuela Fina, me di cuenta de que tenía preparada una respuesta, pero apretó los labios con recato, permitiéndonos disfrutar ese tan inusual momento de paz.

———

Al día siguiente, era hora de hornear.

Con la cocina transformada en sala de guerra, mi madre y la abuela Fina se compadecían de las contradicciones de los hombres, recordaban a sus difuntos progenitores y, pues, horneaban. Pero no sólo eso, también cocinaban, preparaban sándwiches y lo que fuera que la gente pudiera necesitar en sus fiestas familiares, recepciones, reuniones, funerales y todo tipo de festividades. Y, tras dejar todo listo los viernes, mi madre insistía en llevarme a su casa de Matamoros a pasar el fin de semana. Desde el catastrófico accidente de Julia y Reeser, mis padres se quedaron con la creencia de que estaría más seguro con ellos que yéndome de fiesta con mis compañeros.

El servicio de comida de las mujeres López surgió a raíz del fracaso de los negocios con los limones de mi padre, pero se convirtió en mucho más. Mi primo David y yo fuimos reclutados de inmediato para hacer repartos en bicicleta.

Los hombres López observaban este bullicioso comercio con ojos escépticos, normalmente desde la sombra del árbol de aguacates en el jardín de la entrada. Cuales buitres envidiosos, observaban desde una esquina cómo los clientes iban y venían desde puerta de la cocina con sus pedidos. Se reunían como una nube oscura de melancolía y resentimiento ante el evidente éxito de la madre de ambos y la esposa de uno. ¿Por qué ellos no tenían clientes parados afuera de sus casas? ¿Por qué sus teléfonos nunca timbraban? Le echaban la culpa a la economía y al hecho de que todo el mundo tenía que comer, mientras que los llantas recapeadas o los coches usados podían esperar hasta que hubiera algo de dinero de sobra.

El éxito sin precedentes del servicio de comida de las mujeres López incitó a mi padre a trabajar todavía más duro y por más tiempo, si es que eso era humanamente posible. Por fin había conseguido poner en marcha su planta renovadora en México. La ventas estaban en auge. Los tráileres se alineaban por las carreteras de los puentes que pasaban por el Río Grande, y él estaba decidido a ser quien proporcionara las llantas sobre las que rodarían esos camiones de dieciocho ruedas a través de fronteras y naciones. El tío Nick se le unió como agente de ventas, dejando la sombra del árbol de aguacates desprovista de sus habitantes humanos.

Parecía que todo el mundo estaba ocupado. Y, al mismo tiempo, no podía imaginar que alguien pudiera sentirse, o estar, más ocupado que yo.

Mientras estaba en casa, me hacía cargo de las entregas para el servicio de comida. Los fines de semana ayudaba a mi padre con la planta renovadora en Matamoros. Y en la escuela, acababa de empezar mi penúltimo año. Durante la primera semana de clases, la señora Martínez y el señor Dean me sentaron en el estudio, querían tener una plática para "acercarme a Jesús", o así le llamaron. No tenía idea de qué era eso, temí que fueran a intentar convertirme a alguna rama del protestantismo, que era el mayor miedo de mi madre. Pero fue todo lo contrario, su enfoque no era religioso, sino académico.

—Después de lo que le pasó a la pobre Julia —dijo la señora Martínez—, pensé en nominarte a este programa especial, Ramón.

El señor Dean asintió.

—¿Qué clase de programa especial? —El único programa

especial que conocía era el de Educación Especial, y ese estaba reservado para alumnos como mi hermano Rubén; yo no entraba en esa categoría.

—Es una oportunidad increíble —me aseguró el señor Dean.

—Se lo mencioné a Julia cuando pasó a penúltimo, pero sus padres no querían oír ni una palabra al respecto —dijo la señora Martínez lamentándose—. Si la hubieran aceptado tras aplicar, tal vez todavía estaría . . .

La miré con tristeza, ella se mordió los labios y desvió la mirada.

—Básicamente —continuó el señor Dean—, se trata de un programa para estudiantes de arte que califican para terminar su preparatoria en Nueva York, Ramón.

—Mis padres no tienen el dinero —intervine de inmediato—. Apenas pueden mantener la luz encendida en su casa de Matamoros.

—Hay una beca —dijo el señor Dean—. La paga una prestigiosa fundación de Nueva York. La idea es darles a artistas de diversas culturas la oportunidad de aprender de expertos para que puedan abrirse camino ustedes mismos con sus talentos artísticos.

—Exacto —añadió la señora Martínez—. Y, si te va bien allá, podrías quedar en una de las mejores universidades de arte de la ciudad.

—¿Como Julia?

—Sí, como Julia —La señora Martínez asintió con pesadez—. Ir a un lugar como el instituto Pratt o la Cooper Union podría cambiar tu vida para siempre, Ramón.

Me les quedé viendo como si fueran embajadores mandados de otro planeta. ¿Por qué les importaba? ¿Por qué se empeñaban tanto?

—Mi papá quiere que estudie negocios —les dije.

—¿Y tú quieres estudiar negocios? —me preguntó el señor Dean.

Me quedé pensativo un rato, girando la cabeza y escudriñando los caballetes esparcidos por la habitación, las obras de arte que cubrían las paredes, la cerámica y la alfarería sobre los estantes. ¿Qué es lo que quería yo?

—Cuando era pequeño, creí que en eso me quería convertir: en un emprendedor. Pero ya pasó algo de tiempo y ya no estoy tan seguro. Me ha tocado ver a muchos empresarios, mi papá incluido, batallar, fracasar y, aún peor, morir trabajando.

—Eres un artista nato —dijo la señora Martínez. Dudé de si estaba intentando convencerme a mí o convencerse a ella misma.

Sabía que la maestra era fanática de mi trabajo, así que mis ojos buscaron instintivamente la opinión del señor Dean.

—¿Usted qué opina, señor Dean?

—¿Recuerdas el examen que te hice un día en el salón de orientación? —me preguntó.

—Sí.

Había usado una larga serie de manchas de tinta y me hizo preguntas a las que no les vi mucho sentido. No le había dado mucha importancia.

—Tus respuestas indicaron que siempre tendrás que lidiar con una división entre los dos lados de tu personalidad: tu lado creativo y tu lado pragmático.

—¿Qué significa eso?

—Significa —dijo tras una pausa— que es muy probable que te convenga buscar un equilibrio en tu vida que te permita aprovechar las energías de ambos lados para tener éxito y plenitud.

—¿Plenitud? —Estaba abordando un tema que ni siquiera me había planteado y que jamás había oído mencionar a mis padres. El éxito, por otro lado, siempre me había parecido un concepto muy claro y una idea muy estadounidense. El dinero, los autos, la ropa, los relojes Rolex, las casas lujosas y los viajes al extranjero fueron por mucho tiempo las imágenes que yo asociaba con tener éxito—. ¿Cuál es la diferencia entre el éxito y la plenitud?

El señor Dean sonrió cálidamente.

—Creo que lo mejor será que programemos un par de citas para explorar esa pregunta juntos. Es una gran pregunta.

La señora Martínez, sin embargo, no pudo contenerse.

—En Estados Unidos, la gente suele relacionar el éxito con lo financiero, como algo externo a uno mismo que toma forma en las cosas que posees o la atención y el respeto que recibes públicamente. Mientras que la plenitud es algo más personal e interno. Si dedicas tu tiempo y tu vida a hacer cosas que te hacen sentir bien por dentro, que te hacen sentir feliz o sentirte mejor contigo mismo y con tu vida, eso es lo que te lleva a sentirte pleno. El éxito alimenta tu cartera y tu ego mientras que la plenitud alimenta tu alma.

Viendo como se me retorcía la cara mientras intentaba comprender la diferencia, el señor Dean dijo, riéndose:

—Programemos esas citas para seguirlo discutiendo. Mientras tanto, conversa con tus padres sobre el programa de artes.

La señora Martínez me entregó una pesada y colorida carpeta llena de folletos y formularios.

—No lo olvides, es tu futuro, no es el de nadie más.

———

—¡¿Nueva York?! —La manera en que mi padre exclamó las palabras hizo que me costara discernir si las estaba usando para hacer una pregunta, proclamar su indignación o ambas.

Mi mamá lo miraba ansiosa, todos estábamos sentados en la cocina de la abuela Fina. La carpeta con compartimentos que la señora Martínez me había dado unas semanas antes ya había desparramado sus contenidos sobre la mesa. Mis padres miraban boquiabiertos la abrumadora cantidad de información y las fotos de jóvenes artistas felices pasándola de lujo en Nueva York, como si se tratara de uno de los desastres que hacía mi hermano Rubén al cenar, y parecía que no podían esperar para recoger todo y tirarlo a la basura.

—¡Yo ni sabía que querías ser artista! —continuó mi padre frotándose las sienes, como si mis aspiraciones le hubieran provocado una intensa migraña.

—¿No te interesaban los negocios, Ramón? —añadió mi madre, tratando de encaminar la conversación en una dirección constructiva.

Me encogí de hombros.

—Mis profesores dicen que es una gran oportunidad.

Mi padre negó con la cabeza.

—Esos gringos entrometidos nos van a quitar a nuestro hijo si bajamos la guardia. No valoran la familia como nosotros. Nueva York no es lugar para que te gradúes de tu prepa o de tu universidad, eso lo deberías hacer al lado de tu familia, de tu sangre. ¿Cómo te vamos a ayudar si te vas tan lejos? ¿Y si necesitaras algo? No, mijo, tienes que tener cuidado con esas ideas gringas.

Empujó la silla para pararse, sentí que en su mente acababa de meter todos los papeles del programa en su caja de Pandora bidimensional y que la había cerrado de golpe.

Qué ganas tenía de decirle que no había sido un gringo quien me había mencionado el programa. La señora Martínez fue mi punto de partida y era alguien que sabía lo que era tener talento solo para terminar trabajando donde nadie te ve, todo culpa de una educación mediocre y la falta de oportunidades más allá de la frontera. Pero estaba claro que mi padre ya no quería escuchar ni una palabra más de esta conversación en este momento.

Cuando atravesó el mosquitero y salió a la entrada de la casa, mi madre volteó a verme en silencio. Desalentado, me le quedé viendo a los formularios, escaneando los rostros sonrientes de los estudiantes de los lustrosos folletos.

Mi madre sabía bien lo que era tener que poner en pausa tus sueños. Me costaba creer que alguna vez hubiera imaginado que su vida terminaría donde terminó. Había sido una estudiante inteligente, tuvo el promedio más alto de su salón de la prepa, pero no habían permitido que fuera a la universidad por el simple hecho de que a sus padres les parecía inconcebible. A ella la querían cuidándolos cuando envejecieran y siendo una esposa imperturbable, una madre devota. ¿Qué punto tenía llenar su mente de conocimientos e ideas a las que nunca podría darles uso?

Hojeó los papeles con cautela, como si se fueran a deshacer entre sus dedos si los apretaba demasiado fuerte. Mi padre estaba del otro lado del mosquitero, pero podía escucharlo todo. Así que, sin decir nada, deslizó discretamente un papel hacia mí con su dedo índice sobre un apartado con letras rojas en negrita en una de sus esquinas.

Al enfocarme, vi la fecha límite para la solicitud. Aún faltaban un par de meses. Me estaba diciendo, sin emitir un sonido, que todavía había tiempo. Mirando a mi padre, que nos daba la espalda mientras clavaba la mirada en el jardín delantero, llevó ese mismo dedo a su pecho y lo tocó un par de veces y me dijo con un gesto que ella hablaría con él.

Estaba sorprendido, me impresionó su disposición para luchar en mi nombre. Cuando estábamos en grupos, daba la impresión de ser sumisa y callada, pero tal vez el creciente éxito de su negocio estaba nutriendo, aunque fuera de forma sigilosa, una confianza en sí misma que ni ella conocía.

———

Los hermanos Del Río hacían que otros bravucones, como Juan Diego y Chuck Norris, parecieran unos aficionados salidos del circo. Eran tres: el Gordo, el Flaco, y el Güero. Sus apodos iban de la mano con sus aspectos físicos. El Gordo era un mastodonte, y era más músculo que grasa, pero todo el punto era lo pesado y grande que era, como una pared de carne que tenía papada y una barba densa. El Flaco era alto y delgado, tenía la cara estrecha, la barbilla puntiaguda y el pelo largo y nudoso. El Güero tenía un tamaño que quedaba justo entre los otros dos, pero lo que más destacaba de él eran sus ojos azules, su piel clara y su pelo rubio. Era un misterio como era que los tres iban en último grado sin ser trillizos, además, si se supone que eran hermanos que compartían los mismos genes, ¿por qué no se parecían? La gente decía que el Gordo se había atrasado unas dos o tres veces, y que al Flaco lo habían expulsado una vez; eso explicaría cómo terminaron en el mismo semestre. Pero lo que les faltaba en inteligencia académica lo compensaban por mucho en habilidades callejeras. Más que nada eran conocidos por dirigir la principal operación de drogas, no sólo en Porter, sino también en otras escuelas públicas y privadas.

—Es crimen organizado —me dijo Dante mientras comíamos en la cafetería y nuestros ojos seguían la marcha de los hermanos Del Río hasta la mesa que apartaban al lado de la pared del fondo, donde podían observar sentados todas las entradas y salidas. Me lo dijo como si poseyera información confidencial—. Eso hacen los hermanos Del Río. Oí que ponen

Scarface y que la ven una y otra vez. Quieren ser como Tony Montana.

—Tony Montana se muere al final —repliqué.

—Tú mantente alejado de ellos —Dante le dio una mordida a su enchilada americanizada de cafetería, con el queso amarillo derramándose por la comisura de sus labios—. Si se van contra ti, ni siquiera yo podré hacer algo para ayudarte.

Analicé los abultados bíceps de Dante y luego volteé a ver a los hermanos Del Río. Eran tres, eso sin duda se la pondría difícil a Dante, pero no eran atletas como él.

—Yo siento que puedes con ellos.

—Esos güeyes no se andan con mamadas como nunchakus o navajas automáticas.

En la escuela se rumoraba que llevaban armas escondidas en el interior de su enorme camioneta negra.

Dante bajó la voz a un susurro:

—Dicen que tienen esclavos.

—¿Qué? ¿Cómo?

—No sé, mejor no hablemos de eso. Tú ni los voltees a ver. Es más, ni siquiera pienses en ellos —dijo Dante mientras terminaba de limpiar su plato—. No te les atravieses, es todo.

De verdad quisiera que así hubiera sido. En realidad, yo nunca me les atravesé, pero ellos encontraron la forma de ponerme en su trayecto.

———

Los fines de semana en Matamoros no tenían mucho de relajantes. Los sábados, mi papá me arrastraba a la planta renovadora, donde le ayudaba a Pedro a poner cascos gastados en los moldes gigantes de acero donde extendían sus vidas. El olor a hule quemado subía por mis fosas nasales y el hollín se pegaba a nuestras extremidades y caras sudorosas, sentía el escozor en mis ojos. Me quejé con mi papá, pero me dijo que el trabajo me haría fuerte.

—Mira, mijo, esto es mejor que levantar pesas —Daba gruñidos mientras me mostraba cómo ajustar las ruedas que mantenían las tapas de los moldes en su lugar—. Órale, muéstrame como se hace.

Mientras hacía fuerza poniendo en práctica sus enseñanzas, le pregunté si me iba a pagar, me respondió que ya me estaba pagando "en especie" con el pase gratis que me estaba dando a su gimnasio.

Y luego, en los domingos, mi madre nos llevaba a todos a la misa del templo. Usualmente me ponía a dar vueltas por la pared al fondo de la iglesia, a veces me paseaba un poco por la plaza para escapar de la monotonía de los cánticos y las recitaciones del sacerdote.

Hubo un domingo en el que me hubiera encantado haberme quedado sentado en las bancas de hasta adelante con mis papás, Rubén y otras personas que venían con familiares discapacitados. Mientras rehuía la santificación, sentado debajo de la escasa sombra de los árboles polvorientos de la plaza, sentí como se me revolvió el estómago cuando reconocí una inquietante imagen. Cruzando la plaza en diagonal, tres formas humanas, pero muy distinguibles, caminaban hacia mí: una enorme, otra delgada y otra llevaba una brillante cabellera dorada como corona.

Fingí que no los vi y redirigí mi trayectoria de vuelta a la catedral, pero antes de que llegara a los mendigos que pedían dinero bajo la sombra de la entrada arqueada, oí que uno de ellos me llamó por mi nombre. Me quedé helado; me di la vuelta lentamente y vi sus sombras avanzar hacia mí mientras subían por los escalones.

—¿Qué onda, güey? —preguntó el Güero con voz alegre y

cantarina. Actuó como si fuéramos amigos de toda la vida, me sentí desarmado por su extraño carisma. Entendí de inmediato por qué la gente decía que su apariencia y encanto le habían ganado varias novias, y eso era sin mencionar los fajos de billetes que los tres siempre llevaban en sus carteras.

Los otros dos asintieron y se pararon con los brazos cruzados, justo detrás de él, uno en cada lado.

—Todo bien —respondí en un intento de sonar indiferente.

—¿Te gusta la iglesia? —resopló El Gordo.

Me encogí de hombros, entrecerrando los ojos bajo la brillante luz del sol.

—Ta aburrido, ¿no? —El Flaco sonrió reluciendo su diente de oro—. Por eso te quisiste salir, pa' saltarte el sermón.

—Vamos a dar un paseo. —El Güero no me dejó alternativa, había pasado su brazo por mis hombros como si fuéramos amigos y me hizo bajar las escaleras que daban a la plaza—. Tenemos cosas mucho más interesantes que platicar.

Mientras cruzábamos la calle, el Flaco añadió:

—Simón, ¿yo pa' que quiero que me digan lo que no debería hacer y los dizque pecados que me van a mandar al infierno?

—Es una mamada —El Gordo respiraba con pesadez mientras daba pisotones detrás de nosotros—. Me consta que todo lo que hago es malo, pero igual lo voy a hacer.

Los tres se rieron en unísono, luego se callaron al mismo tiempo. Y cuando llegamos a la vieja glorieta de hierro forjado del centro en el la plaza, donde iban a tocar los mariachis después de la misa, me dieron su propio sermón.

———

—¡¿Te dijeron que hicieras qué?! —Dante se dio una palmada en la frente con su mano gigante. Con el ceño fruncido, levantó la mirada de sus problemas de matemáticas que estaba resolviendo en nuestra sesión de tutoría en la biblioteca.

En voz baja, volví a contarle pacientemente las instrucciones que los hermanos Del Río me habían dado en la plaza.

—No, es que sí te oí, güey —respondió Dante.

—¡Ah, era una pregunta retórica!

—No sé qué es eso, pero me queda claro lo que quieren que hagas. No puedes hacer esto, Ramón. No te involucres con ellos.

—Dijeron que solo iba a ser esta vez y que me dejarían en paz.

—Eso es mentira, así es como agarran gente. Actúan buena onda, te hablan como si fueran tus mejores amigos. Te dicen que no son malos, que sólo son incomprendidos, que es sólo un favor y ya. Y ni te das cuenta, pero ya eres su esclavo.

—No sé, no creo que llegue a ese punto.

—Ve a hablar con Manny Hinojosa, si es que lo encuentras, suele estar escondido.

—¿Quién es Manny?

—¡¿Ves?! Nunca lo has visto porque o está traficando para ellos o se está escondiendo para que no lo obliguen a hacer más cosas que no quiere hacer.

—Ay, ¿por qué yo? —dije lamentándome de mi destino.

—Porque te la pasas yendo y viniendo de Matamoros los fines de semana y se dieron cuenta. Resaltaste y ellos necesitan mulas.

—¿Mulas?

—Sí, mulas que transporten su mercancía. Los agentes fronterizos ya los tienen ubicados, no tienen como pasar nada por el puesto de control del lado de México. Los inspeccionan siempre que cruzan el puente. Por eso tienen que buscar gente que esté fresca, que los oficiales no miren dos veces. Personas inocentes como tú que les hagan el trabajo sucio.

No me gustó que usara la palabra "inocentes". No quería ser un ingenuo, un chivo expiatorio, una de sus futuras víctimas.

—Si se los permites, te utilizarán hasta quebrarte y luego se desharán de ti.

—Ay, güey, pero no es como que en verdad desaparezcan gente.

—Mira, ve y habla con Manny, si es que lo . . .

—Si es que lo encuentro, sí, ya entendí.

———

Resulta que Manny en verdad no era nada fácil de encontrar, y ni se diga hacerlo detenerse a hablar un momento. La primera vez que lo vi, traía puesta la capucha de su sudadera en un calor arriba de los treinta grados. Sus ojos se veían sumidos, sombras oscuras delineaban las bolsas de sus ojos. Salió corriendo como mapache asustado cuando lo llamé por su nombre. Desapareció entre la multitud en frente de los casilleros de los de último semestre.

En los fines de semana, cuando hacíamos nuestra peregrinación a Matamoros, ahora me sentaba en la banca de hasta adelante y me ponía entre Rubén y mi papá. Mi madre estaba encantada con este repentino interés que parecía tener en las misas, pero mi papá me escudriñaba con ojos de sospecha.

Fueron pasando las semanas, tenía la esperanza de que los hermanos Del Río se hubieran olvidado de mí y de la agradable charla que tuvimos bajo la sombra de la glorieta. Pero el terrorífico trío se me terminó acercando en el estacionamiento antes de clases.

—Hace rato que no te vemos, López. —dijo el Güero fingiendo amabilidad.

—¿Verdad que no nos estás evitando, carnal? Ya no te hemos visto en la plaza afuera de la iglesia —añadió El Gordo.

—No, sólo he estado ocupado.

—¿En fin de semana? Los fines de semana son para descansar, bato —dijo el Flaco—. Hasta Dios se puso a echar la hueva el domingo.

Dudé antes de responder:

—He estado ocupado ayudándole a mi madre. Es que mi hermano es discapacitado. Necesita que le ayude.

Sentí un tremendo odio por mí cuando oí el eco de mis palabras. Nunca le ayudaba a mi mamá. Nunca le ayudaba a Rubén. Pero heme aquí, utilizándolos en un intento inútil por ganar simpatía y proteger mi pellejo.

Los hermanos Del Río se veían algo desorientados, como si hubieran ensayado desde antes las coreografías de estos encuentros y yo acabara de arruinarles una de sus rutinas al improvisar algo.

Cuando sonó el timbre, no me quedé esperando su respuesta, me apresuré a mi salón como si estuviera deseoso por aprender algo. Ese mismo día, cuando la señora Martínez me preguntó si le había dado seguimiento a mi solicitud para el programa de arte de Nueva York, le mentí y le dije que ya casi había terminado.

—¿Tú papá te dio permiso? ¿Sí va a firmar? —preguntó, con preocupación en sus palabras.

—Mi mamá lo va a firmar —dije en una suposición.

Esa noche, en la casa de la abuela, mientras mi primo David rasgueaba su guitarra en la cama de al lado, yo estaba encorvado revisando los formularios de la solicitud, garabateando con urgencia mis respuestas a las preguntas.

Cuando terminé, me quedé despierto por un buen rato. No pude dormir en toda la noche. Sentía náuseas, pero me di cuenta, con la luz de la ventana cambiando de negro a azul, que no tenía que ver con lo que había comido ese día. La causa de mis náuseas fue el darme cuenta de que lo que me había motivado hasta el día de hoy siempre había sido un profundo deseo de alcanzar mis sueños, de lograr cosas grandes, de llegar lejos, pero de un día para otro y tras conocer a los hermanos Del Río, lo único que deseaba era huir.

———

Cuando por fin me encontré con Manny, ni siquiera lo estaba buscando. Estaba repartiendo fármacos ilegales en el centro comercial de Amigolandia durante las ventas de Black Friday. Yo estaba ahí acompañando a mi madre y a Rubén. La cola para llegar hasta Manny le hacía competencia a la que había para tomarse una foto con Santa, pero me metí justo en frente y lo acorralé.

—¿Es cierto lo que dicen? —le susurré en el oído—. ¿Es cierto que te tienen prácticamente de esclavo? ¿Qué te hicieron? ¿Y qué debería hacer yo?

El terror resplandecía en sus ojos mientras me miraba boquiabierto. Parecía incapaz de producir un ruido, abría y cerraba la boca sin decir nada, como un pez guppy en una pecera. ¿Se había quedado mudo del miedo o será que ya solo sabía comunicarse para completar sus ventas y colectas?

—Por favor, dime algo. No me dejan en paz —le imploré.

—Tengo dos hermanas —dijo al fin—. Dicen que les van a hacer cosas horribles si no sigo sus órdenes.

—¿Qué hago, Manny?

—Mantenerte lejos de ellos.

—Dicen que va a ser un favor y ya —respondí.

—Eso es lo que siempre dicen, pero una vez que te tienen, ya no te sueltan. Pero ya, aléjate de mí, antes de que uno de ellos nos vea hablando.

Dejé que la cola reanudara su paso y que la distancia entre

nosotros aumentara. A mi alrededor, los compradores iban de aquí para allá en su frenesí, inglés y español burbujeaban en una mezcla energética a través de la multitud. Todos parecían animados por el espíritu navideño, a excepción de Manny y yo.

———

Con la Navidad cada vez más cerca, le dije a mi mamá que lo único que quería como regalo era que diera su consentimiento para mi solicitud firmando los formularios. Dijo que lo pensaría y que lo hablaría con mi padre.

Los escuché hablar al respecto, era claro que no iba a ser fácil convencerlo. Como que recuerdo un "sobre mi cadáver" en la conversación. Pero, sin que pareciera del todo coincidencia, el sábado que los hermanos Del Río llegaron a casa de mis padres a preguntar por mí, fue cuando mi madre decidió tomar las riendas.

Llamaron a la puerta a primera hora de la tarde. Mi padre y yo acabábamos de volver de la planta y él se estaba bañando. Actuando como si no tuviera nada de raro, mi madre me dijo que unos amigos míos habían venido a verme.

Estaba cubierto en grasa y mugre por haber trabajado en la renovadora cuando los vi en la entrada.

—Vato, no era paro todo ese pedo de que te la pasas chambeando —dijo El Güero saludándome.

—¿Qué quieren?

—Necesitamos que nos hagas ese favor —dijo El Gordo, yendo al grano.

El Flaco me puso en las manos una mochila que no tenía nada que la distinguiera.

—El lunes nos la das en la escuela —concluyó el Güero.

Los tres asintieron al unísono y se fueron a un paso firme.

Me escabullí rápidamente a la habitación que compartía

con Rubén, metí la mochila debajo de su cama y la escondí detrás de una pared de peluches. Después me senté en la cama y dejé caer mi cabeza entre mis manos con mis codos apoyándose en mis rodillas.

Rubén estaba sentado en un rincón escuchando una canción de Olivia Newton John en su tocadiscos. Cuando me vio, levantó la mirada del disco de vinilo que giraba y me dijo con esa voz temblorosa que tanto lo caracterizaba: "Ramón, estás triste".

No estaba seguro de si era una pregunta o una observación. En momentos así, sentía que Rubén tenía una curiosa sabiduría.

Después de cenar, cuando mi papá ya se había ido a acostar, mi mamá firmó los formularios.

Cuando todos se durmieron, por fin me atreví a ver qué había dentro de la mochila. Estaba repleta de bolsas Ziploc llenas de pastillas de distintos colores, hojas secas y arrugadas que se veían como pasto cortado y un ladrillo blanco envuelto en plástico. La cerré sobresaltado, estaba seguro de que el contenido de la mochila valía más que todo el inventario de la planta renovadora de mi padre.

———

El lunes me fui corriendo directamente al estudio de arte de la señora Martínez y le entregué mis formularios de la solicitud. De ahí, tomé un pasillo de servicio donde casi no pasaba nadie para llegar a la enfermería y declaré que no me sentía bien. La abuela Fina me llevó en su Vocho beige a la casa, donde fingí estar enfermo por varios días.

El primo David, que ahora estaba yendo a una pequeña escuela cristiana que la familia de su madre había empezado a pagarle, fue el primero —sin contar a los hermanos Del Río, claro— en tener sospechas.

—¿Qué está pasando? —me preguntó, rasgando las cuerdas de su guitarra acústica mientras se sentaba frente a mí en el borde de su cama—. Tú no haces estas cosas. A ti te gusta ir a la escuela, que jamás lo entendí, ¿eh? ¿Será que por fin te estás uniendo al resto de nosotros en nuestro asco absoluto por la pesadilla diaria que nos hacen pasar?

—¿Has oído hablar de los hermanos Del Río?

—Pues claro, ¿quién no? Son algo así como pandilleros. —Siguió con los rasgueos, iba encontrando un ritmo.

Mientras tocaba, le conté mi dilema. Me escuchó sin pestañear. Cuando terminé, dejó de tocar y bajó la guitarra. Ahí me di cuenta de que no sólo tenía un don musical, sino que llevaba el tiempo a la perfección. Había estado tocando para que la abuela Fina no oyera nuestra conversación. Me indicó con un movimiento de cabeza que lo acompañara al patio trasero.

Parados al lado del asador, hizo una pausa antes de preguntarme:

—¿Dónde está la mochila?

—Detrás de una armada de peluches, bajo la cama de Rubén.

—Eso es malo.

—No quiero pasarla al otro lado, pero es un callejón sin salida. Si me la llevo, estaré infringiendo la ley y cayendo en su juego. Si no me la llevo, puede que me maten. Y si me la llevo y me descubren, me mandarán al reformatorio y a ver si no les dicen a los de ahí que me hagan algo.

—¿Pero si la dejas ahí y le hacen algo a tus papás y a Rubén?

No lo había pensado. Me costaba imaginar a alguien "haciéndole algo" a mi papá. Su mirada era suficiente para ahuyentar intrusos.

—Las vacaciones de Navidad empiezan este fin de semana —le dije—. Me voy a quedar en casa por enfermedad hasta entonces, eso debería ayudarme a ganar más tiempo.

—¿Más tiempo para qué? Se van a ir detrás de ti ahora que tienes estas cosas.

—Ya estaban detrás de mí.

El primo David negó con la cabeza y me puso la mano en el hombro como dándome el pésame.

—Solo no lo olvides, hermano, no estás solo.

Tras decir eso, levantó una tabla de madera de una pila que había junto a la valla metálica y la colocó sobre dos bloques de hormigón. Adoptó una pose muy serena antes de partir la tabla en dos con un movimiento de su mano derecha.

Sabía que había estado tomando clases de karate, pero nunca lo había visto en acción. Me quedé boquiabierto mientras él se apartaba de la tabla rota; podía ver la angustia en la manera en que me miraba.

—No quiero meterte en esto —le dije.

—Si me necesitas, aquí estoy —respondió.

———

Las fiestas navideñas iban y venían, y yo empezaba a albergar la esperanza de que, gracias a alguna intervención divina, los hermanos Del Río hubieran perecido en un tiroteo o hubieran sido mandados a la cárcel después de que los agarrara la policía. Estaba rezando por mí en la misa de Nochebuena en la catedral de Matamoros cuando los vi, se estaban apoyando contra la pared que estaba a la derecha de la banca de hasta adelante. Me miraban fijamente.

Más tarde, en la plaza, los mariachis tocaron en la glorieta. Familias y parejas abarrotaban la plaza bajo las coloridas luces navideñas colgadas entre los árboles. Había puestitos donde vendían elote en palo, churros y chocolate caliente. Conforme caminábamos por la plaza, sentí como me iban rodeando los hermanos.

—¿Ahora dónde andabas, López? —El Güero siseó. Al parecer, su fachada de chico bueno había expirado.

—Andaba enfermo —respondí.

—Pero como que ya andas bien, ¿no? —respondió el Gordo.

Angustiado de que mi padre viera a los Del Río, empecé a caminar más lento para que más gente pudiera ocupar el espacio entre mi familia y yo.

—Cuando regresemos a clases, te traes las cosas —ordenó el Güero.

—O así te va. —El Flaco cerró el puño y golpeó la palma de su otra mano.

—Y no sólo a ti, también nos vamos a echar a tu pinche hermano retrasado —amenazó El Gordo.

Una ola de rabia me empezó a subir por la espalda. No pensaba dos veces antes de quejarme de mi hermano internamente o con mis padres, pero me enfurecía oír que alguien más lo insultara.

—Los tres van a terminar en el infierno si tocan a mi hermano.

El Güero se quedó quieto y me dijo con una sonrisa:

—Bato, ya nos esperan allá.

Sonrisas perversas aparecieron en los rostros de los otros dos mientras dejaban que la multitud llenara el espacio entre nosotros.

Cuando alcancé a mis padres, estaban parados alrededor del Nacimiento, un belén de tamaño real con personas que representaban a la Sagrada Familia dentro de un pesebre improvisado con madera triplay. En el centro, un montoncito de heno en una cuna desvencijada esperaba la llegada del Niño Jesús. La multitud entonó un himno sobre el Redentor. Sentí la urgencia de rezar para que Él se apiadara de mí y para que me ayudara a encontrar una salida a todo esto.

———

La parte de mí que asistía a misa todos los domingos, la parte de mí que escuchaba los sermones de mi padre por las noches en las mecedoras oxidadas del porche, y la parte de mí que brevemente representó a un paladín más bendito que el agua en la campaña de Calabozos y Dragones de Julia; todas ellas resonaban en armonía por mis oídos con desaprobación y decepción mientras metía la mochila llena de drogas en mi maleta de mano el día antes de regresar a clases. Pensaba llevármela conmigo de regreso a la casa de la abuela Fina.

Había una fila muy larga en el puente, que era lo normal después de vacaciones. Todo el mundo estaba ocupado devolviendo o intercambiando regalos, y aprovechando ofertas que seguían a las rebajas navideñas para así poder llevar otra ronda de regalos a sus hijos en el Día de los Reyes Magos.

Miraba, angustiado, a través de la ventana trasera mientras escuchaba a mis padres discutir sobre las interminables terapias físicas y de lenguaje de Rubén, sobre las citas con el médico y los gastos médicos, sobre las goteras en el tejado y sobre si algún día les alcanzaría para volver a Brownsville. Rubén estaba jugando con sus dos peluches favoritos, un perrito muy tierno al que le decía "Kawa" y una extraña criatura, cuya especie jamás pude descifrar, llamada "Ramona Rosa". Balbuceaba de forma ininteligible mientras movía torpemente los peluches para hacerlos conversar. Me preguntaba qué creía que estaban diciendo. Me irritó la palabra que el Güero había utilizado para referirse a él. Antes había oído a mis padres discutir sobre el nombre formal del diagnóstico. Un neurólogo les había dicho que era retrasado mental y que nunca llegaría a ser más que "un vegetal", y que le harían un favor a toda su familia si lo internaban en una institución. Mi padre se negó a aceptar la valoración del médico y ambos descartaron por completo su recomendación. En vez de eso, agendaron más citas y fueron con clínicas, curanderas y chamanes en ambos lados de la frontera. En su persecución por la esperanza, dejaban cada peso y dólar que podían conseguir en el bolsillo de otra persona.

Mientras el tráfico iba avanzando, mis ojos pasaron por el río, más allá de la placa con la línea vertical que dividía a México de Estados Unidos. En la orilla norte del río había juncos que medían casi tres metros de altura. Observé cómo un hombre joven vadeaba las turbias aguas del río y se arrastraba desnudo por el lodo de las aguas. Se resbalaba y se deslizaba a la protección que le proporcionaba la exuberante vegetación. Avanzando paralelo a él, enfoqué la mirada para no perderlo de vista. Me pregunté si existía la posibilidad, la remota posibilidad, de que lo viera escabullirse por el dique hasta un lugar seguro sin ser atrapado antes. Por un instante, lo perdí de vista en lo profundo de los espesos juncos. Pero luego me percaté de que era porque estaba en el suelo vistiéndose. Por un momento, como si se sintiera observado, miró los brillantes autos del puente por encima del hombro, entrecerrando los ojos, la distancia que nos separaba se expandía y tensaba, como un hule elástico estirado más allá de lo que soportaba. Y luego, trepó por la verde ladera hacia el camino de tierra en su cumbre y corrió hacia el este por el largo del dique. Lejos del alambre de púas y los guardias y las inspecciones y las detenciones y deportaciones, huyendo de la indignidad y la inhumanidad a una velocidad vertiginosa. Lo observé avanzar hasta que desapareció en una curva. Sabía en qué dirección iba. Pocos años antes había montado en mi bicicleta de Evil Knievel por ese mismo camino de tierra sobre el dique de Southmost. ¿Qué tan distintos éramos? Pensaba en él mientras cuando nuestro carro por fin llegó al puesto de control. Hice a un lado el hecho de saber lo que llevaba mi maleta de mano en su interior, que iba en el maletero junto con la silla de ruedas de Rubén. Y cuando el inspector de aduanas nos hizo la pregunta, respondí junto a mis padres: "Ciudadano estadounidense". Él asintió con la cabeza y nos dejó pasar, una luz verde parpadeaba frente a nuestros ojos.

———

En la escuela, les dije a los hermanos Del Río que vinieran esa noche a casa de mi abuela, que los vería en el callejón para darles la bolsa. No les encantó la idea, pero no es como que tuvieran alternativa.

Al anochecer, el primo David y yo estábamos esperándolos en la terraza. Cuando el callejón quedó sumido entre la oscuridad, oímos retumbar el Lowrider de los Del Río cada vez más cerca. Las luces de sus faros atravesaban la valla de metal, proyectando un patrón de líneas cruzadas sobre el pasto duro de la abuela Fina.

Bajamos los escalones y cruzamos el patio para salir del callejón por la puerta oxidada. David llevaba puesto su uniforme de karate blanco que estaba sujetado por un ancho cinturón negro.

De pie entre las vigas, entrecerramos los ojos en un intento de ver a través de la luz; las frenéticas polillas y libélulas llenaban el espacio iluminado entre nosotros y el clan Del Río.

Se abrieron las puertas de su *muscle* americano. Con el motor aún en marcha, los hermanos se bajaron y caminaron lentamente hacia nosotros.

—¿Y este quién es, López? —preguntó el Güero.

—Es mi primo David.

—¿Y por qué anda en pijama? —preguntó el Flaco, mientras sus hermanos se reían.

David los observaba sin ninguna expresión en su rostro.

—¿Y la mochila? —exigió el Gordo, esta vez lo dijo con seriedad.

—Escuchen —les dije—, antes de que se las de, quiero que me prometan que me van a dejar en paz después de esto. No pienso ser el próximo Manny Hinojosa.

Los hermanos se miraron entre sí y luego volvieron a mirarme.

—Así no funciona esto, carnal —explicó el Güero—. Aquí los que mandamos somos nosotros, no ustedes.

Sentí como mi ritmo cardíaco empezaba a acelerarse junto con mi respiración. Cuando volteé a ver a David, me di cuenta de que estaba imperturbable, se veía listo.

Tragué saliva.

—Entonces no les voy a dar la mochila.

Era aparente que los hermanos Del Río no estaban acostumbrados a que les pusieran resistencia. El Güero vaciló, mientras sus hermanos intercambiaban miradas.

—Si no nos das la mochila, vamos a entrar a la casa de tu abuela por ella —afirmó el Gordo—. Y vamos a hacer que te arrepientas, cabrón. Neta, piénsalo, ¿no quieres que la vieja esa pueda vivir para cocinarte un par de años más?

—No se van a meter —dijo David tranquilo—. Prometan que van a dejar en paz a Ramón y les traerá su mochila.

—Tú sabrás, carnal. —El Güero negó con la cabeza y avanzó hacia la puerta del patio trasero.

Con un movimiento rápido, David se interpuso entre él y la puerta. El Güero levantó el puño, pero antes de que pudiera siquiera empezar a lanzarlo, David lo tenía boca abajo sobre el caliche con su brazo en su espalda y la mirada fija en los otros dos.

El Gordo y el Flaco no tardaron en tenerme a su merced, lo que forzó a David a renunciar al control que tenía sobre el Güero para ayudarme. Entonces se desató la pelea. No se dijo nada más. Lo único que podía oír con el motor del coche en el fondo, eran nuestros pies deslizándose y haciendo crujir el caliche y la grava, el impacto sordo de los puños soltando golpes, gruñidos de dolor y exhalaciones de angustia. Al poco tiempo, David le asestó un puñetazo en la barbilla al Güero que lo mandó hacia la parte frontal de su carro, donde quedó inerte. Ahí les empezamos a ganar, David le estaba dando al Gordo con una ráfaga de patadas circulares, haciéndolo retroceder como un muñeco gigante contra la pared de bloques de hormigón frente a la valla de nuestra abuela. Mientras tanto, el Flaco y yo caímos al suelo mientras forcejeábamos algo parejos. En los faros, vi un destello de acero salir del bolsillo del Gordo y oí a David gritar. Una mancha roja comenzó a esparcirse por el blanco de su chaqueta de karate. Rápidamente desarmó al Gordo, la cuchilla salió volando por encima de su cabeza y resonó en las sombras. Había caído cerca de la valla, escuché como chocó contra uno de los postes metálicos, pero ya no podía verla. La buscaba con la mirada mientras intentaba aprovechar mi pecho para estrangular al Flaco con una llave, pero entonces me di cuenta de que el Güero no se había quedado en el suelo. Doblando su costado y moviéndose lentamente, rodeó el carro hacia el asiento del conductor, buscaba algo. En la tenue luz interior del coche, lo vi alzar una pistola y retroceder. Volteó su cuerpo hacia nosotros desde detrás de la puerta. David tenía al Gordo contra la pared, golpeando su descomunal cuerpo a puño cerrado. Al Gordo se le cerraron los ojos y empezó a tambalearse. El Güero le apuntó a mi primo.

Intenté pararme y lanzar mi cuerpo hacia David, pero el Flaco me tenía agarrado.

—¡David! ¡Pistola! —grité.

En ese instante, oí el impacto de un golpe en vez de un disparo. La cabeza del Güero había azotado el lateral del techo del carro. Vi su cuerpo desplomado en el suelo. El arma giró sobre el caliche y terminó al pie de los faros frontales del auto.

Detrás de la puerta abierta, una sombra imponente se movió rápidamente hacia nosotros, levantó la pistola y usó su culata para dejar inconsciente al Flaco de una vez por todas. Sentí como su cuerpo se quedaba inerte bajo mi agarre, al mismo tiempo que reconocí los botines negros que yacían frente a mí.

Mi padre le apuntó con la pistola al Gordo y le señaló a David que se apartara. Con una mano sobre la zona herida de sus costillas, David obedeció.

—Mete a tus hermanos en el carro y lárgate de aquí —gruñó mi padre—. Órale, muévete.

El Gordo parpadeó apabullado, pero siguió las órdenes de mi padre. Primero, arrastró al Flaco y lo subió en el asiento trasero. Después ayudó al aturdido del Güero a sentarse en el asiento del copiloto y cerró la puerta. Detuvo sus pasos delante del coche, me miró a mí y a mi papá.

—¿Y nuestra mochila?

—Mañana por la mañana voy a entregársela al alguacil. Si alguna vez vuelven a acercarse a mi hijo o a mi sobrino o a alguien de mi familia, le diré de quién era la mochila, pero para entonces ya los habría ido a matar a todos ustedes.

La manera en que mi padre pronunció esas palabras no había sido amenazadora ni melodramática, las presentaba como hechos.

El Gordo volteó a ver el arma en la mano de mi padre. Seguramente se estaba preguntando si pedirle su pistola, pero mi padre ya le había dejado claro que no era momento para ponerse a negociar. Lentamente, pasó al lado del conductor y se subió al vehículo. Nos hicimos a un lado y observamos como se alejaban.

Mi padre se guardó la pistola en la espalda, ocultándola bajo su guayabera. Luego volteó a ver a David. Toda la parte derecha de la chaqueta de David estaba empapada en sangre.

—Vamos a checarte, tal vez tengamos que llevarte al hospital —dijo.

Ayudamos a mi primo a caminar hasta la casa, adentro la abuela Fina le lavó la herida y le echó alcohol. David hizo una mueca de dolor y soltó un grito ahogado. Mientras observaba a mi abuela, me dio la sensación de que no era su primera vez haciendo esto. Después de todo, crio a cinco muchachos en los años cincuenta, todos propensos a meterse en enfrentamientos violentos. Una vez contó que el director de la escuela le había marcado para preguntarle por qué sus hijos eran tan violentos. Su respuesta fue: "No es que mis hijos sean violentos, es que no son dejados".

Tras examinar más de cerca la herida, determinó que iba a necesitar puntos.

—¿Al hospital? —preguntó mi padre.

—Nick puede hacérselos —respondió ella y agarró el teléfono. Mi tío ahora vivía un par de casas más abajo. Fue médico en la guerra de Corea, siempre mantenía una pila de provisiones a la mano.

Minutos más tarde, ya estaba ahí, inclinado sobre mi primo. Mientras mi tío lo cosía, David soltaba gemidos de agonía, incapaz de seguir conteniendo el dolor.

Mi padre y yo nos salimos a la entrada de la casa, me fui mentalizando para recibir sus regaños.

—Estás castigado por el resto del año escolar —dijo sin rodeos.

Asentí.

—Debiste haber ido conmigo el instante en que esos chicos fueron a buscarte.

Volví a asentir.

—Estas cosas no son para jugar ni para andar tomando riesgos —dijo con una voz llena de emociones pesadas—. Las cosas están cambiando, la frontera ya no es la misma que en la que me tocó crecer. Claro que había puñetazos y peleas con cuchillos por temas de chicas y honor y todo eso, y luego nos mandaban a la guerra con todo lo que habíamos aprendido en el barrio y la ilusión de que podíamos sobrevivir a cualquier cosa que la vida nos pusiera en frente. Pero ahora, son drogas, armas y gente que mata por placer. La raza se ha vuelto loca. Tienes suerte de estar vivo, hijo, pero eres aún más afortunado de que no mataran a tu primo por tu culpa. —Negó con la cabeza y escupió con asco desde la barandilla del porche al césped oscurecido.

Dirigí mis ojos a la oscuridad de la noche, hacia el parque y la resaca que se ocultaba detrás de la calle que se extendía como una cinta de sombras. Sentí un vacío hundirse en mi interior, un desencanto angustiante y profundo hacia mis pésimas decisiones. *¿Cómo pude ser tan estúpido?*

—¿Dónde está la mochila que te dieron?

—En mi habitación.

—¿Y la pasaste al otro lado del río cuando te trajimos de vuelta a la escuela?

—Sí.

—¿Y antes de eso la tenías escondida en la habitación de Rubén?

—Sí.

¿Cómo es que supo todo este tiempo?

Volvió a negar con la cabeza, sentí el colosal peso de su decepción y su pérdida de confianza en mí.

—Tráemela.

Fui por la mochila. Me alivió ver que estaban envolviendo el torso de David con gasas, significaba que lo peor ya había pasado. Le di la mochila a mi padre y él la depositó, junto con la pistola, en el interior de su camioneta.

—¿Qué vas a hacer con ella? —le pregunté, otra vez parado en el porche.

—Lo que dije que haría —respondió con seriedad—. ¿Aún no te queda claro? Siempre hago lo que digo.

Tenía razón, me había tardado en entenderlo.

———

Sin fiestas y sin ir a casa de mis amigos, mi vida consistía en ir a la escuela, volver a casa y hacer quehaceres en casa de la abuela Fina hasta que ella diera el trabajo por hecho. Eso se traducía a que ayudaba a ella y a mi madre con sus labores interminables de cocina y repostería, además de lavar la ropa, usualmente la abuela la lavaba en una lavadora que tenía en la cochera, pero se tendía en el patio trasero. Algunas de mis tareas eran: cargar las canastas con la ropa limpia, ayudarla a vaciar y llenar la lavadora, llevar la ropa mojada al patio trasero e irle entregando las prendas para que ella las estirara y les pusiera pinzas de madera para colgarlas de los alambres que atravesaban el patio. Las noches concluían con el lavado y secado de los platos, y eso era todo a mano, no había espacio para un lavavajillas en su estrecha cocina.

En la escuela, hacía lo posible por enfocarme en lo mío. Me escondía del mundo en el estudio de arte de la señora Martínez, con toda mi atención puesta en mi pintura.

Estaba enganchado en un tríptico de un joven que huía de su pasado y corría hacia un futuro incierto. En el primer panel aparecía el río. Era húmedo, café y lodoso; sucio, inmundo y repulsivo. Varias veces empecé, me detuve y destruí lo que llevaba hecho; me costaba que las ondas del agua me salieran como quería: con un equilibrio entre transparencia y opacidad a través del cual se pudieran discernir los pies y las piernas arrodilladas del hombre, sumergidas en las aguas poco profundas mientras arrastraba su cuerpo desnudo hasta la orilla empapada, cual criatura prehistórica que batallaba por alzarse entre el fango y la mugre para llegar a la luz, a la seguridad. Trabajaba al borde de la obsesión, me angustiaba por transmitir la determinación y la angustia con que el hombre clavaba las uñas y los dedos en la arcilla sobresaturada color tiza, mientras se resbalaba y se deslizaba en un intento desesperado de aferrarse a cualquier superficie que estuviera al alcance.

El segundo panel era más ancho y más verde. Tenía unos exuberantes juncos verticales que llenaban el lienzo de lado a lado y de arriba abajo, como una selva fotorrealista de Rousseau. Y, en su interior, casi perdiéndose por completo entre el follaje, unas pinceladas angulares resaltaban de entre las sombras una silueta oscura. El joven se estaba poniendo los pantalones sobre sus piernas relucientes. Su pelo negro y húmedo se le pegaba a la frente y las mejillas. Sorprendido, sus ojos se encontraban con los del espectador. ¿Era miedo, vergüenza o una terca esperanza lo que se escabullía por los bordes de sus iris y que brillaba en el resbaladizo vacío de sus pupilas? No estaba seguro, mi intención era averiguarlo en el proceso.

El tercer panel permaneció como un boceto por un periodo que me pareció eterno, lo estuve dejando de lado mientras refinaba los detalles de los otros dos. El lienzo estaba dividido por extensas líneas de grafito que formaban amplios planos horizontales en los que imaginaba el río oscuro, pero brillante, por debajo, el dique esmeralda en el medio y el cielo azul en lo alto. En la cima del dique, el joven corría por su vida. Me preguntaba qué encontraría al doblar la esquina. ¿Sería la libertad que buscaba y por la que dejó todo atrás, incluyendo fragmentos de su dignidad? ¿O sería algo muy diferente a lo que esperaba encontrar? Diferente a aquello que había motivado su valiente viaje.

———

—Felicidades, señor y señora López —dijo la señora Martínez—. Aceptaron a Ramón en el programa de arte de Nueva York. Es un logro de gran prestigio.

Mi madre asintió, sonriendo con la mandíbula apretada mientras se frotaba las manos sobre su regazo. Mi padre fruncía el ceño, como solía hacerlo, con la consternación juntando cada vez más sus cejas.

—¿Entonces no se metió en problemas? —preguntó mi papá.

—En lo absoluto, señor, Ramón es un estudiante modelo. No se metió en ningún problema, ¡es una estrella!

—¿Una estrella? —Mi padre me miró. Yo estaba sentado en una silla al lado de mi madre, nervioso, me puse tan lejos de sus posibles recriminaciones como pude—. Esta estrella lleva castigada los últimos tres meses. Ni siquiera le di mi permiso para que aplicara. Mi mujer debió haber firmado todo a mis espaldas.

Fulminó a mi mamá con la mirada. Estaba claro, la discusión que iban a tener esta noche pondría a temblar los bloques de hormigón. Me sentía mal por Rubén, atrapado con ellos todos los días, girando vinilos para ahogar sus penas.

—Entiendo —dijo la señora Martínez—. Su hijo me contó que han sido tiempos difíciles para ustedes y que ha estado trabajando duro para recuperar la confianza de su familia.

—Parece que no va a ser el único —dijo mi padre furioso.

Mi madre aspiró por la nariz, como si estuviera por ponerse a llorar.

Mis padres estaban acostumbrados a sentarse juntos en las citas médicas de Rubén, donde por lo general recibían todo tipo de malas noticias. Pensé que esta debía ser una experiencia nueva para ellos.

—¿Qué quiere de nosotros, señora Martínez? —exigió saber mi padre—. No tengo cómo mandar a Ramón a Nueva

York. Justo por eso es que tenemos una universidad aquí en Brownsville, para que nuestros hijos no tengan que irse, ¡para que puedan recibir una educación para la que nos alcance!

Le advertí a mi profesora que esta iba a ser una montaña muy difícil de escalar. El señor Dean preguntó si podía ayudar con algo, pero, tras pensarlo, me pareció que la señora Martínez, estando sola, tenía las mejores probabilidades de convencer a mi padre. Gran parte de eso era por ser mexicana, pero también porque era mujer. Asumí que, dado su orgullo de macho, mi padre entraría en modo de combate si se sentía amenazado, aunque fuera un poco, por un hombre gringo que le estuviera insistiendo que mandara a su hijo al noreste.

—Señor López, su familia está recibiendo un gran honor. Sé que el dinero siempre es un tema, pero ese arroz ya se coció —le dijo la señora, usando justo el tipo de refrán que esperaba de ella, en un intento de conectar con mi padre a un nivel cultural—. Este programa lo paga una beca; le paga la matrícula y el alojamiento de su último año de prepa. Además, le brinda la gran oportunidad de pasar directamente a una de las mejores universidades de arte tras graduarse. Esto le podría cambiar la vida.

—Felicidades, Ramón. —Mi madre me dio unas palmaditas en la rodilla—. Eres un orgullo para nuestra familia.

Todos volteamos a ver a mi padre. Sus hombros anchos y sus brazos gruesos hacían que su silla se viera demasiado pequeña, parecía que se iba a derrumbar bajo el peso de su corpulencia.

Carraspeando, respondió:

—Le seré sincero, señora. No quiero que mi hijo vaya a eso.

Nos movimos incómodos en nuestros asientos durante la pausa que siguió sus palabras. Siempre conseguía crear suspenso cuando hablaba, hacía que te preguntaras qué iba a decir después, te mantenía al tanto de cada palabra.

—Me alegra que su pasatiempo sea algo como el arte, pero los negocios son su futuro —afirmó.

La señora Martínez se levantó de la mesa con un movimiento delicado y les indicó a mis padres que la siguieran para ver algunas de mis obras más recientes.

Me quedé viéndolos mientras observaban, parados frente a él, mi tríptico del joven cruzando el río.

Se quedaron mudos mientras ella hacía varias proclamaciones sobre los méritos de mi trabajo.

—Ramón ve nuestra cultura con mucha perspicacia, señor y señora López. Puede ayudarle a los demás a entender nuestro mundo, de dónde venimos, quiénes somos y en quiénes intentamos convertirnos. El arte, como todo en este mundo, *es* negocio. Si Ramón recibe la formación que le están ofreciendo en Nueva York a través de este programa, podría convertirse en una persona exitosa. Este tríptico le acaba de ganar, por segunda vez, el concurso de arte de la escuela. Imaginen lo que podría lograr con la educación y las oportunidades adecuadas.

Mi madre se inclinó hacia delante, su nariz casi toca el panel del medio, donde el sujeto acechaba desnudo entre la vegetación. Mi padre estudiaba mis pinturas desde más lejos, se rascaba la barbilla mientras sus ojos absorbían las escenas. Me pregunté si alguna vez habían oído el término "tríptico" y si sabían lo que significaba.

—El lugar de los hijos es con su familia —afirmó—, pero . . .

¿Sí? ¡Pero qué! ¡Anda, dilo!

—Pero . . . —Escudriñó su mente en búsqueda de las palabras adecuadas para expresar lo que pensaba—. Llevo mucho tiempo pensando en esto, desde que sucedió el terrible accidente del año pasado.

La señora Martínez se persignó rápidamente.

—Pobre Julia.

"Era como si Reeser nunca hubiera existido", pensé.

—Luego hubo problemas este año —continuó mi padre, desacostumbrado a explicar o justificar a otros el funcionamiento interno de su misteriosa mente.

—La seguridad de Ramón es algo que nos ha tenido bastante preocupados —añadió mi madre.

Le di las gracias en silencio por darle ese empujón.

—Sí, su seguridad nos preocupa. —Mi padre asintió y volteó a verme—. Así que, aunque él pertenece aquí y aunque no me convence esto del arte . . . —Agitó las manos desdeñosamente hacia los lienzos que estaban frente a él y a los que estaban repartidos por la sala—. Preferiría que no lo mataran antes de que pueda hacer algo con su vida.

Aprovechando la oportunidad, me levanté de mi silla y añadí:

—No es sólo mi vida, papá, son mis sueños.

—Bueno, mi sueño era mantener unida a mi familia —dijo—, pero si te perdemos, tanto soñar habrá sido para nada, por eso mantenerte sano y salvo es lo que más importa y, por desgracia, este lugar ahora se ha convertido en un peligro para ti.

—Entonces, ¿contamos con su permiso? —La señora Martínez unió las manos, suplicante.

Sintiendo la presión de nuestras miradas combinadas, mi padre finalmente cedió:

—No me interpondré en su camino.

———

Durante el verano, cuando faltaba poco para que me fuera a Nueva York, mi papá concluyó mi castigo. Para celebrar mi inminente partida, David y yo cruzamos el puente Gateway para comernos unos tacos y tomar algo en los bares del otro lado de la frontera. Después de eso, mientras avanzábamos hacia la caseta de peaje para regresar a Brownsville, vimos a alguien conocido en la línea que dividía los carriles del tráfico intenso. Con los coches pasándole por los lados, reconocí a Manny Hinojosa. Llevaba meses sin verlo. Gotas de sudor corrían por su frente y tenía una mirada salvaje, como de un animal en persecución.

—Ramón —me dijo jadeando—. ¿Tienes dinero que me puedas dar? Necesito salir de la ciudad, me voy a ir al sur y me falta dinero para el boleto de autobús.

—¿Por qué? ¿Qué pasa? —le pregunté mientras los ojos de David se abrían de par en par en un intento de hacerme bajar la mirada al estómago de Manny.

—No tengo mucho tiempo. Necesito llegar a la central de autobuses; los hermanos Del Río me están persiguiendo, Ramón. Tengo que seguirme moviendo.

Por fin noté lo que David me estaba señalando. Podía ver la sangre esparcirse alrededor de un agujero en la camisa de Manny, incluso si su mano lo tapaba.

Saqué mi cartera y le di todo lo que tenía.

—Cuídate, Manny.

—Tú también.

Lo vimos zigzaguear entre los coches que iban pasando mientras se abría camino desesperadamente hasta una oscura calle del barrio para después desaparecer entre los árboles.

Al día siguiente y tendido en una banca, un estudiante de la zona fue encontrado muerto de un disparo con su boleto en mano, esperando un autobús para salir de Matamoros.

———

Después de despedirme de mi madre, de la abuela Fina, de Rubén y de David, mi padre me llevó en coche al aeropuerto por la calle de Boca Chica Boulevard. Su camión avanzaba tan lento que pensé que no llegaríamos a tiempo para mi vuelo.

Estuvo callado casi todo el trayecto, sólo abrió la boca un par de veces para aconsejarme. Me dijo: "Cuando estés allá, acuérdate de esto, hijo: el que los edificios sean más altos no significa que la gente dentro de ellos sea más feliz o más importante".

Asentí; aún me sentía incrédulo de que me iba a dejar ir.

Mientras el diminuto aeropuerto de bloques de hormigón beige aparecía en el horizonte, añadió: "No olvides de donde vienes".

Cargó mi maleta mientras caminábamos debajo de las palmeras hacia la entrada. Ya estando dentro de la pequeña terminal, mi papá avanzaba con tanta vacilación hacia la única puerta de embarque que, cuando llegamos, la sala de espera estaba vacía y los agentes de la compañía aérea estaban por cerrar la puerta de abordaje.

—¡Deprisa! —gritó apresurándonos la mujer uniformada—. Vas a perder tu vuelo.

Mi papá me entregó la maleta y me dio un fuerte abrazo. Entre sus poderosos brazos, siempre me sentía muy pequeño y débil, pero también amado y protegido. De alguna manera, me ponía en un estado de vulnerabilidad y de seguridad al mismo tiempo. Cuando me soltó, empecé a ser jalado a la puerta de embarque por la insistente azafata. Por el pasillo comenzó a entrar aire caliente. Me di la vuelta y le dije adiós con la mano. Se quedó allí de pie, con sus pantalones caqui y su guayabera blanca; me miraba con amargura con su sombrero Stetson en una mano, su espeso bigote temblaba ligeramente sobre sus labios impasibles. También agitó su mano y pronunció en silencio la palabra: "Adiós".

———

Jamás había ido a ninguna parte en avión, pero aquí estaba, corriendo por una pista de aterrizaje hirviente hacia unas escaleras que me subirían a un avión propulsado por motores chirriantes. Poco después, me estaba abrochando el cinturón mientras la terminal del aeropuerto iba pasando por la ventana. A través de la ventanilla ovalada de cristal doble, observé embobado a un grupo de personas que saludaban al avión desde una zona cercada afuera del recinto. Detrás de la entusiasta multitud, alcancé a ver a mi padre parado ahí, estoico debajo de su sombrero. Tenías sus manos detrás de su espalda y observaba, cabizbajo, cómo el avión se iba alejando. El nudo en la garganta y las lágrimas que me escocían los ojos me tomaron por sorpresa cuando empecé a perderlo de vista. ¿Era esto un indicio de lo que mi pobre madre había sentido cuando se lamentaba de haberse quedado huérfana? ¿Sería capaz de sobrevivir por mi cuenta sin ella, sin mi papá y sin mi abuela?

Sentí a mi corazón desplomarse por un momento y caer hasta mi estómago revuelto mientras la bestia metálica desafiaba la gravedad con sus tambaleos. Y entonces, me maravillé de lo diminuto que se volvía todo debajo de mí, de la velocidad con la que el aeropuerto se redujo a un puntito y de los campos que lo rodeaban y que se desplegaron como un edredón de retazos verdes. Una línea de plata encorvada brillaba bajo el sol mientras atravesaba la tierra en su obstinada y sinuosa ruta hacia el vasto y centelleante golfo de México.

Cuando el avión giró hacia el noreste, el Río Grande, los pueblos apiñados en sus traicioneras orillas, mi familia, mis amigos y todos aquellos que pudieron haberme hecho daño, quedaron atrás en su rastro invisible. Ascendiendo entre las nubes esponjosas, cerré los ojos, respiré hondo y soñé con todo lo que me esperaba.

NUESTRA SEÑORA
DE LA CALLE LEVEE

Extrañaba mi hogar. Extrañaba la presencia constante de la abuela Fina en la cocina, sus tortillas hechas a mano, el cálido aroma a maíz tostado que recorría la casa entre las brisas cruzadas de la puerta principal y del patio trasero, su picadillo con papas y sus tartas de limón con merengue. Los incesantes consejos de mi padre. El apoyo silencioso de mi madre. Hasta extrañaba las gracias que hacía Rubén; antes me molestaban, ahora me parecían cosas completamente inofensivas y entrañables.

A pesar de que hablaba con ellos todos los domingos, había aspectos más sutiles del hogar que, en Nueva York, no sólo estaban ausentes de mi vida cotidiana, sino que habían sido sustituidos por cosas más ásperas. Echaba de menos el ruidoso pero relajante canto de las cigarras. Añoraba los llantos melancólicos de las tórtolas al atardecer. Por las noches, mientras daba vueltas en mi cama persiguiendo el sueño dentro de mi fría habitación de bloques de hormigón, deseaba que desaparecieran las sirenas de ambulancias y camiones de bomberos que taladraban entre las sombras, añoraba ser arrullado por el emotivo himno de los trenes que surcaban la oscuridad sobre puentes ferroviarios oxidados.

Mi tiempo en la preparatoria de arte y diseño pasó más rápido que cualquiera de esos medios de transporte. Aprendí más en ese año que en los doce anteriores. Al poco tiempo, me dieron una beca para entrar a la Cooper Union. Cuando se los dije por teléfono, mis papás no entendieron del todo lo que eso significaba. Nunca habían oído hablar de la Cooper Union ni sabían nada sobre su trayecto como escuela de arte.

—Hijo —dijo mi padre—, si eso es lo que quieres, te apoyamos. Puedo seguir mandándote un poco de dinero de vez en cuando para que cubras los gastos básicos, pero . . .

Su voz cambió a un tono lúgubre cuando confesó que no tenían el dinero para ir a mi graduación de la prepa. Nunca pensé que sería así, que avanzaría por el escenario estando solo, con mi familia a miles de kilómetros de distancia y sin tener como presenciar mi éxito, pero, a pesar de ese sentimiento de soledad, mi entusiasmo volaba a tales alturas que nada de eso bastó para derrumbarme. A lo largo de mi infancia en la frontera, me habían insistido que había algo llamado el "sueño americano". A veces hasta sonaba demasiado bueno para ser cierto, pero me había aferrado a él, había luchado por conseguirlo y ahora lo tenía en frente. Sentía que lo estaba viviendo. Su energía palpitaba alrededor de mí en la forma de luces intermitentes, tráfico caótico, masas de gente dando vueltas por calles amplias, con ese afán que definía e impulsaba cada paso intencionado que daban. Después de toda una vida languideciendo en la orilla inerte del mundo, por fin estaba progresando, incluso si a menudo me sentía confundido.

En la Cooper Union, los profesores hablaron hasta más no poder del papel del artista en la "producción cultural". No importaba qué tanto conocimiento del inglés o del español tuviera, jamás había oído la mayoría de los términos y frases que circulaban a mi alrededor; y los elevados conceptos parecían rebasar mi imaginación. Ansiaba preguntarle a alguien, a quien fuera, qué era la "producción cultural", pero me daba miedo. Mi miedo era casi tanto como la emoción que sentía por todo lo que estaba ocurriendo. La mitad del tiempo no me sentía digno de estar aquí, y aun así, aquí estaba. Rara vez sabía si debía hacer una pregunta para enriquecer mis conocimientos o guardar silencio para no exponer las profundidades de mi ignorancia.

Cuando llegué, creía saber lo que era el arte. Creía que era pintor. Pues resulta que no sabía casi nada. Me enseñaron en poco tiempo los aspectos físicos de trabajar con madera, metal, yeso y plástico. Estudié el "color"; que jamás se me ocurrió que fuese algo que tuviésemos que estudiar. El curso fue una inmersión profunda a todos los aspectos imaginables del color, desde su naturaleza física hasta los principios de la luz, desde su papel en la historia del arte hasta su significado cultural. Aprendí sobre diseño bidimensional y exploré los aspectos visuales e intelectuales de la forma. Hice un curso de dibujo a mano alzada que estaba diseñado para enfatizar las habilidades de percepción e inventivas. También estudié Pintura Avanzada, donde mi enfoqué fue la pintura a base de agua sobre lienzo y papel: acrílico, acuarela transparente y gouache. Hasta estudié litografía; hice imágenes en piedras litográficas y planchas de aluminio comerciales.

Casi al final de mi primer año, mi profesora de pintura presentó mi oda a Nueva York, estaba inspirado en un crucero que pasaba por el puerto. El acrílico brillante sobre lienzo le daba vida a mi visión de la estatua de la Libertad como una aparición de la Virgen de Guadalupe. Los ángulos ásperos de la Dama de la Libertad estaban suavizados y parecían fluir. Su bata tenía curvas y ondulaba en el viento. En lugar de la tablilla rígida y silenciosa en su mano izquierda, llevaba un cúmulo de coloridas rosas. En lugar de una pátina fría y séptica, su capa irradiaba un color verde esmeralda. En la otra mano seguía sosteniendo en alto su brillante antorcha, que guiaba y daba la bienvenida a las almas perdidas del mundo —como la mía— a la seguridad.

Las reacciones de mi salón fueron muy diversas. Mientras que la mayoría de mis compañeros se quedaron en completo silencio, uno de los estudiantes levantó la voz indignado:

—No lo entiendo —dijo—. ¿Qué intenta expresar el artista? ¿Que los mexicanos se están apoderando de nuestro país? ¿Que su Virgen es mejor que nuestra Dama de la Libertad?

Se escucharon exclamaciones mientras el salón se tornaba incómodo.

La profesora, una señora mayor que siempre vestía una ondulante bata negra, disipó la tensión con destreza, respondiendo:

—A veces el arte puede ser vista por algunos como una visión positiva y como un ataque por otros. ¿Nadie aquí tiene una opinión contraria a la del compañero? —Recorrió la sala esperanzada. Sus ojos terminaron en una masa de pelo rubio y ondulado en la última fila, debajo de una mano levantada a medias—. Allá atrás, ¿tienes una perspectiva diferente?

—Sí —respondió la rubia, desafiante—. Yo creo que es una pintura hermosa. Es una visión de cómo el faro de Estados Unidos atrae a personas de todo el mundo, independientemente de su procedencia. Las personas que son impulsadas por sus sueños pueden verse a sí mismas en Estados Unidos. Para mí, eso es lo que dice este cuadro. Dice: "La libertad es para todos, no importa que su idioma sea el español o que vengan de América Latina".

—Excelente —La profesora sonrió al mismo tiempo que sonó el timbre y la clase empezó a dispersarse.

Luego, mientras estaba envolviendo mi obra, la profesora se me acercó y me dio una suave palmada en el hombro.

—Es un cuadro precioso, Ramón —me aseguró—. Como también una fascinante reinterpretación cultural de una iconografía.

Dudoso de si me decía esto por tenerme pena, me encogí de hombros y agaché la cabeza.

—No te desanimes —insistió—, siempre habrá escépticos y detractores, personas que no sólo cuestionan tu trabajo, sino que también arremeten contra ti y te criticarán sólo por ser tú mismo. Tómate el tiempo de escuchar sus planteamientos y cuestionar sus enfoques, pero nunca dejes que te impidan expresar tu visión o vivir tu vocación.

Sorprendido por su intensidad, miré sus ojos azules y me pregunté qué dolor los llenaba con tan acuoso presagio, con esa empatía tan profunda como las aguas que amenazaban con ahogar a la Dama de la Libertad. Le di las gracias con una sonrisa forzada, y procedí a regresar a mi hostigada Virgen a la estrechez de mi estudio.

Al día siguiente, encontré una carta en mi buzón a través de la cual me informaban que la profesora había seleccionado mi cuadro para la exposición anual de arte de la escuela. Era un importante evento de adación de fondos al que asistían exalumnos, paparazis y los intelectuales de arte de Nueva York.

En la exposición, reconocí a una admiradora de mi obra en un espectáculo organizado por la clase de Artes Escénicas. Se llamaba Clara, era una modelo rubia disfrazada de estudiante de arte, o al menos esa era la impresión que daba. Su "escena" consistía en una danza tribal con un canto en una lengua inventada, que resultaba en algo primitivo e irónico porque, aunque parecía inspirarse en las culturas de las civilizaciones africanas o nativas americanas, la representaba la chica más blanca que había visto en mi vida. Pero, de alguna manera, hizo la interpretación con tanta energía y genialidad que pudo llevarlo a donde quería, sin verse ridícula ni ser acusada de estarse apropiando de culturas ajenas.

—Me gusta la Virgen —afirmó mientras evaluaba la pintura con la imparcial seguridad de alguien que creció rodeada de arte, artistas e inauguraciones y noches de preestrenos para socios en los museos del Met, el Whitney y el MOMA. Me miró de reojo y, en vez de alejar su mirada desinteresada, sus ojos regresaron a mí. Quizá lo poco reflectiva que era mi piel le expresó algo.

—¿Tú la hiciste?

Asentí.

—Es encantadora. La defendí a ella y a ti en clase.

Mis ojos se abrieron de par en par.

—¿Tú eras la que estaba sentada atrás?

Al sonreír, hacía que los focos brillaran con el doble de potencia. Poco después, me puso delicadamente un vaso de vino blanco en la mano.

—Prueba esto. Es Chardonnay —me informó.

Dos horas más tarde, estábamos sentados en el asiento trasero de un reluciente sedán negro que tenía a la mano dondequiera que ella fuera, sin importar la hora. Una ventanilla oscura protegía nuestras impacientes indiscreciones del retrovisor del chofer.

———

—Se llama Clara —les dije por teléfono.

—Es mexicana —proclamó mi padre por el altavoz de hojalata.

Sentí el arrepentimiento invadir mi rostro al darme cuenta de que había pronunciado su nombre sin el acento estadounidense que ella usaba. ¿Lo corregía? ¿La iban a conocer? ¿Notaría la diferencia si repetía su nombre?

—¿De qué parte de México es? —preguntó mi madre en el fondo, probablemente se estaba asegurando de que Rubén no se cayera de su asiento elevado en la mesa de la cocina. De la misma forma que yo me había graduado de la prepa, él se había liberado de su trona que no le permitía crecer. Pero requería supervisión constante debido a su falta de equilibrio.

—Nueva York —respondí.— Es de Nueva York.

—No sabía que había mexicanos en Nueva York —contestó mi padre confundido.

—Te sorprenderías —le dije. Me vinieron a la mente todas las criadas, niñeras y meseras con las que me topaba todos los días en el metro.

Pero Clara no era como quienes trabajaban de manera clandestina o en las sombras. Clara volaba en su propia estratósfera. Gracias a ella, compraron mi cuadro de la Virgen a un precio récord, para ser exactos, era un precio récord en la exposición de estudiantes de Cooper Union. Se lo recomendó a un conocido suyo.

—Pero no quiero que tu familia pague por mis pinturas —protesté.

—Uy, créeme que no lo harían. Él es un conocido de la familia, es una gran diferencia. Mi familia nunca toma riesgos con su dinero, ellos arriesgan el dinero de otros. Según papá, así es como funciona la riqueza.

Asentí como si hubiera entendido. Sonaba como uno de los conceptos empresariales que hubieran maravillado a mi padre antes de que sus sueños empresariales fueran aplastados por la abrumadora realidad de su ineptitud y mala suerte.

Todavía sumido en las nubes por el dinero que recaudó mi primera gran venta de arte, estaba ansioso por celebrar con Clara, que me había invitado a un picnic el cuatro de julio para el Día de la Independencia de los Estados Unidos, en un terreno que su familia tenía en alguna parte de las afueras de la ciudad. No fue muy concreta, sólo me dijo que llegara a su apartamento en la avenida de Central Park West. Había estado ahí un par de veces, tras largas noches de fiesta seguidas de sexo hasta que el sol se alzaba sobre el parque, filtrándose por las ventanas e iluminando su silueta desnuda envuelta en la mía. Los rayos delineando el sofá de cuero negro y las botellas vacías de champaña esparcidas por el suelo de madera.

La mañana que íbamos en su coche a Los Hamptons, llevaba unos lentes de sol que me prestó. No iba a preguntarle por qué tenía unos costosos lentes negros de hombre en la mesa de su vestíbulo, que, por cierto, era del tamaño de mi dormitorio. Tal vez eran de su hermano. ¿Tenía hermanos?

Mientras el chofer nos llevaba al este y luego al norte, por puentes, autopistas y calzadas, nuestras miradas se perdían en la nada entre parpadeos.

En una casa con vista al mar y del tamaño de un lujoso complejo turístico, la fiesta estaba llena de gente rica y blanca vestida con lujosas ropas de lino y financieros de Wall Street acompañados por sus esposas. Los únicos rostros morenos, aparte del mío, eran los de los meseros que circulaban entre la multitud con bandejas llenas de canapés rodeados con copas de champaña.

Mientras Clara saludaba a los innumerables conocidos de su familia con besos al aire, yo hacía lo posible por socializar, pero después de que me pidieran por tercera o cuarta vez que les trajera más champaña o que me llevara los platos, me escabullí por un largo pasillo solitario hasta lo que parecía ser el ala de dormitorios de esa confusa mansión al lado de la playa. Decidí refugiarme en la que supuse era la habitación de Clara. Estaba decorada con muebles de un blanco inmaculado y había guitarras eléctricas blancas colgadas en la pared al lado de fotos de ella saltando de emoción al lado de varias estrellas de rock tras bambalinas.

Luego de examinar las fotos de ella y de sus amigas, que también parecían modelos que iban a una prepa de lujo, mis ojos se posaron anhelantes sobre su teléfono blanco de princesa. La gente rica no estaba al pendiente de los cargos por llamadas a larga distancia como el resto de nosotros. De seguro ni les importaría si marcaba a mi casa.

Me sentí como un ladrón y un rufián mientras pulsaba los botones y pegaba el teléfono a mi oreja. Sentado en el borde de la nube que tenía por cama, la abuela Fina contestó mi llamada.

—¿Abuelita?

—¡Mijo! —exclamó.

Inmediatamente sentí que estaba en su congestionada cocina, con el mosquitero por el que se podía ver el patio con su pasto seco y duro, la calle Lincoln, la resaca y el parque más al fondo. Se me hizo un nudo en la garganta.

—¿Cómo estás? —le pregunté, conteniendo la repentina amenaza del llanto.

—Bien, mijo, bien. ¿Y tú? ¿Todo bien por allá?

—Sí.

—¿Querías hablar con tu mamá y tu papá?

—¿Están contigo?

—No, mijo, vienen hasta mañana. El domingo.

Me encogí de hombros con amargura, esperando que como buena abuela mexicana, tuviera la habilidad sobrenatural de interpretar mi lenguaje corporal a tres mil kilómetros de distancia.

—Nos haces mucha falta, mijo. Hace mucho que no vienes a la casa, deberías hacer una peregrinación. Hasta la gente que no es de aquí lo está haciendo.

—¿Qué gente?

—¿No te enteraste de eso? —preguntó la abuela Fina.

—¿De qué cosa?

—Sobre la aparición.

—No, ¿qué aparición?

La abuela Fina dio un grito ahogado, como si en ese instante un milagro estuviera aconteciendo frente a ella en su cocina en la calle Lincoln.

—La Virgen se manifestó aquí.

—¿En Brownsville?

—Sí, en la calle Levee —declaró enfáticamente.

—¿En la calle Levee? —repetí atontado.

—Sí, en el tronco de un árbol detrás del banco de Texas Commerce.

"Ver para creer", pensé, pero le tenía demasiado respeto a mi abuela como para expresarle mi reacción. Después de todo, ella prácticamente había sido la que me había criado.

—Guau. —Fue todo lo que pude responder.

Llevaba mucho tiempo lejos de casa, más del que me había percatado. En ese instante, sentí que ni siquiera el concepto de hogar tenía sentido. Anticipé que me sentiría fuera de lugar en Nueva York, pero sentir que ya no conocía el lugar en el que había crecido me desconcertó mucho. Jamás pensé que las cosas cambiarían allá abajo. No se me había ocurrido que la vida seguiría su paso sin mí, que las personas envejecerían, que la ciudad se expandiría y que poderes sobrenaturales dejarían su huella en la zona.

—Deberías volver a casa, mijo —concluyó sabiamente la abuela Fina —. Ya pasaron dos años.

Jamás me había dicho lo que debía hacer. Entrecerré los ojos para ver mejor lo que resultó ser una foto de Clara con David Bowie pegada al espejo, arriba de su tocador blanco lleno de perfumes de cristal.

—Sí —Me oí murmurar en una especie de aturdimiento hipnótico—, debería ir.

Después de que regresé el teléfono a su base, me senté en la cama de Clara hasta que ella hizo su propia aparición. Me dijo que había gente que tenía que ir a conocer, representantes de disqueras que estaban tras de ella. Que tal vez les gustarían mis obras y que me encargarían que hiciera portadas para discos. Asentí con la cabeza y la seguí como un zombi en una película de segunda que marchaba detrás de su líder. Afuera los fuegos artificiales de las festividades estallaban sobre las aguas.

Tras innumerables bebidas y conversaciones rápidamente olvidadas, nos quedamos dormidos en el sedán negro mientras avanzábamos de vuelta al barrio del Upper West Side. La parte trasera del coche se llenó con remolinos de humo de una mezcla guatemalteca sin semilla que Clara encendió e inhaló como una experta.

—¿Con quién estabas hablando en mi habitación? —me preguntó somnolienta.

—Con mi abuela —respondí, con los ojos desorbitados—. Espero que no te moleste.

Sonrió perezosa.

—No pasa nada. ¿Cómo es ella?

—Es muy chida.

—¿Como la Virgen?

—Mejor que ella.

—¿Por qué?

—Es muy genuina.

—Deberías ir a visitarla.

Asentí mientras cruzábamos el río Harlem hacia Manhattan, mi mirada atravesando el cristal polarizado para llegar a la oscuridad de la noche, punteada con las luces de cientos de apartamentos que flotaban sobre concreto, acero y torres de cristal.

Extrañaba mi casa más de lo que creía. Por alguna razón, había necesitado hacer un recorrido a la lujosa zona de Los Hamptons para sacarme de mi aturdimiento y poner mi vida en perspectiva.

—Me dijo que hubo una aparición divina allá o algo así.

—Deberías llevarme contigo.

—¿Sí? —le pregunté y tomé el porro de su mano para fumar un poco.

—¿Por qué no?

A través del humo, entrecerré los ojos para mirarla: era una diosa de pelo dorado que quedaría mejor en la portada de Rolling Stone o Vogue que en cualquier rincón del Río Grande. Contesté con una sonrisa traviesa:

—Contigo a mi lado, no tengo que moverme para ver apariciones. Pero sí, creo que deberías venir conmigo.

—¿De verdad? —me preguntó mientras volvía a agarrar su porro.

—Sí, ¿por qué no? —dije exhalando.

———

—¡Qué calor! —proclamó Clara—. ¿Acaso este lugar está más cerca del sol?

—Te dije.

—El asfalto se está derritiendo bajo mis pies —recalcó. De uno de sus zapatos Gucci blancos colgaba un hilo viscoso y negro.

—No debiste haberte puesto esos tacones. ¿Quién vuela vestida así? Jamás he visto a nadie viajar con un calzado tan incómodo.

—Yo no soy "nadie'" —me respondió—, soy Clara.

—Touché.

Para no derretirnos en el estacionamiento del aeropuerto,

nos refugiamos bajo la esbelta sombra de una alta palmera. Clara llevaba unos jeans muy ajustados, una camiseta negra sin mangas y lentes de sol blancos. La brisa cálida del golfo hacía que su pelo dorado se ondulara en el viento.

—Conque este es el Aeropuerto Internacional de Brownsville/South Padre —musitó con la solemnidad de quien tacha una tarea monumental en su lista de cosas por hacer antes de morir.

—Lo de "internacional" es un poco exagerado —reconocí—, pero la frontera está bastante cerca.

Oí la camioneta de mi padre antes de verla, los frenos chirriando al acercarse, la caja de la camioneta traqueteando bajo el peso de las llantas que transportaba.

—¡Hijo! —vociferó, se bajó del carro y me rodeó emocionado con sus brazos, su bigote espeso me punzaba la mejilla raída por el sol.

Lo abracé con fuerza, por más tiempo del que nunca lo había hecho. Sentía temor al pensar que tendría que soltarlo, como alguien varado en alta mar que encuentra una roca rígida a la que aferrarse durante una tormenta.

Cuando por fin empecé a soltarlo, dio un paso atrás y volteó a ver a mi compañera de viaje.

—No pareces mexicana. Digo, no es que todos los mexicanos nos veamos iguales, pero noto que no eres de estas partes. —Con una larga sonrisa, se quitó galantemente su sombrero Stetson.

Ella se quitó sus lentes de sol lentamente mientras sus labios se curvaban en una sonrisa deslumbrante:

—Yo soy Clara.

—Eso me han contado —respondió, asintiendo con la cabeza en señal de aprobación.

En el camino a la casa de la abuela Fina, mi padre le dio a

Clara el recorrido de lujo de Brownsville. Tomó el camino largo para impresionar a nuestra delegada de la gran ciudad del norte. Se fue por Boca Chica Boulevard para que pudiera darle un vistazo exprés a nuestros tan reconocibles restaurantes de comida rápida con todas sus historias. Luego pasó por la calle de Palm Boulevard para que Clara pudiera contemplar nuestros paisajes tropicales y nuestras mansiones históricas. A esto lo siguió una ruta con muchas vueltas por el centro de la ciudad para señalarle el mercado y la catedral de la Inmaculada Concepción. Por fin, atravesamos la calle de International Boulevard y bajamos por la calle Lincoln para llegar a la humilde casa de la abuela Fina. Su patio, chamuscado por el verano, estaba completamente disecado. Me dio pena cuando vi que había una mesa larga debajo del gran árbol del jardín de la entrada. Un montón de familiares aguardaban nuestra llegada a la sombra de su frondosa copa.

La abuela Fina estaba en frente de mi primo David, quien ahora tenía el pelo largo y un bigote; mi madre llevaba un vestido de flores; Rubén se agarraba como podía de su andadera; el pequeño Bobby —que ya no tenía nada de pequeño— relucía sus músculos que tensaban su camisa sin mangas; y los tíos Nick y David fumaban como chimeneas en el fondo. Era una reunión familiar hecha y derecha. Se me retorcían las entrañas. Esto era un mundo muy alejado de Los Hamptons. ¿Qué iba a pensar Clara? Aquí no había coleccionistas de arte ni ejecutivos de disqueras. Ni inversionistas ni emprendedores de alto impacto. Ni promotores inmobiliarios ni gente que se hubiera graduado dentro de la prestigiosa Ivy League. Sólo era mi familia. Sólo era el clan López.

Cuando me bajé de la camioneta destartalada de mi padre, la hierba café se desmoronó bajo mis zapatos. Justo cuando sentí el miedo de haber cometido un grave error al traerla, las miradas de toda la familia se posaron en mí y en Clara. Conforme escuché suspiros sorprendidos, vi los ojos y las bocas abiertas de nuestra audiencia, entendí que no tenía nada de qué preocuparme. Tan cosificador y erróneo como pudiera ser, no me cabía duda de que, desde su limitado punto de vista, yo estaba regresando a casa como un auténtico conquistador y les estaba entregando, en su polvorienta y ajada puerta, un símbolo resplandeciente y sin precedentes de nada menos que el inalcanzable, inigualable e inimitable sueño americano.

———

Hubo muchas palmadas de macho en la espalda y abrazos apretados. Todos, desde el primo David hasta el tío Nick, se veían muy convencidos de que yo estaba en el proceso de poner al clan López en el mapa. No estaba seguro de cómo ponías a una familia en un mapa, digo, no es como que fuéramos una ubicación geográfica, pero entendía el punto a pesar de la metáfora incongruente.

En la mesa, Clara eludió hábilmente a los clamorosos hombres López arrinconando a mi madre en una conversación.

—¿Usted a qué se dedica? —preguntó Clara.

—Pues yo diría que a nada —replicó modestamente mi madre.

—¿Cómo que a nada? Debe de hacer algo, el día tiene muchas horas —insistió Clara.

Nervioso, desbaraté una servilleta debajo de la mesa, estaba angustiado de que esa manera nordestina que tenía Clara de ser directa les cayera mal a mis papás.

—Pues, por lo general estoy cuidando a Rubén —concedió mi madre.

Sin pudor, Clara preguntó:

—¿Y qué tiene Rubén?

Me volví un ovillo. Levanté la Corona helada que el primo David me puso en la mano y le di un largo trago.

Mi madre pareció dudar, pero continuó en un tono amable:

—Son varias cosas. Parálisis cerebral . . . —Bajó la voz a un susurro—. Algunos médicos dicen que tiene retraso mental, pero el papá de Ramón no acepta ese diagnóstico.

—El tío Joe le dio un golpe al último médico que le dijo eso —intervino David que escuchaba alegremente.

—También mencionaron el síndrome de Dandy Walker. Por eso no puede caminar por sí solo —le explicó mi madre.

—Ha tenido mucho progreso —señalé, con la esperanza de encauzar la conversación en una dirección positiva—. También ha estado creciendo mucho.

—Sí, le está yendo mejor —dijo mi mamá—. Cuando era un bebé, un neurólogo nos dijo que quedaría en un estado vegetativo y que debíamos internarlo en una institución, pero nos negamos. Ahora está yendo a la escuela, habla, está aprendiendo a leer y se mueve en su andadera.

Clara lo procesó durante un rato.

—Entonces eres cuidadora de tiempo completo.

Mi madre asintió.

—¿Y qué más?

Me llevé la mano a la cara.

—Pues limpio la casa, tiendo las camas, lavo los trastes, la ropa . . .

—¿Y qué más?

—También horneo. Lo hago para ayudar a pagar los gastos porque . . . —Bajó la voz aún más que antes— el negocio del papá de Ramón a veces no es la cosa más estable.

—El tío Joe es un empresario —añadió el primo David inflando el pecho. Las cabezas se movían arriba y abajo a lo largo de la mesa, mientras que mi padre, o fingía no oír nada de la conversación, o estaba absorto en sus pensamientos sobre su hijo pródigo y su novia gringa.

Clara, a quien raramente hacían perder el hilo, continuó. Parecía una tenaz periodista investigadora que vino a conocer a fondo a una fascinante líder extranjera.

—Entonces, hornea, ¿y qué prepara? ¿Galletas?

—Sí, pues, galletas, tartas, sándwiches, bandejas de tacos. También pasteles para cumpleaños, bodas y quinceañeras.

—¿Entonces la gente le paga para que cocine?

Por un instante, estaba seguro que Clara iba a sacar un papel y un bolígrafo y que empezaría a tomar notas.

—La tía Marisol fue la que inventó el sandwichón —presumió David.

—¡Qué nombre tan bonito! Marisol . . . —Clara sonrió gloriosamente y tomó la mano de mi madre—. Es una mujer majestuosa.

Mi madre se sonrojó, desacostumbrada a la atención y los elogios.

—Ay, no, mija, yo sólo hago lo que puedo, con la ayuda de Dios. Y con la ayuda de la abuela Fina, sin ella, no sé qué hubiera sido de mí cuando perdí a mi madre.

—Pues yo creo que es majestuosa —proclamó Clara—. Cuida personas con necesidades especiales, es ama de casa, esposa y empresaria con un servicio de comida que se está abriendo camino. Y lo más importante, es madre, y por lo que me cuenta Ramón, una muy buena. Me da mucho gusto haber podido conocerla.

Me preocupaba que las palabras de Clara pudieran parecer condescendientes, pero se expresó de una manera tan genuina y su carisma era tan implacable que, de repente, parecía que todos en la mesa estaban viendo, por primera vez, a mi madre por quien realmente era.

—¿Qué es un sandwichón? —Volteé hacia el primo David sumido en mi confusión.

Por fin, mi padre, que había estado agarrotado y encorvado sobre su comida todo este tiempo, se aclaró la garganta. Todas las miradas se volvieron hacia él. Los hombres López eran notoriamente volubles. ¿Acaso su lado de macho lo lanzaría al ataque ante todos estos elogios a su esposa, que usualmente pasaba desapercibida? ¿O podría dejar que el momento pasara sin avergonzarnos a todos delante de nuestra invitada de honor de Nueva York?

Vi cómo la cara de mi madre se volvía seria mientras clavaba sus ojos en su plato de barbacoa, que seguía lleno. Hasta Rubén se quedó sosteniendo su cucharada de cátsup en el aire, ansioso por llevársela a la boca.

Lentamente, mi padre se levantó de su asiento en el extremo opuesto de la mesa, juntó sus cejas decidido y nos miró a todos.

—Esta mujer . . . —Señaló a mi madre con su botella de cerveza— es una santa. Mis hijos y yo estamos bendecidos de tenerla. ¡Salud! —Levantó la cerveza en honor a mi madre.

—¡Salud! —coreó alegremente la familia.

Mi madre y yo suspiramos, aliviados. Nuestras miradas se cruzaron mientras sonreíamos agradecidos. Mientras tanto, Clara desvió su interés hacia Rubén. Era la primera vez que lo oía entablar una conversación con otra persona sin que se tratara de pedirles comida, discos y baterías. Los hombres López sacaron sus guitarras y cantaron boleros debajo del árbol gigante de aguacates en la compañía de la sección rítmica de las cigarras. Inundado por un consuelo olvidado, rodeé a Clara con el brazo, cerré los ojos y disfruté el momento.

———

Al día siguiente, Clara y yo vimos a mi madre y a la abuela Fina laborar apasionadas en su creación culinaria. El sandwichón resultó ser un sándwich absurdamente largo, de varias capas, que montaban en una bandeja enorme. Lo pedían especialmente para fiestas grandes, se cortaba en rebanadas para distribuirlo como si fuera un pastel. Al parecer, se estaba esparciendo como fuego por toda la ciudad, lo único que le hacía sombra era la aparición de la Virgen María en un álamo antiguo con ramas torcidas. Tras varias raciones del suntuoso manjar hecho por mi madre, tomé prestado el Vocho beige de la abuela Fina y llevé a Clara al centro para presenciar el espectáculo divino.

Cuando pasamos frente algunas tiendas de ropa usada y cines cerrados, me pesó lo evidente que era que Brownsville había estado pasando por tiempos difíciles. Pasamos por la calle Elizabeth, que estaba justo en el medio del centro, y seguí hasta el imponente letrero del banco Texas Commerce. En la calle Levee, una multitud estaba reunida alrededor de un árbol enorme en frente de una casita de madera, tenía las entradas tapadas con tablas de madera. En lo que yo encontraba dónde estacionarme en la calle repleta de coches, Clara se bajó del carro con su cámara de lujo colgándole del cuello.

—Ahorita te alcanzo —dije en voz baja y fui a estacionarme un par de cuadras más abajo.

Al acercarme a la multitud en estado de reverencia, vi a Clara parada cerca del tronco del árbol. Su cabello brillaba a la luz del sol como una corona que la acompañaba mientras se alzaba sobre sus súbditos. Las oraciones que susurraban los creyentes eran interrumpidas de vez en cuando por un chasquido de lente de cámara.

—Pero qué belleza —me susurró al oído una voz familiar.

Me giré para ver a mi viejo amigo Dante, sonriéndome.

—¿La Virgen? —le pregunté.

—No, tu novia.

Como era costumbre en Brownsville, al igual que en México, nos dimos un fuerte abrazo, tres palmadas en la espalda y nos estrechamos las manos bruscamente para disimular que acabábamos de mostrarnos afecto.

—A la mera y hace que este lugar se vuelva famoso —continuó Dante.

—¿Mi novia?

—¡No, güey, la Virgen! —exclamó con una sonrisa juguetona.

Me reí.

—Qué gusto verte, güey.

—Lo mismo digo, hermano.

—¿Cómo supiste que era mi novia?

—¡Ay, por favor! A ver, en la escuela necesité que fueras mi tutor, pero no por eso estoy menso.

—Yo no dije eso.

—Siempre supe que llegarías lejos —dijo Dante—. Ya vi que eres todo un éxito en Nueva York.

—Pues intento que me vaya bien.

—Nada de eso, lo estás logrando.

—¿Y tú? ¿Juegas fut en alguna universidad?

—Nada de eso, namás trabajo. Pura chamba.

—No hay de otra —dije asintiendo.

Esa era la respuesta modelo para mi pregunta habitual. En general, chambear era lo único que la gente hacía por estos rumbos. Acababan los años escolares e iniciaban los años laborales, y esos duraban mucho tiempo, básicamente hasta que te morías.

—¿Estás decepcionado? —preguntó Dante, en sus ojos se vislumbraban atisbos de miedo y vergüenza.

—Para nada. Sé que estás haciendo lo que debes.

—Trabajo en el Pronto que está por Paredes Line, es una tiendita.

Hice una pausa incómoda. ¿Cómo era que alguien como Dante, que hace no mucho dominaba el campo de fútbol y gobernaba los pasillos de la prepa Porter, había terminado trabajando en una tiendita destartalada? Ni siquiera era un Oxxo o un Seven.

Ambos miramos sombríamente el árbol sin saber qué decir. Afortunadamente, en ese momento la multitud se dividió como el Mar Rojo para dejar pasar a Clara, que seguía tomando fotos mientras se acercaba a nosotros.

—Oigan, tienen que ir a ver eso —insistió Clara, bajando la cámara tras una última foto en primer plano—. Es una verdadera locura.

—Es un milagro —clarificó Dante, con su voz desprovista de sarcasmo.

—Él es Dante, un viejo amigo mío. Y ella es Clara, mi novia.

—¡Ay, no es cierto! ¿Eres *ese* Dante? —dijo Clara entusiasmada y, mostrándose aclimatada a las costumbres locales, rodeó los anchos hombros de Dante con sus brazos y le plantó un beso en la mejilla sonrojada—. Tienes cara de querubín. Ya me contaron todo sobre ti, sé que eres el héroe de este sujeto. —Volteó hacia mí y me preguntó— ¿Cuántas veces te ha salvado la vida?

—Demasiadas —respondí.

Dante bajó la cabeza tímidamente.

—Ramón siempre le echa tantas flores a todo que suena mejor de lo que es.

—Eso es lo que hacen los artistas, ¿no? —dijo Clara con una sonrisa.

Los tres nos acercamos al árbol, abriéndonos paso entre la multitud de creyentes. Mientras Clara tomaba fotos y Dante —en trance ante la aparición en el tronco del árbol— estiraba la mano para trazar sus delicadas líneas, a mí me maravillaba lo afortunados que se veían. Para Clara, era como ver un espectáculo en la feria o tener un coqueteo fugaz con la antropología cultural, con un objeto de estudio que podría escudriñar, inmortalizar y posiblemente usar con algún fin artístico. Para Dante, y para las otras personas reunidas a nuestro alrededor y que entonaban oraciones, este acontecimiento era un milagro, y ser testigo de él, era un acto de pura fe. ¿Por qué la confusión y la incomodidad eran las únicas emociones que surgían en mí? Me habían criado como católico, me habían enseñado a creer, hasta estuve con monjas que me educaron en esto durante años, y de igual manera estaba lleno de dudas. Que Clara observara todo este fenómeno como alguien externo y distante no era un problema. Nadie esperaba que ella creyera. Pero no pude evitar sentir que mi escepticismo era una especie de deficiencia, ya sea como mexicoamericano, como local o, en última instancia, como miembro del devoto clan López. ¿Qué me pasaba? ¿Será que me había vuelto demasiado estadounidense? Mis ojos se hundieron en los surcos que formaban el contorno de la cabeza de la Virgen dentro de la misteriosa corteza. Mi mirada acongojada trazó su forma, inclinada en esa pose clásica y empática en la que solía ser representada en el arte la Virgen María. El parecido era innegable, ¿pero y si solo había sido algo que la naturaleza hizo al azar, un extraño suceso que ocurriría tarde o temprano debido a la gran cantidad de árboles en el mundo y los innumerables patrones que podrían surgir en sus superficies? ¿O era realmente un acto divino? ¿Tan siquiera había alguna diferencia? ¿La Virgen en verdad había venido para ayudar a los miles de necesitados, pobres y enfermos en el valle del Río Grande, como argumentaban varios de los creyentes locales y peregrinos que venían desde lejos? Ansiaba tocar el tronco y acariciar el plano ligeramente más liso que formaba la suave mejilla de la Virgen, pero algo me detenía, parecía una fuerza invisible. Me sentía indigno, falto de fe. Temía que la multitud lo notara y empezara a lanzarme piedras.

Mis meditaciones se vieron interrumpidas por un niño que nos observaba. Le preguntó a su mamá con inocencia:

—¿Puedo tomarme una foto con ella?

La madre asintió y, cuando le indicó que se pusiera junto al árbol y posara, el niño dio saltitos hasta Clara, quien instintivamente lo tomó de la mano. Un coro de risitas contenidas recorrió la multitud, la madre negó con la cabeza, suspiró y tomó la foto de su hijo con la aparición de cabellos dorados. Nuestra Señora de la calle Leeve acechaba, desenfocada, en el fondo.

Tomamos un par de fotos más, nos despedimos de Dante y caminamos agarrados de la mano hasta el carro.

—Me salvaste de un intercambio incómodo que estaba teniendo con Dante —confesé—. Ni siquiera recuerdo haberte hablado de él o de sus heroicos momentos en la prepa.

Mientras se metía en el auto, me dio un guiño travieso. Claro, no lo recordaba porque nunca le había dicho nada de eso. Se lo había inventado todo y, de alguna manera, había dado en el clavo. Liso y sin complicaciones, así era su estilo.

———

Tras varios días de atascarnos con la comida de la abuela Fina, descansar en la playa e irnos de fiesta con el primo David y el pequeño Bobby, la hora de regresar a Nueva York estaba cada vez más cerca. Clara me insistió que la llevara al centro comercial Sunrise, donde blandió su tarjeta Black Card para comprarles un montón de regalos de despedida a mi familia. Me preocupaba que su generosidad pudiera resultar contraproducente al ser percibida como caridad condescendiente, pero fue tan meticulosa al elegir cada regalo que logró que a todos se les iluminaran los rostros como niños pequeños en Navidad. La abuela Fina recibió un delantal que pudo bien pertenecerle a Betty Crocker. A mi madre le dio un libro sobre el auge de las mujeres empresarias. El primo David recibió un cinturón hecho a mano con una reluciente hebilla plateada, que sin duda realzaba su aspecto de vaquero roquero. Prometió que se lo pondría en el escenario. Rubén empezó a salivar cuando vio su Sony Discman con un enorme paquete de baterías. Y, para mi padre, Clara eligió una corbata de bolo. Se esforzó por contener su sonrisa mientras se la ponía bajo la sombra de su sombrero Stetson, completando su estilo de vaquero tejano.

Tras la ceremoniosa entrega de regalos de Clara, mi papá y yo fuimos a sentarnos en la terraza en las mecedoras oxidadas, acariciaba su bigote pensativo mientras entrecerraba los ojos en dirección al frondoso patio trasero con un aire melancólico, como si estuviera contemplando las Montañas Rocosas o el lago Titicaca. El clip de su nueva corbata de bolo brillaba con su minucioso grabado de plata a la luz dorada del sol poniente. Yo esperé a que emitiera su juicio. Tras una larga y exasperante espera, comenzó:

—Tu amiga tiene buen corazón —dijo lentamente.

Podía oír las risas de Clara y Rubén dentro de la casa mientras ella le enseñaba a manejar su artilugio musical de color amarillo brillante. Asentí respetuosamente, en espera de las inevitables condiciones y cláusulas que vendrían a continuación.

—Pero . . .

Las sillas crujían mientras nos balanceábamos.

—Ten mucho cuidado —me dijo.

No estaba seguro de si se refería a "cuidado, no tengas un embarazo no deseado" o a "cuidado, no hieras a esa chica" o a "cuidado, no vayas a volarte y ser tú el que termine devastado". ¿O será que me estaba advirtiendo de todas al mismo tiempo?

—¿Cuidado con qué?

Tras varias oscilaciones más, prosiguió.

—Una mujer así va a tener algunos . . . requisitos.

Me deslicé con incomodidad en mi duro asiento de metal mientras él sopesaba sus próximas palabras.

—Es evidente que viene de un lugar con dinero, pero también le enseñaron a usarlo y, lo que es más importante, a como debe tratar a la gente que no lo tiene.

Asentí.

—Es buena gente. En este momento ella es joven y tú eres un amigo nuevo y emocionante, pero, a medida que pase el tiempo y madure, va a sentir la necesidad de estar con su gente.

Me dolió escuchar sus palabras. ¿Estaba siendo racista? Y, de ser así, ¿tenía prejuicios contra ella o contra mí? ¿Acaso me estaba diciendo que no había manera de que ella fuera a elegir quedarse conmigo considerando el color de mi piel, mis raíces y los orígenes que él mismo me había enseñado a ver con orgullo y cariño?

—No me malinterpretes —añadió rápidamente como si pudiera escuchar mi mente atormentada—, no estoy diciendo que ella pertenezca entre gringos, quiero decir que va a necesitar estar con alguien que pueda mantener el estilo de vida en el que creció, alguien que pueda ser su igual.

Me recorrió una corriente de ira.

—¿Entonces crees que yo no puedo ser su igual?

—Yo no dije eso. Sólo creo que deberías llevar las cosas con calma, no te adelantes. Conviértete en alguien lo suficientemente fuerte como para poder nadar contra esas corrientes antes de meterte demasiado profundo en las aguas. Imagina que ella es el océano de la playa de Boca Chica, donde el río desemboca en el mar. Las aguas son cálidas y acogedoras. En apariencia se ven quietas, pero, por debajo, como te enseñé cuando eras pequeño, las corrientes pueden tirarte, arrastrarte y ahogarte si no tienes cuidado.

No sabía si debía sentirme agradecido por sus consejos o insultado por su falta de fe en mi futuro. Por otro lado, no es como que los artistas jóvenes fueran conocidos por ganar grandes cantidades de dinero. ¿Será que tenía un punto?

—Lo último que quieres es convertirte en un mantenido —concluyó con un tinte de desdén en su voz.

Ser un mantenido era la antítesis del macho independiente que representaba mi padre. Era algo irónico, considerando que, en diversas ocasiones, tanto él como sus hermanos habían llegado a depender de la calidez con la que la abuela Fina recibía a todos y del ingenio de sus esposas para sobrevivir. No sólo estaba siendo racista y clasista, estaba usando su sexismo anticuado para ponerle la cereza al pastel.

—Ya verás, papá —dije con mi voz temblando—. Voy a llegar lejos. Estoy trabajando duro y llevo mis sueños en mi pecho. Voy hacer que tú y Clara se sientan orgullosos de mí. —Se me hizo un nudo en la garganta por todas las emociones que intentaba contener y tuve que detenerme. No estaba seguro de si estaba buscando convencerlo a él o a mí.

No quería oír una palabra más de su sabiduría que me hacía dudar aún más de si merecía estar con Clara y de las cosas que lograría en el futuro. Su sabiduría que nadie le había pedido. Me levanté bruscamente y entré. La puerta se cerró tras de mí con más fuerza de la que esperaba. Sobresaltado por el ruido del golpe, me di la vuelta y vi que me miraba a través de la malla metálica. No pude discernir si su expresión era de decepción o de añoranza por el niño inocente que alguna vez fui; ese hijo lleno de potencial que podía convertirse en cualquier cosa.

———

En el vuelo de vuelta a Nueva York, a Clara no le paraba la boca sobre Brownsville. Hablaba como si estuviera a la altura de destinos tan exóticos como Estambul, el Cairo, Kioto o Hong Kong.

Exasperado, finalmente le aclaré:

—Solo es Brownsville —dije intentando ocultar mi amargura—, supéralo.

—Creí que te la habías pasado muy bien —La preocupación llenó su rostro, suavizando sus facciones.

—Sí, claro, pero estoy listo para volver a la escuela y ponerme a trabajar.

Algo sobre haber vuelto a Brownsville había sembrado una inquietud en mí. Los momentos como los que pasé a la sombra del árbol bendecido me hicieron sentir como un extraño en mi propia casa. Si esa ciudad no era donde pertenecía, ¿en dónde rayos iba a lograr encajar? Cada día que pasaba había intensificado mis inseguridades y aumentado mi temor a que la fuerza que me atraía al lugar en el que nací se fuera volviendo más potente con cada segundo, hasta que un día me resultara imposible escapar de su agarre. Era un terror instintivo, que sería casi imposible de explicarle a alguien como Clara, con su hogar en una metrópolis donde todo sucedía y los sueños se hacían realidad. El mío era un pueblo pequeño donde las cosas nunca cambiaban y los sueños solo nacían para morir.

—Ya quiero revelar las fotos del árbol. —Cerró los ojos, seguramente estaba imaginando las imágenes que había capturado—. Deberías hacer una serie de cuadros con ellas.

—No necesito que me estés diciendo qué pintar —le dije, harto, y sorprendiéndome a mí mismo por lo cortante que sonó mi voz.

Me di cuenta de inmediato que mis palabras de enfado le habían dolido tanto como una bofetada injustificada en sus delicadas mejillas.

Quería pedirle disculpas, pero no pude hacerlo. Me sumí en mi confusa amargura de macho. ¿Quién se creía que era para decirme algo así?

Bajó la cabeza con tristeza y no dijo nada el resto del vuelo. Aunque estábamos a escasos centímetros el uno del otro en los asientos de primera clase que ella había pagado, sentía como si yo estuviera en los asientos del fondo al lado de los baños apestosos.

Cuando aterrizamos en Nueva York, en lugar de invitarme a su apartamento a bobear un rato en su cama matrimonial, tuvimos una despedida incómoda después de recoger nuestro equipaje. Su chofer se la llevó en el reluciente sedán negro mientras yo tomaba el autobús a la estación del metro. Tomé el tren hasta el campus donde estaba mi pequeña celda de hormigón.

Encerrado en mi dormitorio por lo mucho que nevaba, me senté en el suelo y lloré. ¿Qué me pasaba? ¿Es que albergaba tanto resentimiento hacia el lugar de donde venía como para que se volviera un impedimento en mi objetivo de lograr mis sueños? A pesar de todas las cosas negativas que pensé en el avión, y el resentimiento que sentía hacia Clara por haberse enamorado de Brownsville y de mi familia, la verdad era que los extrañaba a todos. Enjugándome las lágrimas, agarré mis herramientas.

A lo largo de la noche, pinté ese lugar que tanto me acomplejaba y al que extrañaba a pesar de haber amanecido en él. Imaginé y reproduje las siluetas y contornos que anhelaba volver a ver; la reconfortante familiaridad del lugar que había nacido para amar y que luego crecí para odiar.

Remolinos y pinceladas de vibrante acrílico brotaban como sangre de mis venas en un lienzo tras otro. No me importaba si nadie llegaba a verlos, siempre y cuando yo supiera que existían. Los coloqué en las paredes de mi dormitorio como ventanas a un mundo lejano, lejos del frío, de lo sombrío y de lo brutal. Como recuerdos centelleantes de calor y sudor, amor y trabajo.

Habiendo canalizado a un puñado de mis artistas favoritos —como Henri Rousseau, Wilfredo Lam y Frida Kahlo—, sentí que los ecos de mi pasado y el rugido de mi presente habían armonizado y resonado a través de mi voz. No se dice pero se ve. No se oye pero se siente.

Las palmeras se alzaban desafiantes hacia el cielo turquesa. El río se abría paso como una herida, serpenteando hacia el este, hacia el Golfo de México, con una salpicadura roja, blanca y azul corriendo a lo largo de la orilla del lado norte. Estaba yo en mi temeraria bicicleta cuando no sabía lo que sé ahora. El río volvía a aparecer, brillante, bajo el sol abrasador. Una figura nebulosa emergiendo de entre los juncos verdes por el dique que cruza las traicioneras aguas. La forma de un sombrero Stetson coronaba su cabeza. ¿Era mi papá? No estaba seguro, pero sospechaba que estaba ahí, observándome, que seguía preocupado, que se preguntaba en qué me convertiría en esta tierra tan lejana. Unos bultos brillantes y húmedos color verde. El frondoso árbol de limón que se alzaba en el jardín tropical de la abuela Fina, decorado con relucientes gemas verdes que reencarnaron del sueño disecado de mi padre. Tulipanes que se abren como frutos rojos maduros. Una abeja solitaria, representada en un destello de rayas azafrán y ónice con elegantes alas de tela; no estaba perdida en la jungla, la estaba sembrando.

Empapado en pintura y sudor, me desplomé en mi cama desvencijada. Con mi cabeza sobre mi deshilachado sarape de la infancia, alejé de mis sueños la gran ciudad y sus despojos y soñé con mi hogar y su suelo fértil. Y por fin, dormí cálidamente bajo un manto de recuerdos en una noche fugaz.

Unos días más tarde, Clara me marcó y actuaba como si nada hubiera pasado. Nos vimos en su estudio en el Soho. Tenía un piso entero en un edificio viejo de hierro que también habitaban un puñado de artistas y bailarines. En una esquina instaló una cabina, donde ella y su banda grababan demos. En otra parte, había improvisado un cuarto oscuro para revelar fotografías. Me impactaba todo el espacio al que tenía acceso: desde la casa de sus padres en el vecindario del Upper East Side, con cinco pisos y arte de calidad de museo y muebles antiguos, hasta su recinto en Los Hamptons; desde su lujoso apartamento en el Upper West Side, con vista al Central Park, hasta este inmenso loft para artista con su suelo de madera y su techo decorado en el barrio donde estrellas como Warhol y Basquiat habían vivido y trabajado. Me explicó, casi apenada, que era útil tener un espacio solo para trabajar. Eso no se lo podía negar, sobre todo cuando se trataba de un espacio como este.

Mientras estábamos parados frente a los altos ventanales arqueados que daban a la calle de Grand Street, me pidió que la esperara en lo que ella iba por algo. Poco después, salió del cuarto oscuro por las cortinas de terciopelo negro con un caballete y un rollo de tela gris.

—¿Qué es esto? —le pregunté.

—Mi forma de disculparme —Extendió la tela en el suelo en frente de las ventanas y colocó encima la base.

—¿Disculparte por qué? —pregunté confundido.

—No debí haberte dicho qué pintar. No era mi intención mandonearte. Solo estaba en un humor de ponerme a lanzar ideas. Empujó nerviosa sus cabellos rubios detrás de sus orejas y se metió las manos en los bolsillos traseros de sus jeans. Bajo la luz que se filtraba por las ventanas, sus ojos índigo brillaban como dos gemas que centellaban en búsqueda de un perdón que no necesitaban.

—Yo soy el que debería disculparse. —Sacudí la cabeza—. Y quiero hacerlo. No debí haberte gritado. Es que, regresar a casa tiene efectos raros y confusos en mí. Es como vivir en dos mundos a la vez. Me cuesta encontrar un equilibrio.

—Aun así, gracias por llevarme contigo, ahora entiendo mejor lo que pasa en tu mente. Pero en serio que no pienso volver a decirte lo que tienes que pintar, y si quieres trabajar aquí conmigo, eres bienvenido. La iluminación es buena, ¿no?

—Te ves resplandeciente en ella.

Sonrió y me jaló hacia ella, nuestros labios se juntaron mientras nuestras siluetas se volvían una.

—Creo que los dos nos ponemos algo tensos después de un rato sin hacerlo, y en la casa de tu abuela no había donde.

Me tomó de la mano y me llevó al colchón tirado en el suelo en la parte trasera del apartamento. Mientras la seguía, el corazón me latía con impaciencia.

Afuera, el cielo estaba oscuro, pero los faroles teñían el loft con un inquietante resplandor anaranjado. La escalera de incendios en el exterior del edificio proyectaba minuciosos patrones de sombras sobre el brillo del suelo. Mis ojos recorrieron la figura desnuda de Clara a lo largo de las sábanas arrugadas, trazando cada centímetro de su piel suave y pálida, de su cabello refulgente. Ansiaba pintarla, a ella y a nadie más, capturar lo poético de su majestuosidad, su corazón desbordado, su valor desenfadado y su imaginación descarada. Pero a pesar de mi reacción inicial en el avión, sabía que ella tenía razón. Necesitaba pintar ese árbol, la imagen de la Virgen tallada de forma enigmática en su interior por el inescrutable código genético de la misma naturaleza. Ansiaba canalizar la imagen de Nuestra Señora de la calle Levee sobre el lienzo, del mismo modo inexplicable en que la Virgen de Guadalupe había aparecido impresa milagrosamente en la tilma de cuero de Juan Diego en las brumosas montañas del Valle de México. Quería ser un puente por el que pasara algo más grande que yo y mis deseos terrenales. Anhelaba creer en algo, no porque otros lo hicieran, ni porque gente mayor que yo me dijera que eso era lo que debía hacer, quería hacerlo porque cada fibra de mi ser simplemente me dijera que era verdad, que era real, que pulsaba con un poder que resonaba en todas y cada una de mis células.

Mis ojos se desviaron al caballete con expectativa: estaba vacío y distante junto a las ventanas, un esqueleto a la espera de ser cubierto de carne. Mañana iba a estudiar las fotos colgadas en el cuarto oscuro, luego extendería un lienzo y comenzaría mi labor, apasionado. Clara escribiría una canción sobre la fe ciega y las almas desesperadas que se aferran a ella. Rasgaría acordes de guitarra que evocarían ensoñaciones de ángeles tocando el arpa a la espera del estruendo perturbador de una batería de rock pesado y el tronido disonante de una guitarra rítmica que hace volar lejos la corteza del árbol.

El futuro yacía abierto frente a mí al mismo tiempo que mis ojos hambrientos rozaban el paisaje curvo de la piel de Clara delineado por la inquietante luz castaña. Pero me preocupaba que, como cualquier otra aparición, pudiera no ser real o que simplemente no durara. En ese momento me di cuenta de que no podía esperar a mañana para plasmar mi visión, se me escaparía si lo hacía. La imagen milagrosa de la Virgen, con sus líneas en el árbol, ocupó mi mente haciéndome señas para que me acercara. La veía llamándome. Tenía que empezar ahora. Me levanté sigilosamente. Analicé las fotos entre las sombras. Estiré el lienzo en el baño para no despertar a Clara. Con mi respiración impaciente y entrecortada, sostenía el pincel sobre la superficie en blanco. Me detuve por un instante y mis ojos se cerraron temblorosos, la imagen en mi mente se vio interrumpida por una inseguridad terca. ¿Y si no era lo suficientemente bueno? ¿Y si mi potencial resultaba ser tan voluble como lo había sido el del tío Bobby? ¿Y si nada era real hasta que creías en ello con la fe ciega de un peregrino? En ese momento, no sabía si rezar o pintar, pero opté por sumergir el pincel en un color tan oscuro que, a la luz mortecina, tenía un matiz indescifrable.

SIN TIEMPO PARA DECIR ADIOS

Nuestra Señora de la calle Levee me elevó a nuevas alturas. Opté por representar en una especie de bitono. Haciendo hincapié en la dicotomía de lo sobrenatural y lo natural que se daba en una manifestación divina plasmada en algo producido por la naturaleza, como lo era el tronco del árbol. Pinté la serie de lienzos en blanco y negro con toques de verde oscuro intenso. Era como si las imágenes en blanco y negro se hubieran convertido en pinturas fotorrealistas y luego se hubieran agregado los ornamentos, las hojas, el musgo y la hierba: la carne de la naturaleza sobre el esqueleto de la sobrenaturaleza. Sentí que mi elección de colores era un guiño, no sólo a la naturaleza, sino también a la Virgen de Guadalupe, cuyo resplandeciente manto brillaba como una esmeralda. Pero quizá los cuadros más cautivadores de la serie eran aquellos en los que Nuestra Señora de la calle Levee no tenía un enfoque claro en el centro de la pintura sino que más bien aparecía difuminada en el fondo. Inspiradas fielmente en las fotos que Clara había tomado en ese lugar, en las imágenes se podía ver con nitidez a los peregrinos en sus adoraciones.

Y, en la más deslumbrante de todas, Clara estaba de pie junto a un niño que la tenía agarrada de la mano, ambos sonreían para el público.

Los cuadros fueron una sensación en el Departamento de Arte de la Cooper Union. Cuando me gradué, hubo una exposición en la que mis profesores se explayaron filosóficamente sobre el potencial que mi obra tenía para trascender los problemas de la cultura y la raza y hacer que esas fronteras y barreras quedaran anuladas dentro de ese enfrentamiento como humanos —independientemente de nuestras diferencias terrenales— a la inmutable frontera entre lo físico y lo etéreo, lo natural y lo sobrenatural, lo vivo y lo espectral. Era un ambiente embriagante el que había en el recinto de la galería. Las copas de champaña hacían sus rondas para animar el ambiente. Clara se me acercó en un ajustado vestido dorado del brazo de un hombre de pelo plateado con un traje blanco y una corbata morada.

—Ramón —me dijo—, te presento a Montgomery Franklin.

Abrí la boca para decir algo, pero me quedé a medias. Mis cejas se alzaron con asombro. Era un icono de la escena artística neoyorquina. Tenía su propia galería en el Soho y había sido el representante de varios grandes artistas del pop art, como Andy Warhol, Roy Lichtenstein y Lee Krasner. Clara contó que se conocieron en una de las fiestas que organizaba el banco de inversiones de su papi en Studio 54. Asentí con la cabeza, me tomé mi champaña de un trago y agarré otra de una bandeja que me pasó al lado.

Hubo un intercambio de tarjetas, se mencionó una posible representación artística, una exposición, unos compradores internacionales y que él estaba allí para ayudar a los artistas a hacer obras a largo plazo. Claro que yo estaba flotando encantado por las nubes de la alta sociedad, pero mientras Montgomery

Franklin se explayaba poéticamente sobre las obras, yo solo era capaz de consumir la brillante presencia de Clara.

——

Al final del último semestre, mi madre me informó con pesar en su voz que, una vez más, no les alcanzaba para ir a mi graduación. Sonaba más pequeña que de costumbre a través del altavoz del teléfono. Jamás habían ido tan lejos de la frontera, me explicó disculpándose. Evidentemente, que un López se estuviera graduando por primera vez de la universidad no justificaba hacer tal sacrificio. Mi reacción inicial, como siempre, fue enojarme. ¿No pudieron hacer planes para esto ni siquiera sabiendo, con años de antelación, que pasaría? ¿Por qué el concepto de ahorrar les resultaba más difícil de entender que el que pudiera haber peces en la Laguna Madre? Pero, mientras ella divagaba sobre todos sus problemas económicos que venían con las nuevas necesidades y apetitos de Rubén, el resentimiento se fue desvaneciendo y ya no sabía si sentía decepción o alivio. Por un lado, me sentía solo, no valorado y a la deriva en el vasto caos urbano de Nueva York sin que mi familia pudiera ser mi ancla. Por otro lado, me era difícil imaginar a mis padres en la ciudad. En la frontera, mi padre se pavoneaba como un rey. Su guayabera blanca era su túnica, su sombrero Stetson era su desafiante corona, pero en las calles de Manhattan, lo convertirían en un personaje de caricatura. Y mi madre apenas empezaba a salir de su tímido caparazón. En Brownsville era una mujer de negocios que se estaba abriendo camino, como le dijo Clara, pero en Nueva York regresaría a su cubierta como una tímida provinciana incapaz de procesar la magnitud de lo que la rodeaba. Me dije a mí mismo que lo mejor sería lidiar por mi cuenta con esta fase de mi vida.

Cuando mi mamá le pasó el teléfono a mi papá, habló de manera brusca.

—Felicidades, hijo, vas a ser nuestro primer titulado. Ese papelito que te van a dar es algo que nadie podrá quitarte jamás.

—Gracias, papá.

—¿Y cuándo vuelves a casa?

—No lo sé —dije y, como siempre, hice una pausa. Lo hacía como si fuera un truco. Él hacía una pregunta y yo evadía, tardaba y lo esquivaba. Entonces él cedía y yo daba gracias a Dios porque me dejaba libre y no presionaba más.

—Si tienes el verano libre, me serviría que vinieras —insistió.

—¿Y eso?

—Estoy pensando en trasladarnos a Brownsville otra vez y traerme la planta.

—¿En serio? ¿Por qué ahora? —Llevaban ocho años viviendo en el lado sur del Río Grande.

—Creo que —dijo con un suspiro— tenías razón, hijo.

—¿Qué? —No podía creer lo que estaba oyendo.

—Tal vez mudarnos a México no fue la mejor decisión después de todo.

Mi padre nunca había admitido estar equivocado. Nunca.

—¿Por qué dices eso?

—La Maña quiere extorsionar a todos los comercios locales, dicen que hay que pagar una "cuota de protección". Básicamente es para que no vengan a quitarte el negocio y la lana cuando se les pegue la gana.

La Maña era un cártel que cometía delitos de todo tipo, hasta secuestros, y básicamente tomaban como rehenes a pequeños negocios locales, dejándolos sin ganancias.

—¿Entonces por qué piensas trasladar a la familia y no sólo al negocio? —le pregunté.

—La cosa es, Ramoncito —respondió hablando con un

claro dolor en su voz— que la Maña no es lo único que me está metiendo presión, también tengo al Distrito Escolar Independiente de Brownsville tras de mí.

—¿El distrito? —pregunté. ¿Los dueños de la prepa en la que me gradué? ¿En qué estaban pensando?

—Sí, nos dijeron que si no volvemos a Brownsville tu hermano Rubén no podrá seguir asistiendo a la escuela y recibiendo la educación especial que necesita. Y en verdad está haciendo mucho progreso. Lee, escribe . . . Está mejorando, hijo. Estoy seguro de que pronto va a caminar.

—Pero si ya camina con su andadera —aclaré.

—Sí, pero me refiero a caminar por su cuenta, sin la ayuda de nadie.

Hice una mueca, sabía que no percibiría mi desaprobación, pero igual quise darle cuerda.

—Supongo que tiene sentido —dije.

—¿Qué cosa?

—Que el distrito quiera que seas residente, ya que los impuestos sobre la propiedad financian sus escuelas. Si no vives en la ciudad, no pagas impuestos. Si te quedaras en México, te estarías beneficiando de las escuelas públicas y sus servicios sin pagar por ellos.

Mi padre hizo una larga pausa a través de la línea telefónica de larga distancia. Me lo imaginaba acariciándose el bigote mientras veía a Rubén servirse una botana de cátsup.

Por fin me dijo:

—Mereces ser el primer López que se titule. Las monjas me dijeron que eras el niño más listo que habían conocido.

—¿Qué? ¿De qué hablas?

"¿Cómo es que jamás me había mencionado esto?", pensé

—En tu primer año con las monjas tuviste que hacer un examen nacional o algo así . . .

—¿Hablas de las pruebas de rendimiento?

—Esas. En fin, después del examen me pidieron que fuera a una reunión. La madre superiora, la Hermana María Antonieta que cerró tu negocio de chile en polvo, me dijo que habías sacado un puntaje magnífico, que sacaste más que cualquier otra persona en la historia de la ciudad entera, no sólo de la escuela. Dijo que estabas destinado para algo grande, algo que sólo Dios podía decidir.

—Y para ella fue muy claro que eso no era vender chile.

Mi papá se rio, le di las gracias por contarme eso y nos despedimos.

Después de eso, me percaté de que no recordaba si alguna vez lo había oído reírse.

———

Sobrevivir después de la universidad sin un trabajo de tiempo completo es . . . duro. Nadie me había preparado para tan cruel hecho. Claro, teníamos una Oficina de Servicios Profesionales en Cooper Union, pero ninguno de los puestos se titulaba "Artista latino emergente" o "Talento Brownsvilliano". Por suerte, tenía la firme y elegante tarjeta de Montgomery Franklin, con una letra tan pequeña y fina que casi desaparecía en el interminable espacio blanco a su alrededor.

Me reuní con Montgomery en la galería que tenía en Spring Street. Estaba en la planta baja de uno de esos edificios de hierro con vidrio burbuja insertado en los escalones metálicos que dan a la puerta. De hecho, estaba muy cerca del estudio de Clara.

La ayudante de Montgomery, una japonesa muy arreglada vestida con un llamativo kimono negro, me puso una copa de Chardonnay en la mano mientras él me daba un recorrido por el espacio. Estuvo hablando sobre los grandes artistas a los que había representado y sobre como bastaría con que un distinguido coleccionista se enamorara de mi trabajo para que mi futuro quedara asegurado. Firmamos contratos que, claro está, eran práctica habitual del negocio. Y luego, mientras nos servían más champaña, desembolsó su dirección creativa, la cual, me aseguró, era una parte crítica del papel que jugaba.

—Escucha, Ramón. —Sentado detrás de su inmenso escritorio de mármol blanco, jugueteaba con su corbata morada—. Me encanta tu estilo, pero hay una cosa que . . .

—¿Sí? —Me incliné hacia él, dejando mi burbujeante bebida a un lado.

—Tu portafolio es muy . . . ¿cómo lo digo con delicadeza? —Entornó los ojos hacia el techo, como si allí fuera a encontrar la respuesta—. Es muy étnico.

—Soy mexicoamericano.

—Sí, por supuesto. —Agitó la mano como si estuviera disipando humo que le habían soplado en la cara—. Pero, a ver, ¿de verdad crees que los coleccionistas con dinero realmente quieren colgar cuadros de pobres e ídolos mexicanos y pandilleros de barrio en las paredes de sus apartamentos de lujo y sus casas de campo?

Le devolví la mirada, perplejo.

—Entonces, ¿qué me quieres decir?

—Si quieres que tu primera exhibición venda, tienes que darles lo que quieren, tienes que darles algo que puedan entender. Y, si además de eso, logras que se sientan un poco mejor consigo mismos y con el origen de sus riquezas al apoyar a un artista étnico, por nosotros mejor.

Apreté las cejas como mi padre siempre lo hacía: con desaprobación.

—Comprendo, ¿y qué quiere esa gente?

Abrió mi portafolio y hojeó las fotos de todas mis obras

hasta la fecha. Finalmente, llegó a algunas de las piezas de la serie de Nuestra Señora de la calle Leeve y se detuvo en la de Clara agarrada de la mano del niño en frente del árbol sagrado.

Me le quedé viendo a la imagen del cuadro. Tenía una aproximación realista, a excepción de la paleta de colores, que le daba ese toque de surrealismo. "Si no fuera mía, todavía me maravillaría al verla", pensé. Pero, ¿en verdad era mi mejor pieza? ¿O simplemente era algo con lo que este mercado se podía identificar? Usando la perspectiva que Montgomery le había dado al asunto.

—Esto es lo que quieren —proclamó—. Belleza.

Asentí con la cabeza, sin siquiera saber si estaba pretendiendo o si en verdad había entendido lo que dijo.

———

Mientras Clara grababa con su banda en la parte trasera del estudio, yo pintaba en la parte de adelante, al lado de las ventanas arqueadas. A menudo, me escabullía en la zona donde grababan y la observaba cantar a todo pulmón en la cabina de aislamiento mientras tomaba notas en mi mente o fotos con su cámara, después corría al caballete para capturar imágenes de ella en pleno vuelo. Su voz resonaba a lo largo de los tubos metálicos que se aferraban al techo encalado y estampado. Los riffs de la guitarra y los golpes del tambor retumbaban bajo mis pies en el suelo de madera mientras la pintura iba fluyendo sobre los lienzos.

Cuando el frenético estallido de creatividad culminó, mi exposición de arte se inauguró con una multitud que lucía ropa de diseñador y que fueron gracias a la cortesía del directorio de Montgomery Franklin y las conexiones familiares y compañeros de clubes de Clara. Mis piernas estaban congeladas y mis ojos de asombro me hacían ver como un ciervo encandilado frente a los focos. Llevaba jeans negros, cuello de tortuga negro y la mente totalmente en blanco. Sólo se vendió un cuadro y fueron los papás de Clara quienes lo compraron, a pesar de que ella declaró que nunca arriesgaban su propio dinero. Durante la cena, en un alto y espacioso edificio con paredes de cristal, le daba tragos desganados a una botella de borgoña, que rondaba en los miles de dólares, mientras miraba deprimido el reluciente horizonte. Escuchaba obedientemente a Clara y a sus bienintencionados padres ponerle excusas a mi abismal fracaso comercial. Me decían que ya vendrían otras oportunidades. Que el camino para ser artista es largo y está repleto de curvas. Que sólo tenía que perseverar y seguir pintando. Pero en todo lo que podía pensar yo era en que si tuviera padres como ellos que me financiaran mientras yo me "desarrollaba como artista", estas propuestas serían mucho más realistas.

Al día siguiente, Montgomery me dijo que me había desenfocado:

—Te alejaste de lo que hace único tu trabajo. Si la gente quisiera ver cuadros de una chica guapa, entonces se comprarían una impresión de edición limitada de una de las Marilyns de Warhol.

—Un día Clara será tan famosa como ella —repliqué malhumorado.

—Tal vez, pero aún no lo es, y puede que tú nunca lo seas —concluyó amargamente—. Me temo que tendremos que tomar caminos diferentes, pero te deseo mucha suerte. Puedo almacenar los cuadros que no se vendieron —añadió—, pero te cobraría mi cuota estándar por cada mes.

Quería echarle la culpa a él, a este vanidoso dueño de galería, por enviarme por el camino equivocado. Pero, ¿era su culpa o la mía? ¿Acaso había malinterpretado su abstracto consejo? La gente como Clara podía permitirse dar tropezones o equivocarse, pero ese no era el caso para personas como yo. ¿Y si esta era mi única oportunidad? No vendrían más agentes buscando al chico fronterizo. No había un puesto en el banco de inversiones de mi papá esperándome por si las cosas no me salían. No había un fondo de ahorros que me sirviera de cojín para no tener que dormir en la calle.

Me quedé mirando a los cuadros que aún colgaban de las paredes. Ninguno de ellos, excepto el que los padres de Clara habían comprado tan misericordiosamente, tenían el círculo rojo pegado al lado. Todos ellos eran protagonizados por Clara: era ella cantando y retorciéndose detrás de la base del micrófono, su cabello dorado ondulándose como el de la Medusa mientras la banda tocaba en el fondo. Me dijo que les diera lo que querían, en vez de eso, les había dado lo que yo quería.

———

Cuando Clara y su banda firmaron un contrato discográfico con Arista, hubo una fiesta enorme en Studio 54. Oficiaron los mejores DJ y la champaña fluía sin parar desde la barra libre. Había modelos de la agencia Ford que bailaron sobre las mesas y el frente del escenario se llenó de oligarcas rusos. Al final de la velada, Clara y los demás se lanzaron al escenario y tocaron un intenso set de tres canciones con los singles del álbum que estaban por sacar. Llevaba una minifalda dorada y sus piernas se veían tan interminables como impecables sobre el suelo mugriento debajo de las luces. El primer single hablaba sobre la fe ciega. Bebí con ganas mientras entrecerraba los ojos como una criatura nocturna bajo el deslumbrante resplandor de los rayos y los destellos de las luces. Los ciervos, los jabalís, los perros perdidos; todos corrían la misma suerte en mis tierras.

———

—Deberías ir a la entrevista de trabajo —Clara me insistió. Estábamos sentados en la mesa de la cocina de su apartamento mientras nos tomábamos nuestros cafés de la mañana—. Mi papá ya preparó todo para ti, uno de sus socios es su compañero de yate.

¿Compañero de yate? ¿Existían esos tipos de compañeros? Había oído hablar de compañeros de golf y de compañeros de bolos, pero sospechaba que esto ya era otro nivel.

—Bueno —respondí sombríamente.

—El arte toma tiempo, Ramón —dijo excusando mi fracaso—. Nadie tiene éxito de inmediato, es normal necesitar un trabajo estable.

—¿Y tú?

—Es que eso es diferente.

—¿Diferente en qué sentido?

Se terminó su café apresurada y se levantó de la silla para correr al ascensor.

—Me tengo que ir, pero les marcas, ¿sí? No puedes solo deprimirte y no hacer nada mientras yo estoy fuera en mi gira.

Consideré que tal vez tenía razón mientras observaba las puertas del ascensor cerrarse, ocultando sus jeans ajustados y su sedosa camisa de gasa blanca que probablemente valía más de lo que mi pobre cuenta bancaria había albergado en los últimos cuatro años. Claro que no podía olvidar que el sello discográfico que había contratado a su banda le pertenecía a una de las empresas de alto impacto de su padre; y que su apartamento, su estudio y su ropa los pagaba con unos fondos de ahorro que dejaron a su nombre cuando yo aún estaba sentado en el suelo de un salón provisional en una escuela pública en Brownsville.

———

Antes de ir a la entrevista en Young & Rubicam, una compañía de marketing, llamé a mi papá al nuevo número de teléfono que me había dado, era el de la planta renovadora en Brownsville.

—¡Hijo! Me acabas de hacer el día —exclamó.

—Hola, papá. —dije sonriendo.

—¿Cómo estás? —me preguntó.

—Estoy bien —mentí, pensando en todos mis cuadros sin vender y en los gastos de almacenamiento que no podía permitirme y en que estaba por ir a una entrevista para un trabajo que no quería realmente—. ¿Tú cómo estás?

—Como siempre, trabajando duro y haciendo progreso, hijo —respondió exaltado. Sonaba como si estuviera en todo su esplendor, con una energía desbordante —. Ya regresé la planta a donde estaba, sólo necesito que vengan a conectarnos la electricidad otra vez, encargarle hule a Akron y con eso estaremos listos.

Podía imaginármelo de pie bajo el techo de madera destartalada junto a las vías del tren, con el descolorido letrero de "Joe's Tire Shop" colgando en su exterior después de tantos años, como si hubiera estado aguardando su regreso.

¿Y mi mamá y mi hermano? ¿Cuándo se van a mudar a la nueva casa?

—Pronto, mijo. Hay un lugarcito cerca de la casa de la abuela al que le he estado echando el ojo. Nos quedaría de maravilla a todos.

—Genial —dije dudoso.

—Puedes volver a casa cuando quieras, hijo, quiero que lo sepas.

—Lo sé.

Estaba seguro de que podía percibir la solemnidad en mi tono, la desolación.

—Ramón, nunca te rindas —me pidió con insistencia—.

No importa qué se te ponga en frente, tú tienes que serte fiel a ti mismo, seguir tu rumbo y nunca rendirte.

Reprimí un suspiro de abatimiento.

—¿Que no me dijiste desde un principio que no querías que persiguiera una carrera en arte?

Se tomó su tiempo mientras meditaba sobre mis palabras.

—Hijo, tomaste un camino que yo no hubiera imaginado ni elegido para ti, y sí, tal vez no es lo que quería para ti. Pintar cuadros no parece una forma fácil de poner pan en la mesa, pero es tu vida, son tus decisiones, eres tú quien debe tomarlas. Y jamás le tengas miedo a la adversidad, pelea, nunca te rindas. Acuérdate del dicho: *cuando la rama cruje, el águila no teme, porque a sus alas se atiene.*

Me quedé en silencio, impresionado con su fortaleza y perseverancia. Mi instinto siempre era soltar y correr. En varias ocasiones pensé que le hubiera ido mejor si se hubiera rendido, si no hubiera seguido confiando en sus hermanos solo para que arruinaran sus negocios, o si hubiera dejado de intentar importar productos perecederos de México en tráileres destartalados sin contar con los permisos adecuados. Pero, ¿yo qué sabía? ¿Acaso había formado una familia? ¿Alguna vez había pagado la luz? ¿Alguna vez había llevado a un niño discapacitado con una infinidad de doctores para ver si encontraba un milagro?

—Gracias, papá.

—Sé tú mismo, hijo. Sé quien eres. Y no renuncies a tus sueños por conformarte con algo más, con algo que harías por otros y no por ti. No fuiste a Nueva York para eso, ¿o sí?

—No, no vine a eso —dije sacudiendo la cabeza.

———

Pierre Bernard, un hombre de cabello largo, era el estereotípico snob europeo. Por desgracia, no sólo era el compañero de yate del papá de Clara sino que también era el director creativo ejecutivo de una de las agencias de publicidad más exitosas de la avenida Madison. Pierre blandía su acento vagamente francés como si fuera un llamativo souvenir que le dieron en un puestito de baratijas en el Barrio Latino. Me guio por innumerables pasillos y mares de cubículos atiborrados con artistas y redactores que escribían encorvados mientras desarrollaban campañas para un sinfín de marcas de alto prestigio. Los ilustradores estaban sentados en mesas de dibujo coronadas con carruseles enormes atiborrados con una impresionante gama de marcadores de colores. El beige de los ordenadores Macintosh II delineaba el panorama.

Tras recorrer varias plantas del edificio Midtown, me llevó a una sala de conferencias con una vista inspiradora de los edificios Chrysler y Empire State que se veían relucientes bajo el sol del mediodía.

Mientras revisaba mi carpeta de arte, parpadeó inquieto y me pidió que le mostrara mis campañas de marketing creativo. Le dije que no tenía, que había estudiado arte y no marketing.

—Ya veo —resopló—. Bueno, hemos estado considerando apostar por una división multicultural. ¿Crees poder ayudarnos a venderle Coca-Cola a los mexicanos? ¿O McDonald's a los negros?

—No sé si eso sea una buena idea —respondí ingenuamente—. Creo que ya consumimos bastante chatarra. ¿De verdad necesitamos que las conviertan en cosas irresistibles con campañas de marketing?

—Me gusta tu estilo —Chasqueó los dedos y dio un salto hacia el pizarrón blanco situado del otro lado de la larga mesa del mismo color—. ¡Irresistible! —Garabateó la palabra con marcador rojo—. Eso es lo que vamos a usar para que nuestras marcas y productos lleguen a los consumidores hispanos y negros. *¡No te vas a poder resistir!* Cuando les hablemos en su idioma y dentro de su cultura, será impensable para ellos no comprar la comida rápida y los refrescos de nuestros clientes: sus papitas, sus galletas, sus postres, sus cereales, sus cervezas, sus cigarros.

—Irresistible, se escribe igual en inglés —observé, repitiendo la palabra con acento estadounidense, ahora seseando para conseguir un efecto dramático.

—Exacto —proclamó—. Acabas de ponerle nombre a nuestra nueva división. ¿Cuándo puedes empezar? Primero tendrán que enseñarte todo lo básico en el departamento de Artes Gráficas, pero también podrías trabajar simultáneamente en este nuevo concepto. El salario de entrada no es muy alto, pero dadas tus conexiones tan especiales y el potencial tan único que posees, creo que podríamos hacerte una buena oferta; una que sin dudas va a resultar mejor que ser un artista hambriento y más cuando te estás juntando con gente como Clara.

Fruncí el ceño y lo observé con sospecha. ¿Será que el padre de Clara había orquestado todo esto, incluido el sueldo, para que yo pudiera estar a la altura de los círculos sociales y el estilo de vida de su hija? Me pregunté cuántas de las marcas que manejaba la agencia pertenecían a las empresas en las que su padre tenía acciones y cargos directivos. —Necesito pensarlo un poco más. Creo que imaginaba esto un poco diferente.

—Tómate tu tiempo —dijo colocando con delicadeza el marcador rojo en la repisa bajo el pizarrón y dándome una sonrisa empalagosa. Los dientes, que eran de un blanco inmaculado, contrastaban con el intenso tono naranja de su rostro artificialmente bronceado.

———

De vuelta en el estudio de Clara, reflexioné sobre mis posibilidades. Aceptar el trabajo iría en contra de todo lo que me había enseñado mi padre y todo lo que había intentado lograr durante mi educación artística, pero al mismo tiempo, me ayudaría a cumplir mis sueños de toda la vida de tener éxito financiero y sentir que pertenezco a la alta sociedad estadounidense. Un sueldo fijo me permitiría mudarme del minúsculo apartamento que compartía en el barrio de Hell's Kitchen con otros artistas empobrecidos. Podría pagarme mis comidas con Clara para no sentirme como un "mantenido", que era como mi padre había calificado a todo aquel que se casaba con una mujer rica solo para ser incapaz de pagar por lo suyo. Y me alcanzaría para almacenar mis cosas y comprar materiales mientras recogía los pedazos rotos de mi carrera como pintor. Supongo que hasta podría poner en pausa mis sueños artísticos y dedicar algo de tiempo a abrirme paso dentro de Y&R. Le daría forma a la división multicultural de "Irresistible", amasaría una fortuna y encontraría mi lugar en la sofisticada clase social de Clara. ¿Acaso no era esa la personificación del sueño americano? ¿Un pueblerino que triunfa en la gran ciudad? Era a lo que había venido, ¿no? Era lo que había estado persiguiendo desde que era un niño vendiendo chile en polvo para comprarme mi bicicleta de Evel Knievel.

Pero ya no me reconocí a mí mismo en el reflejo de las puertas del elevador. ¿Quién era este güey con su traje regalado de Armani? Se veía bien y me quedaba a la perfección gracias al sastre de Clara, pero algo no me gustaba cuando veía mi reflejo.

Encontré a Clara tirada en el sofá de terciopelo azul de su estudio.

—Me hicieron una oferta —le dije incómodo tras pararme frente a ella. Mis ojos la seguían mientras afinaba una Fender blanca.

—¿Cuándo empiezas? —preguntó, sin levantar la vista del diapasón.

Sentí que mi padre había hablado a través de mí cuando le dije:

—Les voy a decir que no. Tengo otras opciones.

—Bueno —respondió indiferente.

Al parecer, lo que tanto me atormentaba por las noches apenas si dejaba un rastro en su psique. Estaba por irse de gira y tenía cosas más importantes en la cabeza, como sesiones de fotos, entrevistas con los medios, acuerdos de distribución y, al parecer, afinar guitarras. Los seleccionaron como teloneros de un grupo de *grunge* de Seattle y el single que sacaron estaba subiendo en la lista Billboard.

Cuando volví a ver a su padre, yo ya estaba trabajando de mesero en un restaurante mexicano llamado La Frontera. Para mi mala suerte, entre su séquito se encontraba Pierre Bernard. Intenté que uno de mis compañeros me cambiara de sección, pero estaba muy ocupado con otro grupo, así que apreté la mandíbula y me acerqué a la mesa.

El grupo de hombres no se molestó en mirarme, clavaron sus miradas en los menús e hicieron sus órdenes sin posar sus ojos en mí. Incrédulo, volví a la cocina para comunicar lo que habían pedido. ¿Acaso mi uniforme blanco y negro me había vuelto invisible para ellos? ¿O será que sí me reconocieron, pero se hicieron de la vista gorda para evitarnos a todos la vergüenza de verme en esta posición de servidumbre? Sobreviví a su comida sin que me reconocieran y, cuando los hombres se fueron, me encontré con una buena propina en la mesa.

Después de la hora pico, mientras el personal comía como una familia en una larga mesa en la parte trasera del restaurante, les conté como estuve a nada de pasar una humillación.

Juan, el jefe de cocina, un hombre corpulento de piel oscura que venía de Veracruz, era el mayor del equipo, hablaba despacio mientras masticaba un taco al pastor.

—¿Pero por qué te da vergüenza? El trabajo duro no tiene nada de vergonzoso. Si anduvieras robando o traficando drogas, ahí sí tendrías por qué taparte la cara, pero si vienes aquí a chambear, orgullo es lo que te debería dar.

Yo era nuevo en este tipo de trabajo y no era lo que esperaba conseguir después de titularme, pero ahora sí que me sentí muy avergonzado. No por mi trabajo, sino por haber expuesto mi miedo al resto del personal, que sin duda tenía muchas menos opciones que yo a su disposición.

—Tienes razón, Juan. Mi padre tenía un dicho sobre como el que se moja la frente con sudor no siente vergüenza frente a nadie.

—El que de sudor la frente se moja, ante nadie se sonroja —recitó Juan el mismo dicho mientras mis compañeros asentían con la cabeza.

—Y perdón, no quería decir que este trabajo me parezca vergonzoso, es que eran gringos muy ricos y no quería que me vieran con pena —expliqué.

—¡Debiste haber ido a saludarlos con orgullo y luego decirles que tú les pagabas la comida! —proclamó Juan desde la cabecera de la mesa—. ¡Yo estoy orgulloso de ser mexicano y estoy orgulloso de traerles nuestra deliciosa cocina a estos ricachones de Nueva York!

Todos en la mesa aplaudieron, eran personas de diversas partes del interior de México, desde Yucatán hasta Oaxaca, desde Sinaloa hasta la Ciudad de México.

—Además, no tienes de qué preocuparte —añadió un cocinero—, la mayoría de los gringos ni siquiera nos ven como personas; no nos reconocen y no se acuerdan de nuestros nombres. Sólo estamos aquí para servirles. Somos intercambiables. Somos invisibles para ellos.

———

Clara cortó conmigo por teléfono. Fue inesperado y al mismo tiempo no me sorprendió del todo. Me sorprendió más la forma en que lo hizo que el hecho de que estuviera lista para superarme. Si fuera ella, hubiera hecho lo mismo, porque había descendido en una espiral de tristeza desde que rechacé el trabajo de publicidad, doblando turnos en La Frontera para pagar la renta, y nunca tenía tiempo ni para verla ni para pintar en el caballete que me guardaba en su estudio.

—¿Hice algo que te molestara? —le pregunté.

Hacía lo posible por estabilizar mi voz mientras presionaba el auricular contra mi oreja. ¿Y si su papá le contó que me vio en el restaurante? Sí, le hablaba sobre mi trabajo, pero jamás le conté sobre la vez que vi a su papá y a Pierre. ¿Sentía vergüenza de mí y mi situación? ¿Se sentía decepcionada por las escasas opciones que había en mi horizonte? ¿O simplemente ya no era interesante para ella?

—No, no es porque hicieras algo —me afirmó—. Sólo estamos yendo en direcciones diferentes.

Eso nunca había sido tan cierto, no lo podía negar.

—Sólo estoy pasando por una mala racha, pero las cosas van a mejorar.

—No es por ti —insistió—. Es que . . . Mira, estoy a punto de irme de gira y pasaré meses fuera de la ciudad. Es solo que no me parece que una relación a distancia en esta etapa de nuestras vidas vaya a funcionar para ninguno de los dos.

"Cualquier tipo de relación con ella funcionaría para mí", pensé. Pero era comprensible si para ella no era el caso. Luchando por contener las lágrimas y evitar que se me quebrara la voz, le deseé lo mejor e intenté poner fin a la conversación lo antes posible.

—¿Quieres venir por tus cosas? Yo no tendría problema. Seguimos siendo amigos, ¿no? —me preguntó.

—Claro que somos amigos —le contesté—. Si no te molesta, ¿podrías quedarte con el caballete y los lienzos? No tengo donde ponerlos.

Y eso fue todo. Se terminó. Casi tres años de mi vida se habían ido por el drenaje y no tenía nada para justificarlos. Estaba sobreviviendo en una habitación diminuta en la que apenas cabía el colchón en el que dormía. Cuando me levantaba de la cama, tenía que apretarme contra la pared para entrar a la estrecha cocina y al salón que compartía con mis compañeros de piso. La vista a través de nuestras sucias ventanas era la escalera de incendios y el muro de ladrillo al otro lado del callejón. Ni siquiera podíamos tener una plantita en la ventana, lo habíamos intentado una y otra vez, pero la escasez de sol no dejaba de marchitar nuestros sueños.

Cuando hablé con mis padres, tras arrastrar el cable enrollado del teléfono hasta mi habitación y cerrar la puerta, me fue difícil ocultar la profundidad de mi abatimiento. Sin embargo, no dejaba de pintarles un cuadro idealizado de mi encantadora vida en Nueva York. Afortunadamente, mi madre solía estar distraída por las incesantes peticiones de Rubén y noté a mi padre absorto en sus más recientes confabulaciones.

—Ya tengo electricidad en la planta y todos los moldes están probados y listos para trabajar —me informó en un tono muy optimista—. Ya solo me falta el hule, pero quieren efectivo. Mi crédito está por los suelos, entonces estoy intentando vender llantas viejas para juntar el dinero. Es un poco estresante, pero todo va a salir bien, vas a ver.

Su bien ensayado optimismo se sentía algo gastado en este intento por convencerse a sí mismo y a mí del éxito inminente de su plan actual.

Instintivamente, cambié de tema:

—¿Y los demás? ¿Cómo va la mudanza?

—Nos acabamos de mudar a la casita que está a unas cuadras de lo de tu abuela —contestó—. Tu madre ha estado ocupada acomodando todo y a Rubén ahora lo está recogiendo un autobús escolar todas las mañanas. Nunca había visto un autobús tan pequeño. Ese Rubencito está creciendo. Va a sorprender a todos, ya verás—. Dijo mi padre, siempre tan optimista.

—¿Cuándo vienes a casa?

No quería decepcionarlo, ni a él ni al resto de la familia y volver a casa con una derrota seguramente haría justo eso. Pero entonces, ¿qué va a ser de mí? Al menos, con las cosas como estaban, mi leyenda seguía intacta, incluso si yo sabía que estaba viviendo una mentira.

—No lo sé, papá, estoy bastante ocupado ahorita.

—¿Entonces, te está yendo bien?

—Sí —dije sin sonar convincente, con voz temblorosa y labios traicioneros que alargaron la palabra más de lo debido. Mi respuesta casi sonó como una pregunta.

—Siempre puedes volver a casa, hijo —me aseguró con su voz pasando a un tono serio.

—Lo sé.

—¿Algún contratiempo?

—Pues, ya sabes, siempre estoy de aquí para allá. Nueva York es un lugar difícil.

—¿Y tu novia? Era Clara, ¿verdad?

Me daba miedo hablar de ella. Temía ponerme a chillar, que era el tabú principal en la cultura machista del clan López.

—Está bien.

—Recuerda, hijo, a las mujeres, ni todo el amor ni todo el dinero. —Era uno de sus clásicos dichos machistas.

Súbitamente, mi pena se convirtió en ira y mi papá fue el desafortunado transeúnte al que le tocó padecerla:

—¡Papá, eso es sexista! —dije furioso.

—¿Sexy? —dijo desconcertado.

—No, sexy no, ¡sexista!

¿Tan siquiera sabía lo que significaba la palabra?

—Ah, sexista. No tengo nada en contra de las mujeres, sólo te doy consejos para que puedas protegerte.

—Papá, toda mi vida me has dado tus consejos y, los siga o no, haga lo que haga, las cosas no suelen terminar bien para mí. ¿No crees que tal vez haya algo mal con tus consejos?

Mi padre respiró hondo antes de responderme, su voz llevaba un tono uniforme y frío.

—Si hagas lo que hagas, sientes que el resultado es malo, quizá el problema no sean mis consejos y tal vez el problema sean las situaciones en las que te metes. ¿Has considerado eso?

Tenía razón, lo cual hizo que me enojara todavía más.

—Mira quién habla —concluí.

Sin inmutarse por mis palabras, me dijo:

—Vuelve a casa, Ramón. Eso no es rendirse, es volver al nido, poner los pies en la tierra, definir una nueva dirección y tu próximo movimiento. Eres un López, siempre tienes un as bajo la manga.

—Ya veremos —respondí, pero era lo último que quería hacer. Después de todo, las cosas estaban tan mal que sabía que sólo podrían mejorar de aquí en adelante.

———

Un par de semanas más tarde, cuando volvía a casa del restaurante, me preocupé al encontrar a uno de mis compañeros de piso merodeando afuera de nuestro edificio. Era un escultor alto y flacucho de la región del centro de los Estados Unidos y se llamaba Noah. Apiladas en la acera al lado de él, había unas bolsas de basura negras. Ya estaba bastante oscuro, no las noté al llegar.

—¿Pasó algo? —le pregunté.

—Nos echaron —respondió Noah llanamente.

—¿Qué? ¿Por qué? Estábamos al día con la renta.

—Parece que el tipo al que le estábamos subarrendando no le pagó la renta al propietario. Dijeron que ni siquiera teníamos permiso de estar en el apartamento. Volteó a ver su reloj y luego a las bolsas.

—Te estaba esperando, pero ya me tengo que ir. Tus cosas están en esta bolsa, lo demás es mío.

—¿Y nuestro dinero?

—No nos contesta. Creo que se fue de la ciudad —infirió Noah—. Estamos jodidos. Me voy a dormir a mi estudio de arte en lo que se me ocurre algo. Te diría que te fueras conmigo, pero es tan pequeño que te va a deprimir, además está helado.

—Ya, no te apures. —Asentí, le di la mano y recogí mis cosas—. Suerte.

—Nos vemos —dijo Noah forzando una sonrisa antes de agarrar sus cosas e irse.

Prácticamente no tenía dinero y no tenía donde dormir. Todavía no era invierno, pero la temperatura no dejaba de caer. Tuve que sublevar todo el orgullo que me quedaba ante la necesidad. Tomé el tren al Upper West Side y, antes de que lo supiera, estaba tocando la puerta de Clara, con mi bolsa de basura a un lado. Esperé un rato. Clara abrió la puerta de golpe y me dio una mirada de sospecha.

—Ramón, ¿qué haces aquí? Es medio tarde, ¿no? —susurró.

—No tengo a dónde ir, me acaban de desalojar. Perdona que te moleste con esto, pero te quería preguntar si tal vez me podría quedar en tu sofá en lo que veo qué hago.

Noté su reticencia mientras daba una mirada furtiva al interior por encima del hombro. Llevaba una bata de seda negra sobre la que caían sus cabellos en desorden.

—No creo que eso sea una buena idea, Ramón. No nos haría bien terminar en una relación disfuncional.

En ese instante entendí que no estaba sola. Ni siquiera había esperado a irse de gira para pasar a alguien más.

— Ya veo—respondí torpemente—. OK. Lo entiendo. Gracias.

Lentamente, recogí mi bolsa y la fui arrastrando hasta el ascensor.

—Lo siento —gritó del otro lado del pasillo—, intenté ayudarte. —Su voz estaba impregnada en pena.

Mientras esperaba el ascensor con mi bolsa de basura en una mano, le devolví la mirada, desanimado, y fue entonces cuando la realidad me dio en la cara: la razón por la que no le importó que rechazara ese trabajo en la agencia de publicidad no fue porque ella creyera que estaba destinado para algo mejor que eso, era porque ya había decidido que iba a cortar conmigo. Su intención nunca fue moldearme para que pudiera ser una pareja adecuada o un esposo que se pudiera mover con elegancia en sus círculos sociales. Simplemente le había dado pena. No había sido más que una forma de calmar su culpa en lo que me iba dejando atrás.

Cuando regresó a su apartamento, las lágrimas se cristalizaron en mis ojos. El frío pasillo gris tomó la forma de un cuadro fragmentado de Picasso en su época cubista. Cuando por fin llegó el ascensor, no diría que simplemente me subí, sino que salí huyendo.

———

Esa noche dormí en una banca en el Central Park; mi almohada fue la bolsa de basura y mi colcha una chaqueta y una sudadera. Sin embargo, la palabra "dormí" era una exageración en este caso. Entre la rígida incomodidad de la superficie de madera, la paranoia de que alguien me robara lo poco que me quedaba y las dudas persistentes de cómo fue que terminé en la calle, no fue fácil intentar dormir entre las hojas del parque que caían a mi alrededor. Mis cavilaciones empezaban en Clara y terminaban en mi padre, desde mi rápida caída en desgracia en el mundo del arte hasta cómo podría redireccionar mi vida. ¿Habían sido mis malas decisiones la causa de que perdiera a Clara? O, siéndome más franco, ¿será que nunca estuve cerca de ser algo más que su exótico ligue? ¿Acaso mi padre dio en el blanco con la pregunta de si no era yo el que se ponía en situaciones en las que no había de otra más que elegir mal? ¿Debí haberme vendido a la agencia de marketing, aferrándome más a mis aspiraciones materiales y personales? ¿Qué podía hacer ahora para cambiar mi destino? Me di cuenta de que no había respuestas fáciles, pero llegué a la conclusión de que volver a casa, a Brownsville, no resolvería ninguno de mis problemas. Me limitaría a darle mil y una vueltas al asunto, quizás por semanas, meses o, peor aún, años. Y para entonces, todas las opciones que tenía hoy podrían dejar de existir mañana y terminaría atrapado en un callejón sin salida. Mi padre siempre me había dicho que nunca me rindiera, ¿cómo podría permitirme hacer eso ahora? Por otro lado, ¿en verdad era un consejo que aplicaba en todas las situaciones? Imaginé cómo reaccionaría si me viera ahora, temblando en una banca como un drogadicto. Cuando por fin me quedé dormido, soñé que se me quedaba viendo con ojos tristes, con una pesada lástima en su rostro lúgubre y angustiado. Y cuando me desperté, sentí que había estado conmigo en el parque cuidándome y lamentándose de mi situación.

Cuando llegué al trabajo, me sentía tan agarrotado y adolorido que apenas podía moverme. Habiendo detectado mi estado de angustia —y la abultada bolsa de basura con la que entré al restaurante—, Juan se acercó a hablar conmigo mientras cambiaba de turno en la cocina.

—Camarada, ¿qué pasa? No te veo bien.

Sólo era unos diez años mayor que yo, pero ya estaba casado y sus hijos tenían un par de años, lo cual me bastó para tomarlo como figura paterna y empezar a contarle toda la telenovela de mi vida.

—Esta noche, después de que cerremos la tienda, te vienes conmigo al barrio de Jackson Heights, ¿va? —Me dio una palmada en el hombro—. Va a estar un poco apretado, pero imagínate, crecí con seis hermanos y tres hermanas en una casucha de dos habitaciones en Tampico, ¡esto es lujo a comparación, pa'!

Trabajé duro todo el día en un intento de ganarme algo de dinero extra en propinas. Tanto José como yo sabíamos que me llevaría semanas ahorrar el dinero suficiente para pagar el depósito de otro apartamento, sin mencionar el tiempo que me tomaría encontrar con quiénes repartir los gastos. Fue muy generoso de su parte abrirme las puertas de su casa, más sin siquiera consultarlo con su mujer. No la conocía, pero esperaba de corazón que no le disgustara mi repentina presencia.

Mientras cerrábamos el restaurante, acomodando las sillas boca abajo sobre las mesas para poder trapear el piso, empezó a timbrar el teléfono. Juan contestó apresurado. Me pregunté si era su mujer diciéndole que de ninguna manera podía llevar a un desconocido a su casa a pasar la noche con ella y los niños. Escuchando a escondidas desde la esquina, me di cuenta de inmediato que quien llamaba no era su esposa. Juan habló en un inglés entrecortado y luego regresó al pasillo con una expresión de angustia en su cara redonda y arrugada.

—Es para ti —me dijo—. Creo que deberías contestar.

Me dirigí a la pequeña casilla al final del pasillo donde teníamos el teléfono.

—¿Bueno? —pregunté con mis nervios a flor de piel.

—¿Ramón? —Era Clara. Hablaba con un extraño temor en su voz.

—Dime.

¿Será que había cambiado de parecer? ¿Quería que regresáramos? En ese caso, no tenía por qué preocuparse.

—Perdona, sé que estás trabajando, pero tu mamá me marcó. Te está buscando, supongo que no le has contado que te desahuciaron ni dónde estás trabajando . . .

"Ni que cortamos", pude escucharla decir en su mente.

—No, no quería que se preocupara. ¿Pasó algo?

—Tienes que marcarle. —Le tembló la voz—. Está en casa de tu abuela. De verdad lo siento —dijo apresurada con su voz entrecortándose antes de colgar.

Por la manera en que estaba configurado el teléfono, la única forma de hacer llamadas de larga distancia era a cobro revertido. Le marqué a la operadora y seguí el procedimiento. Cuando por fin me conectaron a la casa de la abuela Fina, fue la voz de mi primo David la que oí del otro lado de la línea.

—¿Primo? —preguntó con una voz blanda. Supe inmediatamente que mis miedos se harían realidad. Algo terrible debe haber ocurrido; usualmente hubiera alzado la voz para expresar el gusto que le daba poder ponerse al tanto conmigo. Además, ¿qué estaba haciendo en Brownsville? Él debía estar en Austin cantando y tocando la guitarra en una prometedora banda de rock.

—Hola, primo —le respondí—. ¿Qué pasa? Me dijeron que mi mamá intentó contactarme.

—Sí, es que —respondió en voz baja— desde anoche . . . Aguanta.

Pude oír como hablaba en susurros con alguien en el fondo. Quienquiera que fuera, sonaba a que lloraba.

—¿Ramón? —reanudó el primo David—. Oye, tu mamá no quiere hablar por teléfono ahorita, pero algo le pasó al tío Joe.

—¿A mi papá? —Mi corazón se detuvo.

Había asumido que, dada su edad, le había pasado algo a la abuela Fina, pero mi padre era relativamente joven, siempre se veía lleno de energía y afanoso por emprender.

—¿Hubo un accidente?

¿Y si lo aplastó uno de los moldes gigantes de la planta renovadora? ¿No los instalaron bien al traerlos de México? ¿Algo se incendió? Siempre hacía un calor horrendo en ese lugar.

—Tuvo un paro cardíaco, Primo, y uno muy malo. Los médicos dicen que tal vez no salga de esta, pero ya sabes como es mi tío, sigue luche y luche. Está en el hospital. Tu mamá quiere que vengas a verlo . . . por si acaso.

Me quedé inmóvil en frente del teléfono que colgaba de la pared, incapaz de decir una palabra.

—¿Primo? —insistió el primo David—. ¿Primo, sigues ahí?

Me di la vuelta lentamente. Juan estaba parado al final del pasillo mirándome cabizbajo, con un cubo en una mano y un trapeador en la otra. Parece que al final no iría a ser una molestia para a su mujer o su familia.

—Aquí estoy, David. Dile que mañana llego.

—¿Necesitas que te mandemos dinero para el avión? Tu mamá me dijo que te preguntara.

—Creo que eso me ayudaría —le respondí. La mano me temblaba mientras definíamos los últimos detalles antes de regresar el auricular a su base.

Cuando le conté todo a Juan, me dio un fuerte abrazo e insistió en que pasara la noche en su apartamento antes de ir al aeropuerto por la mañana. Cuando llegamos, me dio una maleta desteñida a la que podría pasar mis pertenencias para el viaje. Comí el pozole de su esposa y jugué videojuegos con sus dos hijos hasta que los tres nos quedamos dormidos en el sofá. Por la mañana, les agradecí su amabilidad, recogí el dinero que me mandaron en la tienda de la esquina y tomé el metro hasta el aeropuerto de La Guardia. Mi estancia en Nueva York no había estado saliendo como me lo había imaginado, pero nada de eso importaba ahora, mucho menos Clara, o mi carrera. La única cosa en mi mente era lo que me esperaba en Brownsville después de aterrizar. Mientras el avión despegaba, por primera vez en muchos años, cerré los ojos y recé.

A LUGARES MEJORES

Siempre imaginé que si llegaba a tener que despedirme para siempre de alguien vital en mi vida, sería un momento trascendental e inolvidable, con un cierre lleno de emotividad. Lo que no había entendido era que, en la mayoría de los casos, ninguno de nosotros sabe, durante esos momentos tan importantes, que es la última vez en que veremos a ese ser querido, la última vez que oiremos su voz o que sentiremos la calidez de su abrazo. No tuve la oportunidad de despedirme de Julia y Reeser, tampoco de mi abuelita Carmela, y ahora estaba en riesgo de que me pasara lo mismo con mi padre.

Cuando aterricé en Brownsville, el primo David me estaba esperando en la entrada. Se veía como un auténtico roquero con sus jeans negros, su camiseta negra de Fender y sus botas negras con punta de acero. Su ondulado pelo negro le llegaba hasta los hombros, y, aunque era delgado, también era alto y ancho de hombros. Lo podían haber confundido con una versión moderna de un ángel de la muerte de no haber estado portando una cálida y simpática sonrisa cuando me recibió de brazos abiertos.

—Bienvenido, primo —murmuró.

—¿Cómo está mi papá? —le pregunté mientras me dirigía a su coche.

Se limitó a negar con la cabeza mientras caminábamos bajo el susurro de las palmeras. Aunque ya era otoño, Brownsville seguía sumida en un calor infernal. Recordé como los tacones de Clara se habían hundido en la maleabilidad del asfalto cuando vino de visita.

Avanzamos en silencio en el interior de su Pontiac GTO negro. El rugido de su formidable motor llenaba el silencio mientras íbamos directamente al hospital Mercy en la calle Jefferson. Al llegar, me desplacé por inercia a través de la reunión familiar improvisada que nadie quería. El tío Nick, el tío David y el primo Bobby hacían fila en el pasillo, con sus espaldas contra la pared. El primo David me dejó en la puerta de su habitación. En su interior, entre el silencio y el frío, encontré a mi madre, a Rubén y a la abuela Fina apiñados sombríamente alrededor de mi padre, quien yacía inconsciente y entubado en la cama del hospital. Mi madre y la abuela Fina estaban ocupando lados opuestos. Rubén estaba sentado a los pies de la cama en la única silla para invitados que había, tenía su andadera metálica a un lado. Tras intercambiar abrazos sobrios con los tres, me acerqué al cuerpo inerte de mi padre. Nunca lo había visto en reposo, inmovilizado, sin luchar contra todos los obstáculos en su vida. Me resultaba muy extraño ver una imagen tan improbable. Todo el tiempo se estaba moviendo, se levantaba antes del amanecer, cocinaba el desayuno silbando o cantando mientras los demás nos revolvíamos en la cama, luego se lanzaba al trabajo y no volvía hasta la noche, cubierto en la mugre del taller de llantas. No tenía días libres, no tenía vacaciones, no iba a piscinas ni a playas a relajarse y no descansaba hasta que no le quedaba de otra.

—¿Qué le pasó? —susurré.

—Le dio un infarto —contestó mi madre reposando su mirada abatida en él.

—¿Cuándo? ¿Dónde?

—Estaba trabajando en la planta. Un cliente llegó, vio que las llaves estaban en la puerta y que la habían dejado abierta. Entró y vio a tu padre en el suelo, entonces marcó al 911. —Mi madre relató los hechos por la que asumo era la centésima vez. Sonaba más como una grabación sin emoción que como una madre diciéndole a su hijo que su padre estaba bajo riesgo de muerte.

—¿Y va a estar bien? —pregunté, queriendo tener fe.

El silencio fue lo que siguió a mi pregunta, solo quedaron en el fondo los sonidos de la respiración rítmica de las máquinas que bombeaban aire a sus pulmones y los constantes pitidos que emitía el monitor cardíaco.

—¿Mamá? —insistí.

Bajó la mirada al suelo; sus nudillos se veían tan blancos como las baldosas bajo sus pies mientras apretaba un rosario entre los dedos.

—¿Abuelita? —dije a tropezones.

Primero volteó a ver a Rubén y después a mí. Lentamente, salió de la habitación, algo en su mirada me indicaba en silencio que la siguiera.

En el pasillo, a unos metros del resto de la familia, me habló en una voz baja y serena.

—Ramón, los médicos dicen que lo más probable es que tu padre no sobreviva.

—¿Qué? ¿Por qué?

—No sabemos cuánto tiempo pasó entre el infarto y el momento en que llegó la ambulancia, pero pudieron haber sido horas. En ese periodo de tiempo, su corazón no tuvo cómo bombear suficiente sangre al cerebro.

La miré incrédulo.

—Pero es demasiado joven para esto.

Asintió dándome la razón, sus ojos temblaban como gelatina derretida bajo el resplandor de las luces fosforescentes del hospital.

Mi abuela, mi madre y yo fuimos escuchando, conforme iban pasando, al cardiólogo, al neurólogo y al médico encargado de la UCI. Con Rubén y mi padre en el fondo, el cardiólogo nos explicó, de manera cuidadosa, que varios factores, como múltiples obstrucciones arteriales, habían provocado el infarto de mi padre y que si se detectan pronto, a veces pueden resolverse mediante una cirugía de derivación múltiple, pero cuando transcurre demasiado tiempo entre el infarto y la intervención, el cerebro deja de recibir el oxígeno que requiere. Entonces intervino el neurólogo y nos mostró un montón de imágenes en blanco y negro que, según dijo, era un escaneo del cerebro de mi papá. No sabíamos qué estábamos viendo, pero él nos explicó que la imagen mostraba un cerebro que estaba muerto. Sin oxígeno, las células cerebrales se habían muerto. Que era como cuando se iba la electricidad, que las luces en la mente de mi padre se habían apagado.

¿Cómo es que pudo pasar esto ahora? Acababa de volver a poner en marcha su planta renovadora. Acababan de regresar a Brownsville, era un nuevo comienzo para ellos. Y, como si esto no fuera suficiente, nuestra última conversación había sido terrible. Cuestioné su forma de ser, dudé de él, rechacé sus palabras y lo ofendí. Tenía que despertarse. Me sentía desesperado por decirle cuánto sentía haberle faltado el respeto, por haber desobedecido, por haber sido una decepción. ¿Cómo iba a aceptar que jamás volvería a hablar con él y que ni siquiera nos pudimos decir adiós?

Cuando los médicos salieron de la habitación, entró un administrador con una pila de formularios. Me explicó que, dado que mi padre no había dejado instrucciones previas ni testamento vital, nosotros, su familia más cercana, debíamos dar nuestro consentimiento para remover el soporte vital.

El tren iba demasiado rápido y yo jamás había aceptado subirme.

—¿Qué está pasando? —pregunté.

Mi madre me miró con una tristeza y compasión que jamás había visto en sus grandes y llorosos ojos color café.

—Tenemos que darles permiso.

—¿Permiso para qué?

—Para dejar que descanse —dijo mi abuela.

—No sé si pueda.

Se dieron una mirada entre ellas que me confundió. Entonces me di cuenta de que esto seguramente no dependía de mí.

—Lo mejor es que todos estemos de acuerdo —dijo mi abuela con voz pausada—. Ninguno de nosotros quiere esto, pero el Señor está llamando a mi hijo a casa, Ramón. No sabes cómo quisiera que me llevara a mí en su lugar. Con gusto daría mi vida por la suya en este instante con tal de evitarle a Rubén, a tu madre y a ti este dolor, pero ahora no nos queda más que entender . . . que ya se nos fue. Su alma, su mente y su conciencia ya pasaron a un lugar mejor.

Odiaba cuando hablaban de "lugares mejores". Me había pasado la vida entera buscando esos pinches lugares y seguía sin toparme con uno. No sabía por qué, pero me costaba creer que en la muerte alguno de nosotros fuera a tener tanta suerte como para encontrar lo que en vida no tuvimos.

Parado frente a su cama en el hospital, era una tortura mirarlo. Este hombre que se ponía al mando de cualquier habitación en la que entrara con su presencia de macho, su actitud audaz, sus ojos penetrantes, ahora se veía como una cáscara gris envuelta en cables y tubos. Este hombre que se regocijaba al ponerse su sombrero Stetson y sus pulcras guayaberas cuando no estaba cubierto de la mugre y el polvo de su trabajo, ahora vestía una descolorida bata de hospital. Este hombre que prosperaba en el calor de su planta renovadora o en la brisa liberadora del pequeño pedazo de tierra que aún le pertenecía a nuestra familia en México, ahora estaba encerrado en una habitación estéril rodeado de máquinas que mantenían su cuerpo con vida.

Mientras la familia empezaba a llenar la habitación, a mí me costaba respirar. Sólo podía pensar en él, en los sueños que quedaron pendientes, en su espíritu incansable, en su ambición por salir adelante y conseguir una vida mejor para su familia; todo eso había llegado a un final abrupto.

—Siempre se esforzó tanto —dije con mi voz quebrándose mientras intentaba contener mis sollozos.

Sentí una mano en mi hombro, me di la vuelta, levantando la mirada para ver la cara de mi tío David.

—No, Ramón, tú padre no se esforzaba, esa era su forma de ser.

Todas nuestras miradas se desviaron hacia mi padre, que yacía derrotado en la cama del hospital.

———

—¿Cómo se lo vamos a explicar a Rubén? —pregunté.

—Yo se lo digo. Lo único que Rubén necesita saber es que tu papá va a estar en el cielo —respondió mi madre.

Asentí. De repente, la religión tenía sentido.

———

En la oscuridad de la noche, me quedé solo en la habitación del hospital. Mi mamá y la abuela habían llevado a Rubén a casa. Cuando retiraron las máquinas, la habitación quedó en silencio, sólo se oían los suaves ronquidos de mi padre. Entonces empezó a sentirse como todas esas veces que íbamos a sentarnos a las mecedoras de la terraza de la abuela Fina, donde se ponía a dispensar consejos mientras se iba quedando dormido. Parte de mí esperaba que me diera una última joya de sabiduría antes de partir, pero en lugar de eso, los ronquidos se fueron volviendo más suaves y distantes. Le hablé, le susurré.

—Perdón, papá. Te amo. Ojalá hubiera sido un mejor hijo.

Y esperé.

———

Toda mi vida había estado persiguiendo algo escurridizo e indefinido, al mismo tiempo que daba por sentado todas las cosas con las que había nacido, todo lo que tenía a mi alrededor. Ahora una gran parte de lo que tuve como derecho de nacimiento había desaparecido. Cuando las enfermeras confirmaron el fallecimiento, me dejaron quedarme un rato en la habitación. Me senté incómodamente en el borde de la cama del hospital, y me pregunté dónde estaba ahora, si es que estaba en algún lado. ¿Acaso quedaba algún eco de su conciencia y de su espíritu infatigable? ¿O simplemente se había desvanecido para siempre? ¿Me veía desde algún lugar elevado mientras flotaba en el aire? ¿Me quería consolar y quedarse conmigo? ¿Será que estaba cerca, pero no lo podía ver por una especie de muro invisible e impenetrable que separaba a quienes aún respirábamos en este mundo de aquellos que se dirigían al otro?

Besé su frente fría y le susurré un adiós, con mis lágrimas bautizando su nuevo nacimiento. Al lado del estacionamiento, en un espacio con pasto mojado, caí de rodillas bajo las estrellas mientras las cigarras ahogaban mis gritos desconsolados.

———

Nuestra costumbre era tener un velatorio y rezar un rosario la noche anterior al funeral. Cuando estaba parado en frente del ataúd abierto, me di cuenta de que en ningún otro momento había visto a mi padre completamente inmóvil. Él se levantaba con el sol y trabajaba mientras nosotros dormíamos. Llevaba un traje vaquero color negro con botones a presión, una camisa blanca impecable y la corbata de bolo que le había regalado Clara. Nunca lo había visto tan elegante. Anhelaba volver a verlo en una de sus guayaberas manchadas de hollín, deshilachadas por años de uso, su frente húmeda con sudor, el pelo negro recogido y enredado con grasa del taller.

Tras separarse del lecho, la familia permanecía estoica en las bancas del frente mientras los presentes iban a despedirse del fallecido y a compartir sus condolencias con los vivos.

Me sentía desposeído mientras estrechaba las manos de los viejos amigos y clientes de mi padre. A algunos los había conocido en mi infancia cuando solía ir a la fábrica. A otros no los reconocí, pero asistía mecánicamente con la cabeza mientras expresaban su pesar. Una mujer de piel oscura y penetrantes ojos grises, acompañada por una tenue adolescente que parecía ser su hija, lloraba mientras apretaba mis mejillas entre los callos de sus palmas. Sus lágrimas corrían por las profundas hendiduras en su rostro que el sol parecía haber abierto con los años. Tenía algo que me resultaba familiar, pero no recordaba quién era. Mientras ella y su hija se alejaban lentamente, me sorprendí al ver a Dante, elevándose como una montaña frente a mí.

Se saltó el obligado apretón de manos y me rodeó con sus gruesos brazos.

—Lamento tu pérdida —me dijo, y no dudé que lo hiciera. Luego me dio una palmada en la espalda—. Estoy aquí si necesitas algo —me dijo, y no dudé que lo estaría.

Al día siguiente, en el funeral, un trío cantó frente a la

tumba de mi padre mientras bajaban el féretro. El primo David los acompañaba con su guitarra mientras tocaban sus canciones favoritas; canciones clásicas de amor y pérdida como: "Sin Ti" y "La Barca de Oro".

Rubén se echó a llorar, todo el cuerpo le temblaba de la tristeza. Mi madre y mi abuela se sentaron a su lado, rodeándolo con sus brazos, cubriéndolo con su amor.

El pequeño Bobby, ahora un corpulento monstruo que se ganaba la vida reparando aires acondicionados, se acercó a mí con un traje negro mal ajustado. Me abrazó y me dijo:

—Tuviste la suerte de tener un gran padre.

Sabía que lo decía de corazón. Ninguno de nosotros, incluido él, había oído hablar del tío Bobby desde que desapareció hace años con el dinero de las llantas de mi papá.

Levanté la mirada a las nubes del cielo y me pregunté qué rayos iba a pasar ahora.

———

—El funeral nos dejó secos y tu padre no tenía seguro de vida —dijo lamentándose mi madre.

"La realidad se desentiende de la pena", concluí en la sala vacía de la casa que acababan de empezar a rentar. Estaba a unas casas de la de la abuela.

Mi madre y yo estábamos sentados en un sofá roto que habíamos llevado de un lado a otro desde que vivíamos en Southmost. La tela alguna vez fue de color azul cielo, si es que no me falla la memoria, pero ahora estaba tan descolorida que no sabía si lo que me fallaba era la memoria o la imaginación. Los únicos adornos de la habitación desierta estaban colgando de la pared: uno era uno de mis bodegones con limones y el otro un cuadro de la Virgen de Guadalupe. Rubén había quedado exhausto, estaba dormido en su habitación al final del pasillo.

—¿Qué vas a hacer? —le pregunté.

—Seguir trabajando. ¿Qué más hago? Ni modo que nos deje sin casa.

—¿Crees que baste con el negocio de la comida?

—No lo sé, nunca tuve que hacer esto yo sola.

—Papá siempre batallaba.

—Pero nunca se rindió.

—Siempre cumplía —asentí.

Se me quedó viendo un buen rato antes de volver a hablar.

—¿Cuándo regresas a Nueva York?

—No lo sé, ni siquiera había pensado en eso.

Ella asintió.

—Pues eres bienvenido a quedarte cuanto quieras. Solo quiero que sepas que yo entiendo que tú tienes tu vida y tus metas.

—¿Sabías que estaba enfermo? —me pregunté en voz alta.

—No, jamás me mencionó ningún malestar.

Pensé en todas las veces que me preguntó cuándo vendría a visitarlos. Con el tiempo sus preguntas habían tomado cierta urgencia que hacía que más bien sonaran como sugerencias y yo las había ignorado, ni siquiera llegué a considerar la posibilidad de que él temiera que no volviéramos a vernos.

—¿Crees que sabía? —le pregunté.

—Los médicos dijeron que debió haber señales de advertencia. Pero nunca fue al médico. Nunca se quejó de ningún dolor. Ya sabes cómo era . . .

—Todo un macho —nos lamentamos en unísono, sacudiendo nuestras cabezas con pesadez.

———

Necesitaba ponerle gasolina a la oxidada camioneta de mi papá, así que me di una vuelta al Pronto en la calle de Paredes Line. El dispensador tenía un cartel que le avisaba a los clientes que había que pagar antes. Sólo llevaba un par de dólares arrugados y algunas monedas sueltas; vacié mis bolsillos en el mostrador en frente de Dante. No se molestó en sacar cuentas y sólo me dijo que la llenara.

—No hace falta, en serio —le aseguré.

—No lo hago por obligación, hombre.

—Bueno, te agradezco la generosidad.

—No es mía la gasolina, pero te acepto el agradecimiento.

Me reí.

—¿Quieres una cerveza? —preguntó.

—Tampoco tengo dinero para eso.

—Ven más tarde y te doy una de las mías. Cerramos a las doce.

Regresé al Pronto a medianoche. Seguía a Dante mientras apagaba las luces para después sacar un par de cervezas frías de su rincón. Bajo el tejado que protegía los dispensadores de gasolina, nos sentamos en la puerta trasera de la camioneta de mi papá y chocamos nuestras botellas antes de beber.

—Por tu padre —dijo Dante en una voz fúnebre.

Asentí con la cabeza y ambos tomamos un largo trago.

—¿Cuándo te vas? —preguntó Dante.

—No lo sé.

—Perder padres es algo muy duro —me dijo.

Me di cuenta de que no sabía nada de sus padres. ¿Estaban vivos? ¿Muertos?

—Yo perdí a los dos —respondió a la pregunta que no hice como si me hubiera leído la mente—. Lo cabrón es que ellos son como la línea de defensa que te separa de lo que no conoces, y cuando ya no están, pues sientes que tú sigues.

Mi cabeza subía y bajaba en un movimiento lúgubre.

—Estaba muy preocupado por mi futuro, ahora lo único que me preocupa es cómo voy a sobrevivir.

—Se va a hacer más fácil. No te vas a morir, créeme.

Siempre se tomaba de manera muy literal mis exageraciones.

—¿Qué les pasó a tus papás? —le pregunté.

—Fue un accidente automovilístico.

—Lo lamento.

—Fue justo después de la graduación, tú estabas en Nueva York.

—Perdí el contacto con este lugar.

—Y ahora tienes que volver a hacerlo cuanto antes. Tienes que regresarte.

—¿Por qué?

—¿Cómo que por qué? ¡Güey, lograste salir de aquí! De toda la gente que conozco en este extremo de la nada, eres el que tiene más probabilidades de triunfar, de llegar lejos. No dejes que la muerte de tu papá cambie eso. Ya ibas por buen camino. Eres un éxito, hasta te vi en el periódico. Leí el artículo en el Brownsville Herald donde hablaban de la exposición que tuviste en Nueva York con la pintura de la Virgen en el árbol. ¡Te veías como una celebridad!

Bebí la cerveza fría, saboreando su sabor amargo.

—Las cosas no siempre son lo que parecen, Dante.

Tomamos sorbos en silencio bajo las luces parpadeantes mientras veíamos como los carros pasaban a velocidades peligrosas que iban más allá del límite.

RECAPEANDO

Pasaba los días tirado en el sofá destartalado viendo repeticiones en la tele. Desde allí, observaba atentamente a mi madre realizar sus tareas de cada día, como preparar a Rubén para ir a la escuela y acompañarlo hasta la entrada cuando sonaba la bocina del pequeño autobús escolar. A través de las persianas raídas, observaba cómo el conductor del autobús le ayudaba a Rubén a subir las escaleras. El autobús estaba equipado con un elevador para sillas de ruedas, pero Rubén había progresado tanto que ya ni siquiera teníamos una; su andadera era más que suficiente. Después de que Rubén se fuera, me quedé escuchando los movimientos de mi madre, que recorría la casa como un torbellino, limpiaba todo meticulosamente antes de partir a la casa de la abuela para trabajar en los pedidos del día. Después de freírme el cerebro con una ráfaga de programas de los 70, el autobús regresó. Rubén bajó lentamente con ayuda y luego utilizó su andadera para cruzar el patio delantero de la casa. Mi madre se materializó en el instante que debía estar ahí para recibirlo y ayudarlo a subir las escaleras. Les tomó tan poco tiempo acostumbrarse a verme tendido horizontalmente en la sala que apenas si voltearon a verme en su camino a la cocina, donde Rubén comía algo rápido después de la escuela y relataba los acontecimientos mundanos de su día. Hablaba de logopedia, terapia ocupacional, lectura y matemáticas básicas, lo que comió en la cafetería, artes y oficios. Tenía quince años y ya era medio huérfano, como yo. Y, también como yo, era un Cowboy de Porter, pero a él le permitían aprender a su propio ritmo en el salón de Educación Especial. A juzgar por las hojas de ejercicios que traía a casa, seguramente estaba entre primero y segundo de primaria.

Por las tardes, después de cenar, mi madre y Rubén iban a la casa de la abuela a rezar el rosario con ella y un grupo de vecinos. Dijeron que iban a rezar por el alma de mi papá y me invitaron a acompañarlos. Pero me negué, les insistí que debía ver los nuevos episodios que pasaban por las tardes para tomarme un descanso de la monotonía y el anticuado sabor de las repeticiones.

Mientras me quedaba ahí estancado, día tras día, me dejé crecer el bigote y la barba, no porque hubiera decidido que quería cambiar mi estilo, simplemente me faltaba la motivación para afeitarme. Tenía el pelo largo y enmarañado. Mi mamá lavaba mi ropa y la colgaba en los tendederos del patio trasero, justo como lo hacía mi abuela Fina. A veces se me olvidaba bañarme, pero al menos eso estaba limpio.

Tras incontables semanas de esta rutina que no me inspiraba a nada, mi madre me tomó por sorpresa una mañana, cuando ya había mandado a Rubén a la escuela. Estaba parada frente a mí, se veía algo amenazadora, llevaba una pila de ropa sucia bajo uno de sus brazos y una incongruente espátula en su mano libre. ¿Será que su plan era golpearme y luego asfixiarme con la ropa?

—Ramón, no puedes seguir así —dijo en son de queja.

—Estoy deprimido.

—Los hombres López no se deprimen —objetó—. ¿Alguna vez viste a tu padre tumbado en el sofá? ¿Alguna vez lo viste pasar un día entero en la cama? Incluso cuando estaba enfermo se levantaba antes que todos nosotros y se iba a trabajar.

—Pues sí, ¿pero eso para qué le sirvió? ¿Para quedar enterrado antes que nosotros?

Frunció el ceño con desaprobación.

—Algo me dice que no estás así sólo por lo de tu padre.

Mis ojos la pasaron por alto y se clavaron en la pantalla en blanco y negro. Estaban pasando un episodio de "Leave it to Beaver" en TBS. Beaver me recordaba a mi infancia, cuando era un niño ingenioso y me metía en problemas con las monjas.

—¿Ramón? —insistió.

—Mande.

—¿No te fue bien en Nueva York?

Di un gruñido evasivo.

—No te encontraba en ningún lado y, cuando finalmente logré contactar a Clara, la sentí muy incómoda. Y en todo el tiempo que llevas aquí no has hablado con ella. ¿Y qué va a pasar con tus obras? ¿No tienes a personas esperándote en Nueva York? ¿No tenías un trabajo, una galería donde exponías tu arte?

Me le quedé viendo como si me estuviera hablando en otro idioma.

—No puedo dejar que sigas así —dijo con la cara encendida en un rojo de chile piquín—. Toda tu vida tuviste sueños muy ambiciosos y te apoyé, incluso cuando tu padre el optimista dudaba de que pudieran hacerse realidad. Luego, cuando te fuiste al norte, tu papá me echó la culpa, me dijo que fue gracias a mí que te perdimos. ¿Y así es como me lo vas a agradecer? ¿Quedándote tumbado en el sofá día tras día? ¿Es para esto que trabajaste tan duro por tu título? ¿Para tenerte pena y ver la tele todo el día? ¿Qué le pasó a tus sueños?

Mis sueños estaban tan muertos como mi padre, pero no iba a admitirlo en voz alta.

—Si no vas a retomar tu vida —agitó la espátula con firmeza—, voy a tener que ponerte a hacer tareas de la casa. En mi casa no voy a tener a un adulto que no levanta un dedo mientras los demás luchamos por seguir adelante con nuestras vidas y cubrir los gastos.

—¿Tareas? ¿Qué tareas? —Solo pensar al respecto me repugnaba. Había caído en picada, desde lo alto de mis sueños a los quehaceres caseros en el transcurso de una simple conversación.

—Alguien tiene que ir a la planta renovadora de tu padre y evaluar la situación.

—¿Hay algo que evaluar ahí? —le pregunté.

Sin duda iba a haber cascos lisos que seguían sin vulcanizar. También habría moldes gigantescos de plata amontonados donde siempre; recuerdo que me estorbaban cuando intentaba correr por la fábrica. ¿Qué me esperaba además de un montón de facturas pendientes y una escases de hule para poder trabajar, como bien me había informado mi papá en su última actualización?

—Pues no podemos solo dejarla ahí tirada para que se oxide, se desmorone o nos la roben. Es un activo que nos pertenece. Fuera del pedazo de tierra en México, que no valía un peso, pero que tu padre insistía en llamarle su rancho, ese es el único activo que poseía. Tenemos que hacer que produzca o ver si la vendemos.

—Seguramente le debía la renta al propietario —respondí, mientras mis ojos volvían a desviarse al televisor. Me estaba perdiendo los chistes. Eddie Haskell iba a la casa de Beaver y coqueteaba con la señora Cleaver, que siempre era la parte más divertida de la fórmula que seguían los capítulos—. Quizá podamos convencerlo de cancelar nuestra deuda si se la dejamos.

—No, ya hablé con él y el lugar estuvo abandonado todos esos años que tu papá tuvo la planta en Matamoros. Había hecho un trato con tu papá para que pusiera la planta y empezara a pagarle la renta una vez que la tuviera en marcha.

—Es un buen trato.

—Sí, fue una grata sorpresa cuando me lo contó.

—¿Quién? ¿Mi papá?

—No, el propietario. Tu padre nunca me hablaba de sus negocios.

Suspiré cuando por fin apagué el televisor de mala gana.

—Está bien, iré a echar un vistazo, pero no te prometo nada, los activos de papá siempre tenían más cara de pasivos.

—Más respeto al hablar de tu difunto padre —dijo antes de persignarse con la mirada en el techo como si se lo fuera a encontrar suspendido ahí como un candelabro.

Sacudí la cabeza. Me costaba ver un futuro en el que regresara a Nueva York, pero me era igual de difícil idear cómo iba a sobrevivir aquí a la larga.

Antes de salir de la habitación, mi mamá me lanzó una mirada fulminante.

—¿Y cuál es el afán que tienen ustedes, los hombres López, de nunca decir una palabra de lo que está pasando en sus cabezas? Probablemente eso es lo que mató a tu padre, que se guardaba todo. Espero que tú no salgas igual.

Dicho esto, se fue a completar sus quehaceres matutinos. Me incorporé lentamente, mis articulaciones estaban rígidas y mis extremidades adoloridas. Hasta me sentí un poco mareado. Parecía que mi corazón ya no estaba acostumbrado a bombear la sangre hacia arriba, en su lucha contra la gravedad, para poder alimentar mi nublado cerebro. ¿Y si efectivamente acababa como mi padre? Un chispazo de miedo se disparó por mi mente, mi corazón empezó a acelerarse. Me pregunté si el último reproche de mi madre había sido tan irrespetuoso con su memoria como mi propio temor a acabar en su lugar.

———

Entrar en la planta renovadora se sentía como llegar a un museo improvisado, con un presupuesto muy reducido y dedicado a la vida de mi padre. El edificio seguía encorvándose al lado de las vías del tren y el cartel de "Joe's Tire Shop" aún colgaba torcido junto a la carretera. Por dentro, la planta se veía igual a cuando era niño. Tres grandes moldes de acero con pintura de plata ocupaban el estrecho y largo espacio. El tejado era de metal ondulado y no tenía aislamiento. En verano, el calor era infernal. Había que mantener abiertas todas las puertas y ventanas, mientras unos ventiladores industriales enormes soplaban aire por todo el lugar para evitar que los humanos en su interior se cocieran como las llantas. En invierno, si los moldes no eran usados, la enorme choza de hojalata se convertía en una gélida nevera. El suelo era de cemento en bruto cubierto con innumerables capas de hollín y polvo. Pegada a la pared del fondo había una alta y ancha estantería que contenía un amplio surtido de moldes con patrones variados adornando el interior de los enormes aros metálicos. Del lado trasero, había una zona donde se almacenaban las llantas y cajas del hule que mi padre encargaba desde la ciudad de Akron, Ohio. Atrás del edificio, protegidos por una alta valla de alambre de púas, había pila tras pila de cascos pelados esperando ser recapeadas. Cuanto más tiempo pasaban allí, más agua de lluvia se acumulaba en los huecos de sus entrañas y más espeso se volvía el muro de mosquitos voraces a los que había que enfrentarse al arrastrar las carcasas hasta la fábrica.

Por último, había una pequeña oficina en una esquina hasta el fondo. Pilas de papeles cubrían un escritorio de metal. Me senté en la despedazada silla de vinilo verde que mi padre había utilizado durante toda su carrera como vendedor de llantas. Había pasado por lo menos dos décadas ahí sentado, pasándose las manos por su ondulado pelo negro, preocupándose por facturas insuperables, escribiendo eternos cálculos de flujo de caja, ideando diferentes formas de exprimirle otro centavo a su escasa operación, haciendo malabarismos para pagarle a los proveedores y cubrir las necesidades básicas de su familia. Estar en su planta renovadora sin él, al mismo tiempo que me imaginaba sus últimos días de vida, me provocó un desconsuelo abrumador. Empecé a hojear papeles mientras me enjugaba las lágrimas. Casi todo lo que revisaba me parecía incoherente; proyecciones equivocadas de un hombre que subsistía precariamente sobre la delgada línea que lo separaba del delirio y la desesperación. Ese punto de apoyo cada vez más débil se terminó convirtiendo en un precipicio en el que mi padre finalmente se cayó. Me pregunté en qué parte de la planta fue que el cliente lo encontró colapsado. Mis ojos se posaron en el arcaico teléfono color beige. Era de los que tenían un disco de marcar. El desconocido probablemente había usado ese mismo teléfono para intentar salvarle la vida a mi padre. Lo levanté para ver si aún tenía línea. Me sorprendió escuchar que sí. Sin embargo, a juzgar por la pila de facturas telefónicas que había encontrado en el buzón y sobre su escritorio, podrían cortarla en cualquier momento. Regresé el auricular a su lugar. Ojeé las cartas que estaban abiertas, seguramente mi padre las había leído días antes de fallecer. Una de ellas era una carta de rechazo de una compañía de seguros de vida. La carta decía de forma muy vaga que, debido a los resultados de su examen médico, concretamente su electrocardiograma, no podían proporcionarle cobertura en ese momento. "Tuvo que haber algún indicio", pensé. Seguramente sintió que algo no estaba bien con su corazón. ¿Por qué no fue con un médico? ¿Acaso su falta de seguro médico lo llevó a resignarse a su destino? ¿Será que simplemente cayó en negación? Tal vez decidió recurrir a la venerada tradición mexicana de dejar que pase "lo que Dios mande". Lo que estaba claro era que, si bien a Rubén lo había arrastrado a innumerables citas médicas a lo largo de los años, él jamás se había cuidado. ¿Y ahora qué iba a pasar con Rubén y mi mamá? Los había dejado solos antes de tiempo. Mientras revisaba más papeles, encontré el último estado de cuenta de la empresa. Tenía un sobregiro de veinticinco dólares y diez centavos. La cantidad se generó cuando intentaron cobrar un cheque que emitió sin contar con los fondos suficientes. Habían devuelto el cheque y estaba incluido en el sobre. Era por un pago de 2000 dólares a la empresa en Ohio que le vendía el hule. Revolví más papeles con prisa y encontré un estimado de lo que costarían unas cajas de caucho con el membrete de la misma empresa. Era por la misma cantidad. ¿Será que lo había matado no haber logrado juntar el dinero para poner la planta a andar? Me rasqué la barbilla, consternado. Lo último que mi padre había firmado era un cheque que iban a rebotar. Darme cuenta de esto me dejó todavía más abatido. Las lágrimas me brotaban sin parar de los ojos. Tuve que salir un momento de la fábrica para recuperar el aliento y despejar mi mente. Había algo sofocante en el aire ahí dentro. Apestaba a goma gastada, a llantas sucias y maltrechas que habían dejado su huella por miles de kilómetros de carreteras por todo Norteamérica hasta dar aquí, donde imploraban por una última oportunidad de vida en una choza junto a las vías del tren en Brownsville.

Regresé a la zona cercada y me puse a contar cascos. Había por lo menos un centenar de ellos esperando a ser resucitados. Según las reflexiones matemáticas que mi padre hacía en la mesa, podía recapear una llanta por 20 dólares de hule duro y luego vender la llanta recapeada a 100 dólares cada una. Regresé rápidamente a la oficina y analicé una de sus hojas con cálculos. Su plan empezaba a cobrar forma ante mis ojos borrosos. Necesitaba pagar los 2000 dólares del cargamento de hule para poder recapear los 100 cascos que tenía guardados en el corral.

Una vez vendidas esas llantas, obtendría una ganancia de 8000 dólares y saldría con un total de diez mil. Eso hubiera bastado para cubrir sus costos de vida, con todo y el incremento que venía con haberse trasladado a Brownsville, como también para seguir invirtiendo en expandir su negocio. "Estuvo cerca", pensé. Tan cerca que lo estaba saboreando. Podía imaginarme sus ojos brillando de entusiasmo con las posibilidades y luego apagándose en una oscuridad eterna, a medida que esas aspiraciones se desvanecían por la frustrante falta de recursos.

No sabía me depararía el futuro, pero —al menos por ahora— tenía una idea. Me senté en la chirriante silla del despacho, hojeé la guía telefónica y agarré el teléfono de la misma forma que vi a mi padre hacerlo tantas veces a lo largo de los años. Sentí una emoción que, a pesar de llevar mucho sepultada, era distintivamente familiar y se agitaba en mi interior mientras timbraba el teléfono del otro lado de la línea. No me había sentido así desde que vendí chile en polvo cuando estaba en quinto.

———

Dante me miraba con desconfianza del otro lado del mostrador del Pronto.

—Créeme, no quieres trabajar aquí.

—Necesito juntar dinero —le expliqué—. Solo es temporal.

—Eso me dije yo cuando empecé a trabajar aquí hace más de cuatro años. —Se inclinó hacia mí y, como si temiera que la tienda lo escuchara y se fuera contra él, me dijo susurrando—: Lo único que este lugar hace "pronto" es hacer pedazos tus sueños.

—Dijiste que podía contar contigo —dije metiendo presión.

—Pero yo me refería a que podíamos platicar y echarnos una chela si querías.

—Ándale, piénsalo. Habla con tu jefe por mí.

—Si terminas trabajando aquí, tu leyenda va a quedar arruinada. Todos en el pueblo van a decir que fracasaste en Nueva York, te llamarán perdedor. Créeme, sé cómo es esto. Después de la prepa, nadie le teme a un exjugador de fútbol.

—No me importa mi reputación, Dante. Lo único que me importa ahora es conseguir algo de dinero.

—De acuerdo —aceptó a regañadientes—. Pero, por favor, si el dueño te contrata, usa bien ese dinero. Sal de aquí, vuelve a Nueva York.

—¿No que te gustaba que anduviera por acá? —Sonreí, emocionado por las posibilidades.

—Sí, pero no para siempre, sé que puedes tener algo mejor que esto.

A la semana siguiente, estaba otra vez en la planta renovadora, donde había estado pasando mis días limpiando, ordenando y —lo admito— husmeando entre los objetos personales de mi papá. Anuarios viejos, cajas llenas de correspondencia, álbumes de fotos de su infancia. Volví a romper en llanto cuando me encontré con el diario que me regalaron de pequeño, que tenía las puntas dobladas por el paso del tiempo. Lo tuvo con él todos estos años. Estaba abierto en la página en la que había empezado a dibujar limones. ¿Por qué no había dejado estas cosas en la casa? ¿Por qué había puesto tanto empeño en que mi madre nunca llegara a conocerlo ni entenderlo del todo?

Mi padre era una acumulador compulsivo de recibos. Era como si necesitara contar con una prueba física del lugar al que había ido a parar cada centavo que tanto le había costado ganar, sólo para asegurarse de que sus incansables esfuerzos no habían sido un completo desperdicio. Los recibos estaban en cajas de cartón etiquetadas según su año. Dentro de cada caja había expedientes específicos para ciertos temas, como el hule, la renta, la comida, los gastos médicos de Rubén, el dinero que me mandaba cuando estaba en Nueva York.

Mientras revisaba una de las cajas, encontré una carpeta gruesa con una etiqueta que simplemente decía: "Rancho". Curiosamente, en lugar de recibos de comida para el ganado o postes para la valla, la carpeta color manila estaba llena de facturas médicas. Y encontré la foto de una adolescente al final de la carpeta. Tenía la piel lisa y oscura, su pelo era largo y negro, y tenía unos ojos oscuros. La reconocí inmediatamente, era la chica que había acompañado a su madre al velatorio. Aquella mujer de ojos grises brillantes que parecía haber sido castigada por el sol.

¿Por qué me resultaban tan familiares? ¿Quiénes eran? ¿Por qué mi padre había estado pagando todos estos gastos médicos cuando apenas lograba mantenerse a flote? ¿Acaso se trataba de la elusiva segunda familia de la que mi madre había oído tantos rumores a lo largo de mi infancia? El corazón me latía tan fuerte que sacudía mi pecho. Temía descubrir algo sobre mi padre que quizá querría nunca haber sabido.

La foto tenía un clip con una carta. Con temor, le di la vuelta a la foto, el nombre "Emilia" estaba escrito en el reverso. ¡Emilia! Por fin recordé quién era esta chica. Era la bebé que mi papá y yo habíamos pasado de contrabando por la frontera hace tantos años. La caligrafía y la gramática de la carta eran las de una niña, pero me di cuenta de inmediato que no la había escrito Emilia, sino su madre. En la carta, le agradecía a mi papá todo el apoyo que le había dado a Emilia a lo largo de los años para tratar sus diversos problemas de salud. La señora Fernández escribió:

Don José: Emilia nació con muchos problemas. No habría sobrevivido de no ser por la ayuda de usted y su hijo aquel día que nos llevaron al hospital del otro lado del río. En todos estos años que sus enfermedades volvían, usted siempre estuvo ahí para nosotros, arreglando nuestros papeles para que pudiera estar cruzando para ver a los médicos y ayudándonos a pagar las medicinas para que pudiera seguir viviendo. Mi marido y yo le damos las gracias por ayudar a nuestra hija. Es la menor y sin ella estaríamos muy solos y muy tristes. No sé cómo le pagaremos todo el bien que nos ha hecho. Que Dios lo bendiga. Atentamente, María Mendoza de Fernández.

Me sentía terrible por haber dudado de mi padre. Incluso ahora que había fallecido, seguía esperando menos de él en vez de ver su verdadero valor. Durante toda mi vida mi única obsesión —y todo lo que había intentado conseguir— habían sido mis metas egoístas y materialistas. Todo lo que había anhelado, todo por lo que había luchado, era un superficial sueño americano con una envoltura de éxito económico y reconocimiento. Me equivoqué al asumir que a mi padre también lo obsesionaban el mismo tipo de metas superficiales que a mí, pero en ese instante y viéndome rodeado de cajas con los recibos de todos los gastos que había pagado por el bienestar de otros, comprendí que no había trabajado de la noche a la mañana por beneficio propio, lo había hecho por aquellos que dependían de él. No dedicó su vida a acumular gloria, la puso al servicio de la gente que amaba, y de aquellos que no tenían como mantenerse por sus propios medios. Estas cajas repletas de recibos que tengo a mi alrededor, guardaban en ellas la lección de despedida de mi padre. *Por una vez en tu vida, Ramón,* susurraban los papeles en un coro acartonado, *ve más allá de ti mismo.*

Me quedé pasmado en la silla verde raída durante un lapso de tiempo inconmensurable; la mirada perdida en la foto de Emilia, mis ojos nublados sobre la tosca letra de su madre. Pero mi ensoñación se vio interrumpida por el estridente timbre del teléfono beige del escritorio.

Cuando levanté el teléfono, Dante me soltó la buena noticia de golpe.

—Estás contratado, pero hay un detalle.

—¿Qué?

—Tu horario es horrible. El dueño había estado considerando abrir por las noches, entonces tú tendrías que trabajar en el turno que sigue del mío. Sería de las doce a las ocho de la mañana.

—Lo acepto.

—Podrían matarte, güey, es cuando más roban tiendas.

—Pues a ver qué pasa.

—Ya se te botó la canica, ¿verdad?

—Tal vez —lo pensé un poco—. No lo sé, supongo que lo descubriremos.

No sería el primer López que camina por la delgada línea que separa el optimismo desenfrenado de la locura absoluta.

Todas las noches, llegaba al Pronto un poco antes de medianoche. Dante y yo hacíamos el ritual de bebernos una cerveza antes de que iniciara mi turno. De vez en cuando lidiaba con clientes sorprendidos que no habían sabido nada de mí desde que me habían mencionado en un artículo del periódico local que hablaba maravillas de mi éxito artístico en Nueva York. Era entretenido verlos atravesar en un par de minutos todas las etapas de duelo. Primero, les parecía imposible que fuera yo el que estaba parado detrás del mostrador del Pronto. Luego venía la ira. Se sentían traicionados por mi fracaso, como si les debiera algo por no haber materializado sus esperanzas. Todos hacían apuestas sobre mi futuro, intentaban convencerse a sí mismos y a mí de que aún era posible que volviera a Nueva York. Y entonces se decepcionaban. Trataban mi éxito como si fuera el suyo. La idea de que alguien de nuestras tierras pudiera estar a la altura de un lugar como Manhattan, les hacía albergar la esperanza de que sus vidas también podrían llegar a ser milagrosamente extraordinarias. Por último, cuando les entregaba su recibo, venía la aceptación y la pena, pero les aseguraba que yo iba a estar bien. Trabajar en Pronto no era una enfermedad terminal, en lo más mínimo.

Por las mañanas, me iba a la casa a dormir mientras mi mamá y Rubén estaban en el trabajo y en la escuela. Por las tardes, conducía hasta la planta renovadora y le daba seguimiento a mis esfuerzos por mejorarla con el tipo de labor manual que jamás vi que le interesara a mi padre. Volví a pintar el exterior con blanco y rojo, sus colores originales. Diseñé un nuevo cartel y arreglé la base para que no se inclinara en su característico ángulo deprimente. Arranqué la maleza de la cochera del frente. Barrí y fregué el suelo hasta que se podía ver el cemento gris debajo de la mugre. Limpié y pulí los moldes de acero. Reemplacé varios focos y puse otros nuevos para que la tienda tuviera un brillo refrescante y claro. La pintura plateada de los hornos de vulcanización también resplandecía. Tiré pilas de papeles viejos y cajas con cosas que ya no servían. Organicé los cascos en pilas y los cubrí con lonas para que no se llenaran con agua de la lluvia, y los rocié para que los mosquitos dejaran de comerme vivo cuando llegaba a trabajar. Incluso reservé un espacio en el centro del taller para colocar una tela, un caballete y algunos lienzos por si volvía a surgir la inspiración artística.

Con el paso de las semanas, fui depositando mis cheques del Pronto en la cuenta bancaria de la planta renovadora. Sustituí a mi padre como dueño de la cuenta tras mostrarle al banquero su certificado de defunción. Cuanto más cerca estaba de juntar los 2000 dólares, más me llamaba el lienzo vacío en la planta. Me le quedé viendo por horas, sentado en una rígida silla de metal que puse frente a él, pero lo único que me venía a la cabeza eran números: los códigos de inventario del hule que necesitaba ordenar, la dirección postal y el número de teléfono de la empresa en Akron; apenas podía contener las ganas de marcarles y hacer el pedido que triunfalmente redimiría su fe en Joe's Tire Shop, y las distintas cantidades de las ganancias que cubrirían gastos varios: como ayudar a mi madre con la renta, pagarle al propietario, invertir en más hule o comprar más cascos lisos. Tal vez un día podría hacerle una oferta al Estado por un lote, como mi padre lo hizo hace años, antes de quedarse perplejo ante el inoportuno latrocinio del tío Bobby.

En vez de hacer una pintura, mojé el pincel en montoncitos de pintura azul y amarilla y utilicé el lienzo como un enorme bloc de notas. Utilicé el azul para los ingresos y el amarillo para los gastos. Este método no era tan eficaz y conciso como los cuadernos que había utilizado mi padre, pero me resultaba terapéutico volver a pintar, incluso si mi producto no era más que un extraño revoltijo de cálculos matemáticos.

Cuando pasaban manejando por la carretera y notaban las mejoras del taller, algunos de los antiguos clientes de mi padre hacían una visita para investigar el extraño suceso. Parecía alegrarles descubrir que era yo quien estaba en la tienda, algunos de ellos me habían conocido cuando era pequeño. Les decía que pronto tendría la planta en marcha y me dejaban sus números de teléfono junto con la cantidad de llantas que necesitaban. Sin falta, se acercaban a mis lienzos cubiertos de números, que ahora estaban alineados en una pared del edificio. "Tú eres el artista", comentaban emocionados. "Tú eres el que estuvo un tiempo en Nueva York, ¿verdad? Tu papá siempre hablaba de ti".

Sonreía modestamente y les aseguraba que ahora lo mío eran las llantas.

Un domingo por la mañana, después de terminar mi turno en Pronto, decidí hacer algo distinto. Pasé por Señor Donut, donde Perla seguía reinando detrás del mostrador. Tenía el pelo gris y su uniforme rosa la apretaba con más fuerza en el área del vientre, amenazando con mandar volando los botones que la contenían. Recordamos a mi padre mientras ella llenaba una caja con donas de todo tipo.

—Voy a visitar a Emilia y a sus padres —le dije.

—Ay —suspiró—, les va a dar mucho gusto. Esa Emilia se aferra bien a la vida. Tu papá nunca dejó de cuidarlos. Qué gusto me da ver tanto de él en ti.

Sonreí mientras me despedía con la mano. Crucé el puente desolado en la camioneta Ford roja de mi padre mientras iba amaneciendo. Bajo el cielo cambiante, el río serpenteaba con un brillo plateado en su camino al Golfo. No había hecho esta peregrinación al rancho en unos ocho o nueve años, no desde que mis padres se habían mudado a Matamoros y yo me había quedado en casa de la abuela Fina, pero aún me sabía el camino de memoria.

Asentado entre filas de árboles familiares, el rancho tenía el mismo aspecto, pero en vez de una multitud de niños saliendo de la choza de bloques de hormigón, sólo el primo Fernández, su mujer y Emilia salieron a recibirme. Sonrieron con nostalgia al ver la lustrosa caja naranja del Señor Donut entre mis manos. Nos sentamos alrededor de su mesa de madera rústica, bebimos café, comimos donas y compartimos historias sobre mi padre.

—¿Dónde están todos los niños? —pregunté.

—Hicieron lo que hacen todos los niños —explicó Fernández—, crecieron y se fueron a trabajar. Ahora sólo estamos nosotros tres.

Las mujeres asintieron. Emilia me miraba tímidamente detrás de su dona de chocolate, desvió sus grandes ojos negros cuando volteé a verla.

—Gracias por ir al rosario de mi padre —les dije.

—Lamento no haber podido ir —dijo Fernández—, trabajo en la ciudad por las tardes. Además, creo que no hubiera podido ver a tu padre así. Siempre estaba rebozando con vida, prefiero recordarlo de esa manera.

Asentí con la cabeza, deseando poder hacer lo mismo.

—¿Por qué dejaste de venir al rancho con tu papá? —me preguntó la señora Fernández.

—En ese entonces, sentía que veíamos las cosas de una forma muy diferente —confesé—. Ahora quisiera dar vuelta al reloj y poder pasar esos domingos con él.

Clavamos nuestras miradas de manera solemne en las tazas de café, mientras el oscuro líquido se enfriaba.

—Hay que agradecer lo que tenemos —concluyó el primo Fernández—, incluso si no es tal cual lo que queremos.

Asentí, deseando haber sido más agradecido cuando tuve la oportunidad.

—Tu padre siempre fue un hombre generoso, incluso cuando no tenía mucho que dar —continuó el primo—. Nos dejó quedarnos aquí en el rancho, aunque ya no teníamos mucho que hacer después de que las cosas se pusieran canijas y de que tuviera que vender el ganado. Ya no podía pagarme un sueldo, pero a cambio de dejarnos vivir aquí, hemos cuidado el lugar, arreglamos las vallas cuando se rompieron y . . . —Se le quebró la voz. Le dio una mirada angustiada a su mujer antes de continuar—. Yo entiendo si necesitas vender el rancho o . . . hacer algo más con él.

—No, esta tierra no es para venderla —dije negando con la cabeza—, es para preservarla como una parte de lo que somos. Es lo que mi padre hubiera querido. Si te parece bien, me gustaría seguir trabajando contigo como lo hacías con él.

Fernández y su esposa suspiraron aliviados.

—Quién sabe, quizá algún día volvamos a ver ganado

pastando por estos campos —continué—. Y si ustedes o Emilia necesitan ayuda con alguna cosa médica, pueden llamarme a la planta renovadora. Haré lo que pueda por ayudar.

—Gracias, mijo —dijeron en unísono.

Cuando nos terminamos nuestros cafés, me acompañaron hasta la camioneta. Nos dimos la mano y les dije que volvería en un par de semanas. Justo antes de que me subiera a la camioneta, Emilia se separó de su madre y corrió a darme un abrazo. No dijo una sola palabra, pero sabía que estaba pensando en mi padre. En ese instante, solo la pude ver como esa pequeña bebé que dejó de llorar cuando la pusieron en mis brazos.

———

Me tomó unos tres meses de nóminas del Pronto para ponerme al día con todos los gastos y para que el saldo del banco superara la cantidad necesaria para el hule. Cuando llegó el día, le puse fin a mi breve etapa como empleado de esa tienda con una sonrisa. Nadie se alegró más por mí que Dante, que me despidió con una cerveza gratis y un aplauso.

Mientras cenábamos en casa, me puse a contarles a mi madre y a mi abuela la conversación que tuve por teléfono con el hombre de Akron sobre del hule.

—Aceptaron dejarme pagar contra reembolso, eso significa que puedo pagar en efectivo cuando llegue el paquete. ¡En tres días el hule ya debería estar aquí!

Rayé unos números en una servilleta mientras mi madre y la abuela me miraban como si hubieran visto un fantasma. Se quedaron mudas, con sus tacos flotando camino a sus bocas abiertas.

—Suenas como papá —dijo Rubén.

Detuve mi ecuación un instante para levantar mi mirada hacia él y decirle con una sonrisa:

—¿Sabes qué, Rubén? Tienes razón. ¿Pero te digo algo? Por primera vez, lo veo como algo bueno.

———

Cuando el tráiler que transportaba el hule finalmente llegó a la planta, estaba tan emocionado que ayudé al gruñón repartidor a meter las cajas de cartón al taller. Usé el diablito de carga que mi papá tenía reservado para ocasiones trascendentales como esta. Juntos apilamos las cajas en orden dentro del almacén. Después de bajar todo, cuando ya había firmado los papeles y pagado, se detuvo a contemplar los enigmáticos lienzos azules y amarillos apoyados en la pared. No hizo ninguna pregunta. Al salir, sacudió la cabeza y murmuró: "Ahora sí lo he visto todo".

Abrí el primer recipiente y me puse a trabajar, tal y como mi padre me había enseñado de niño. Metí rodando tres cascos de remolque, uno para cada horno, todos ya tenían adentro los moldes para recapear. Utilicé un pincel ancho para recubrir las superficies calvas de los cascos con un adhesivo transparente. Luego los forré con el hule, que estaba envuelto en una fina cinta azul. Mientras esperaba a que el adhesivo se secara para que el hule quedara bien fijado, le di una mirada hambrienta al amplio lienzo en blanco que acababa de colocar en el caballete. Cuando sonó la alarma del reloj, avisándome que era hora de introducir los cascos en los hornos, los fui enganchando con cuidado, uno por uno, a las grúas que los transportaban hasta su lugar. De niño, vi a Pedro hacer esto cientos de veces. Me trepé a un lado de los moldes, empujé los cascos hasta que quedaron donde debían, bajé las tapas y giré las ruedas para que quedaran bien atornilladas, como me había enseñado mi padre cuando estaba en la prepa. Ahora seguía la prueba final: encender los hornos. Accioné los interruptores y vi como los medidores de temperatura y presión cobraban vida a medida que se calentaban los hornos redondos de metal. Puse la alarma para que me avisara cuando terminara el proceso de hornear, lo que debía ocurrir en unas tres horas. Revisé los cálculos que había pintado en uno de los lienzos. Tomaba dos horas preparar los moldes y las llantas se secaban en tres. Si hacía dos turnos al día, trabajando diez horas, podría renovar seis llantas por día. A ese ritmo me tomaría dieciséis días dejar renovado todo el inventario. Ya tenía clientes que me habían apartado los cien que tenía. Sabía que en realidad me tomaría diecisiete días, pero, como mi padre, prefería redondear todo en la dirección más conveniente para hacer proyecciones optimistas. Sonreí mientras contemplaba el conjunto de números. Básicamente, en dos semanas tendría diez mil dólares. No sabía qué haría con ellos, pero había planteado varias direcciones en las que podría avanzar, todas ellas estaban representadas por distintos conjuntos de números en los lienzos que había colgado. Podría tomar el dinero y regresar a Nueva York, empezar de nuevo, darle otra oportunidad a mi carrera artística. También podría quedarme y convertir Joe's Tire Shop en el negocio que siempre supe que podía llegar a ser, de no ser porque mi padre se la pasaba gastando sus ganancias en cosas sin sentido, como su inolvidable negocio de limones, que lo dejó sin un centavo más de una vez. Hasta podría contratar a Dante para que me ayudara; podría apoyarme en él como mi padre se apoyó en Pedro, el pinball humano, para aumentar la productividad de la planta. "La reinversión es la clave", había declarado en la mesa unas noches antes, mi madre casi ahogandose con su picadillo con papas.

La planta se calentaba muy rápido, así que me estaba apresurando para abrir las ventanas, las puertas y encender los ventiladores, pero me detuve en seco al sentir una presencia. Había olvidado encender las luces y apenas me percataba de que ya había anochecido. La planta había quedado en una tenue penumbra mientras trabajaba frenéticamente. Los moldes silbaban y expulsaban el vapor que se esparcía por el aire con un fuerte hedor a hule cocido. En mi mente podía ver el líquido de las llantas recapeadas, su sangre, hirviendo como lava negra dentro de los moldes presurizados, fundiéndose con las superficies peladas conforme se iban ablandado hasta tomar las formas y patrones con las que el molde las presionaba. Pasé mi mirada por el taller, el corazón me retumbaba. La presencia se sentía tan familiar como la visión del vapor arremolinándose y los sonidos del metal chocando y el vapor silbando. Era el "Joe" de "Joe's Tire Shop". Era el espíritu de mi padre.

Mis ojos buscaron entre las sombras, pero no pudieron distinguir más que los contornos de los moldes en la tenue luz que se filtraba por las ventanas e iluminaba el vapor que se elevaba hacia las vigas. "Debió haber sido mi imaginación hiperactiva de artista", me dije al encender las luces del techo. Me detuve frente al lienzo al que llevaba días observando con la mente en blanco. Ladeé la cabeza y lo examiné. En un rápido movimiento, lo quité del caballete y lo arrojé al suelo, me arrodillé frente a él, con mi paleta y pincel en mano. En un estado de trance, pasaba el pincel rítmicamente sobre el lienzo. Al principio, me puse a regurgitar números en azul y amarillo, como había hecho durante meses, pero después empecé a usar mis manos, embarrando de forma primitiva el lienzo con el polvo y la mugre del hule. No tenía una imagen en mente, simplemente me movía por el lienzo, impulsado por una energía invisible, una fuerza indescriptible e incontenible que se canalizaba a través de mí como nunca antes. Pinté mientras las llantas se cocían, y mientras pintaba, pensaba en mi padre, y pensar en mi padre también era pensar en el lugar en el que había nacido, y en la frontera sobre la que habían alzado mi pueblo. A lo largo de su vida, mi padre había cruzado esa frontera de forma constante e incansable. Tal vez yo podría pararme en el medio. No sólo abarcar la frontera entre dos naciones, sino la frontera dentro de mí. Aunque siempre me había quejado de Brownsville, tenía algo mágico. No podía negar que todas mis mejores ideas habían surgido de aquí. Tal vez no tenía que limitar mis opciones a ser un artista en Nueva York o un llantero en Brownsville. Tal vez podría pintar y trabajar para ganarme la vida aquí mismo, en mi tierra natal, donde había sido forjado en quien era en este momento; tanto como en el niño que había sido y el hombre en que todavía me estaba convirtiendo. Tal vez no tenía que soltar las riendas de mi vida para seguir siendo parte de mi familia y contribuir. Podría usar parte de los ingresos de la planta para ayudar a mi mamá, a Rubén, y a la familia Fernández en el rancho. Tal vez podría tener un pie de cada lado del río sin perder el equilibrio, sin ser arrastrado por sus traicioneras aguas hasta las olas asfixiantes. Parecía que cuanto más me acercaba a la frontera, más se difuminaba, hasta desaparecer. Quien sabría lo que fuera ser de mí, pero por ahora aquí estaba y podía crear y podía reciclar. Y podía reconectar.

De repente, me detuve a medio pensamiento con el pincel suspendido sobre el lienzo y fui testigo de la presencia que yo sospechaba que residía en el taller envuelto en vapor. Allí, en el lienzo y caminando a través de un mar de números azules y amarillos en el fondo, emergiendo del humo negro y la mugre embarrada, los ojos abrasadores de mi padre me miraban con intensidad a través del vapor y la niebla. De algún modo, habíamos encontrado la forma de traspasar momentáneamente la eterna frontera entre nosotros. Con mis lágrimas cayendo sobre el lienzo, solté el pincel y usé mis dedos para esparcir la pintura con el líquido salado, suavizando con delicadeza los ángulos duros, añadiendo matices y sombras a su rostro, a su poderosa figura, al sombrero Stetson que coronaba su cabeza. Mientras lloraba y laboraba, oía su voz impulsándome a nunca rendirme. A nunca ceder. A nunca dejar de cruzar las fronteras que tuviera en frente.

Cuando sonó la alarma, me aparté de mi cuadro. Era mi mejor obra hasta ahora. Sin pensarlo, me persigné y le di las gracias a mi padre por no haberme abandonado. Corrí a los hornos, hice girar las ruedas y levanté las tapas. El vapor salió a borbotones, alzándose en remolinos a través de la luz. Como me habían enseñado hace mucho tiempo, tomé una pesada palanca para sacar las llantas recapeadas de sus moldes. Volví a enganchar las grúas y bajé las llantas al suelo, donde examiné cuidadosamente sus marcas recién hechas. Estaban perfectas, como donas recién sacadas del horno. Les quité las cadenas y las puse en fila junto a mis lienzos.

Coloqué mi nuevo cuadro de vuelta en el caballete y lo giré hacia la pared para que mi padre pudiera admirar nuestro trabajo. Mañana, las llantas recapeadas —renovadas y reinventadas— rodarían de nuevo, al igual que yo.

AGRADECIMIENTOS

He dedicado esta novela a mi familia . Y estoy agradecido a las tres familias que me ayudaron a darle vida a esta novela.

La familia en la que nací proporcionó inspiración para muchos de los personajes, eventos y escenarios del libro, especialmente mi padre Rodolfo Cisneros Ruiz, mi madre Lilia Zolezzi Ruiz, mis hermanos Raúl y Jerry Ruiz, mi abuela Ninfa Cisneros Ruiz, mi primo David Alex Ruiz y mi tío Bobby Ruiz. La familia con la que crecí está compuesta por personajes más fascinantes de los que jamás podría mencionar. Aprecio a todo el clan Ruiz Cisneros por ser quienes son: más grandes que la vida e inolvidables.

La familia que mi esposa Heather y yo hemos formado juntos siempre ha alentado y abrazado mi pasión por la escritura. Gracias a Heather, Paloma y Lorenzo por su constante amor y apoyo. Esta novela comenzó con un cuento de mi infancia que mis hijos me pedían con frecuencia que les contara. Cantaban: "Cuéntanos otra vez la historia del chile, papá". Al final me animaron a escribirlo. Mientras lo hacía, me di cuenta de cómo podía ficcionalizar muchas experiencias y observaciones de mi crianza en la frontera en un cuento que pudiera capturar la imaginación de los lectores, tal vez remodelando lo que sienten acerca de la frontera y las personas que la cruzan como una función esencial de sus vidas. Lorenzo leía cada nuevo cuento en el momento en que terminaba el primer borrador. Su anticipación y entusiasmo, junto con sus comentarios positivos, alimentaron mi deseo de seguir desarrollando el peligroso viaje de Ramón López desde la niñez hasta la edad adulta. Paloma me instó a enviar los cuentos a revistas literarias y Heather me animó en cada paso del largo y tortuoso camino. Desde la redacción del primer capítulo en 2008 hasta la publicación de la novela completa, todo el proceso duró dieciséis años. En ese tiempo no sólo creció Ramón sino también mis propios hijos. Así que gracias a mi querida familia por compartir y apreciar esta odisea profundamente personal conmigo.

Finalmente, estoy agradecido a mi familia de escritores. Mi agente, Laura Strachan, se acercó a mí por primera vez después de leer "That Boy Could Run" cuando ganó el Gulf Coast Prize in Fiction de 2017. Su orientación ha sido fundamental en mi carrera como escritor. Laura me unió con el maravilloso equipo de Blackstone Publishing, una familia propia a la que tengo el honor de pertenecer. Un agradecimiento especial a mis editoras Marilyn Kretzer y Toni Kirkpatrick. Y, por último, pero muy importante, debo reconocer que una de las sorpresas más gratificantes de ser autor ha sido la camaradería con colegas escritores y quienes defienden nuestro trabajo. Gracias a estos primeros lectores y amigos: Nora Comstock de Hoyos, Rubén Degollado, Bruce Ferber, Guadalupe García McCall, Jenn Givhan, Daniel Olivas, Sergio Troncoso y James Wade. Es un honor escribir junto a ustedes, con la sincera esperanza de que nuestra gran familia de lectores reciba y acepte nuestros más sinceros pensamientos y palabras. Que nuestras obras literarias ayuden a dar forma a un mundo más amable y más indulgente para todos aquellos jóvenes aspirantes como Ramón López que se encuentran en precario equilibrio entre las fronteras de todo nuestro mundo.

NOTA DEL AUTOR

Las siguientes historias aparecieron originalmente de forma idéntica o con ligeras variaciones en las siguientes publicaciones:

"Ports of Entry" ("Puertos de entrada"), *New Texas*, 2018.

"Bending the Laws of Motion" ("Manipulando las leyes del movimiento"), *Seven for the Revolution*. Ganador de cuatro Latino Book Awards, 2014.

"That Boy Could Run" ("Podía correr ese muchacho"), *Gulf Coast*. Ganador del Gulf Coast Prize in Fiction, 2017.

"Allegiance" ("Lealtad"), *Dillydoun Review*. Mención honorífica en el Dillydoun Review International Short Story Prize y cuento finalista del Texas Institute of Letters Best Short Story Award, 2022.

"The Limes" ("Los limones"), *New Texas*. Cuento finalista del Texas Institute of Letters Best Short Story Award, 2019.

"Coffee Port Road" ("La calle Coffee Port"), *New Texas*, 2020.